目次

一九七三年、夏

第一部

1

鉛色の水面《みなも》にさざ波が立っている。

その波が重なり合いながら、ずっと先まで続き、水平線に相当する場所に低く、対岸のコンクリートの堤防がどこまでも長く延びていた。堤防の向こうには細くて高いアンテナが林立し、背の低い白いビルや、丸みを帯びたカマボコ型の倉庫らしき建物が点在している。

灰色の堤防に沿って、芥子粒《けしつぶ》のように小さな人の姿がいくつか、一定の速度でゆっくりと移動していた。いずれもランニングをしている人のようだ。

数えてみると、三人。いや、四人。少し離れた場所にもうひとりいた。

対岸は在日米軍海兵隊岩国《いわくに》基地である。

山口県の東の端、広島県との県境に接する岩国市を貫き、東西に流れる錦川《にしきがわ》は、瀬戸内海に注ぐ手前でふたつに分かれ、北は今津川《いまづがわ》、南は門前川《もんぜんがわ》と呼ばれて大きな三角州を形成している。その海沿い、三角町と呼ばれる部分のほとんどを米軍の海兵隊基地が占めていて、さらに一部を民間と海上自衛隊が使っている。

目の前にあるのは門前川。河口近くなので川幅がずいぶんと広い。

対岸の基地まで三百メートル以上はあるだろう。だから、堤防沿いにランニングをしている米兵たちの姿があんなに小さく見えている。

毎年、五月五日に開催される基地の一般開放のイベント〝日米親善デー〟に、よく親といっしょに行った。そこで見かける海兵隊の男たちは、誰《だれ》もが巨人のように大きく、スーパーマンみたいに胸が厚くて筋骨隆々だった。そんな兵たちが、ここから眺めると、アリのように小さく見えるものだから、何だか奇妙で面白かった。

「モリケン。お前の引いちょるが」

隣から声がして、モリケン――森木《もりき》健一《けんいち》は気づいた。

両手で握っていた投げ竿《ざお》の先端が、クイッ、クイッと一定のリズムでしなっている。

あわてて護岸の際に並ぶテトラポッドの上に立ち上がり、右手でスピニングリールを回して釣り糸を巻きとり始める。キリキリというギヤの耳障《みみざわ》りな音が続く。竿先は相変わらずしなっていて、水中に没したテグス糸の先端にくっついた獲物の感触がたしかに伝わってきた。

「見いや。何か、かかっちょるど！」

ノッポこと北山《きたやま》登《のぼる》の興奮した声が聞こえる。

自分の竿をテトラポッドの上に置いて、中腰になって前方を指差している。

渾名《あだな》の通り、案山子《かかし》のように痩《や》せて背が高い。中学二年なのに、一八〇センチ近くある。

黒ズボンに運動靴、白いワイシャツの袖《そで》を肘《ひじ》までまくっている。いつもジーパンを穿《は》くモリケンと違って、なぜか遊びのときもノッポは中学の制服制帽だ。しかも強度の近視で、黒縁の眼鏡をかけている。野暮《やぼ》ったさを絵に描《か》いたような田舎の中学生だが、本人はちっとも気にしていない。

リールを回しながら、モリケンは見た。

鉛色に染まった水面の直下に影があった。巻きとりに合わせて、水中を滑るように引き寄せられてくる。手前にある銀色の物体は、投擲《とうてき》用の円盤型をした鉛のオモリだ。その少し向こうに、明らかに魚影とわかるものが見えていた。体色は鮮やかな赤だった。

モリケンは興奮しながら、無心にリールのハンドルを回し続けた。

それはすぐ手前までやってきた。深みから一気に水面直下まで浮上してきた。

「何じゃ、こりゃカラコギじゃ」

ノッポが眼鏡を指先で押し上げ、しらけた顔でいった。

テトラポッドのすぐ近くまで引き寄せられた魚。モリケンは竿先を立てて、水面から引っこ抜いた。刺々《とげとげ》しいヒレを立てた十センチぐらいの真っ赤な魚が、鉤《はり》をくわえ、空中でクルクルと回転しながら尾ビレをバタバタとやっている。

「ほんまじゃ。カラコギじゃ。こんとなところまで海から上ってきちょるんか」

モリケンはそういって糸を掴《つか》み、引き寄せた。

カラコギというのはこの辺り独特のいいかたで、ハオコゼのことだ。小振りながらオコゼの仲間だけあって背ビレに毒腺《どくせん》があるため、刺されるとひどく痛む。

海の魚だが、門前川のここらは真水と潮水が交わる汽水域《きすいいき》だから、川魚と海の魚が混生している。フナやウグイが釣れることもあれば、大きなボラがかかることもある。

そういえばさっきからふたりをとりまいているのは、海の潮の香りだ。

ハオコゼをテトラポッドのコンクリの上に横たえたモリケンは、暴れる魚を運動靴の底で踏みつけた。指先で鉤を外すと、靴先で無造作に蹴飛《けと》ばした。

ボチャンと音を立て、魚が川面《かわも》に落ちて見えなくなった。

「ついとらんのう」

そういいながらコンクリに胡座《あぐら》をかき、傍らの缶詰の空き缶を取った。土の中に無数に蠢《うごめ》いているミミズのような青いゴカイをつまみ、クネクネと動く奴《やつ》を鉤先に引っかけた。リールのベールと呼ばれる金具を倒し、糸をフリーにしてから、思い切り竿を振るって投擲した。

シュルシュルとテグスがほどける音とともに、空中にゆるやかな放物線を描きながら飛んでいったそれが、遥《はる》か先の川面に白い小さな水柱を立てて落ちた。

ベールを戻して少しだけハンドルを回して巻きとった。

「モリケン、先週号の〈少年ジャンプ〉は買《こ》うたか」

「あ。いけん。二十七号か。まだ買うちょらんかった」

「ほんなら貸しちゃろうか」

「悪いのう」

そういってモリケンは魚の当たりを見るため、リールを回してまた少し糸を巻きとった。

「じゃけど、〈ジャンプ〉は〈マガジン〉と違《ちご》うて芸能人のカラーグラビアがないのが寂しいのう」

「ノッポは誰を好《す》いちょるんか」

「そりゃあ、山口百恵《ももえ》いや」

「おお。俺もっちゃ。桜田淳子よりもだんぜん百恵がええのう」

「俺もそういや。なんちゅうても歌がかっこええけえ」

ノッポが答えたときだった。

だしぬけに爆音がした。

モリケンとノッポがあわてて顔を上げると、ちょうどふたりの頭上低く、ジェット戦闘機の機影がかすめるように飛んでいった。ジェットエンジンのすさまじい轟音《ごうおん》に、ふたりは耳を覆いたくなった。しかし、竿を落とすわけにはいかないので、肩をすぼめて歯を食いしばっていた。

戦闘機は川向こうの米軍基地に向かってさらに高度を下げ、やがて建物の向こうに消えていった。ホッとしたのもつかの間、ふいにアフターバーナーをふかす音がして、同じ戦闘機が弧を描くように空中に舞い上がってゆく。

「米軍のＦ４ファントムじゃ」

ノッポが騒音に負けじと声を張り上げた。

「それにしても、ぶち凄《すご》い轟音じゃのう。じゃけど、せっかく滑走路に着陸したのに、なしてまたああして飛び上がっちょるんか」

モリケンが訊《き》く。

「ありゃあ、タッチ・アンド・ゴーちゅうて、滑走路を空母の甲板に見立てて着陸と離陸をくり返す訓練をしちょるんよ。見ちょれ、すぐにまた戻ってくるけえ」

ノッポが指差す先を見ていると、空の彼方《かなた》に小さくなったジェット戦闘機が、ゆっくりと空中でカーブを描いているのがわかった。ふたりに機体の真横を見せながら海のほうへと向かったかと思えば、ふいにこちらに旋回してきた。

ふたたび轟音が少年ふたりの耳朶《じだ》を打った。ファントム戦闘機は、さっきとまったく同じコースを辿《たど》って基地に向かっている。

今度はふたりとも竿を傍らに置いて、両手で耳を塞《ふさ》いだ。

そんな彼らの上に一瞬、空から影が落ちた。

頭上をかすめるように基地上空に向かったファントム戦闘機が、ふたたび高度を下げて、建物の向こうに見えなくなる。そうかと思えば、またすさまじい轟音を放ち、小さくなった機体が薄紫の筋を引きながら空中へ舞い上がってゆく。

それが数回、くり返され、やがて完全に着陸したらしく、ファントムは二度と空に舞い上がらなくなった。ゴーッという ジェットの轟音がふいに途切れて、静寂が戻ってきた。

釣り竿を取ってノッポがリールのハンドルを回した。手前まで引き寄せて、鉤にエサがついているのを見て、また竿を振り、遠くへと投げた。

ポチャンと音がして、白い水柱が立つ。

耳鳴りが残っていた。

モリケンは対岸の基地から目が離せずにいた。長く伸びたコンクリの堤防に沿って、小さな芥子粒みたいな米兵たちが、何事もなかったかのようにのんびりとランニングをしている。

「なんか最近、基地が騒がしいのう」

モリケンがつぶやいた。「ベトナムから米軍が撤退したっちゅうのに」

「戦争はまだ終わっちょらんらしいよ。それにベトナム戦争っちゅうても、もともとはアメリカとソ連の喧嘩《けんか》じゃけえ、これから先もずっと続くんじゃろうのう」

対岸の基地を見ながら、ノッポが目を細めていた。

モリケンはジャイアンツのマークが刺繍《ししゅう》された野球帽を脱いで、短く刈ったばかりの坊主頭をザラリと掌《てのひら》で撫《な》でてから、またキャップを目深《まぶか》にかぶる。

「ほしたら、いつかアメリカとソ連が戦争をするんか」

「あり得るのう」

ノッポがつぶやいた。

「あの基地にもソ連からミサイルが飛んでくるんか」

「真っ先に狙《ねら》われるちゅう話じゃ。ここには核爆弾がなんぼもあるっちゅうて、親父《おやじ》がゆうとったけえ」

何かを燃やしているのか、米軍基地の背の低い倉庫の向こうで白い煙が風に流れていた。

モリケンはその煙をじっと見つめている。

「ほうじゃが、日本に核を持ち込んじゃいけんちゅうルールじゃろう?」

「そんとな約束をアメリカが守るわけないじゃろ。こそっと持ち込んじょるに決まっちょる」

そういったノッポの横顔を見てから、モリケンはまた対岸の基地に目を戻した。

「じゃけど、戦争が始まったら、きっとアメリカが日本を守ってくれるっちゃ」

「ほうかのう」

「そのための岩国基地じゃろうが」

「なるほどのう」

モリケンはつぶやきながら米兵たちのランニングを見つめていた。

「そういや、俺らも明日の体育はマラソンじゃった」

急にノッポにいわれて思い出した。

マラソンは苦手だった。持久力がないせいか、ただつらいだけだった。

「じゃが、運動場を十五周っちゅうてハゲ川がゆうとったけえ、マラソンちゅうてもたいした距離じゃないっちゃ。女子もいっしょじゃけえ、そんとなもんですむんじゃろうけどのう」

ハゲ川というのは菅川《すげかわ》という体育教師の渾名で、彼ら二年二組の担任でもある。若禿《わかはげ》で額が大きく目立っているので、生徒たちからこっそりそんな呼び方をされている。赤塚不《ふ》二夫《じお》の漫画に出てくるデコッパチそっくりだ。

「女子がいっしょかあ。吾妻《あずま》みどりのグラマーなボインが揺れるのが見られるのう」

「吾妻はグラマーじゃのうて、ただのデブじゃろ」

そういってモリケンは笑った。

「そういやぁ、小林葵《こばやしあおい》の胸がだいぶ大きゅうなっちょった」

ふいにノッポがいったので、モリケンは驚く。

「ホンマか?」

小林葵は吾妻同様、モリケンたちがいる二年二組の女子で、細面《ほそおもて》で整った顔をした美少女だった。男子の大半がこっそりと惚《ほ》れているのをモリケンは知っている。

「横から見たら、ちゃんとふたつ盛り上がっちょったど」

そういってノッポは笑った。「しかも、セーラー服の背中にブラジャーが透《す》けて見えちょった」

「小林はもうブラジャーつけちょるんか」

声高になったモリケンは興奮している自分に気づいて、ふっと顔を赤らめた。

「俺ぁ、明日のマラソンが楽しみになってきたっちゃ」

「現金《げんきん》じゃのう。お前も」

ノッポが鼻の途中までズリ落ちた眼鏡を押し上げ、苦笑しながら、またリールを巻きとった。

そのとき、川面をかすめてさっと風が吹いてきた。

生温《なまぬる》い初夏——七月の風に、かすかに海の潮の匂《にお》いが混じっていた。

2

門前川沿いの道路を、モリケンはノッポとともに自転車のペダルを漕《こ》いで帰途についていた。

前方の空は、すでに夕焼け色に染まっている。

頭上をかすめるように、無数のトンボが舞っている。

モリケンの自転車は、中学に入学して親に買ってもらった丸石のスポーツサイクルだ。アップハンドルを自分で上下逆さまに付け替え、セミドロップハンドルにしている。さらに、もともと五段変速だったのを、ペダル側につけるギヤパーツを購入して十段変速に改造した。だから、坂道にさしかかるたびに、太腿《ふともも》の間にある変速機のレバーを動かすと、ガチャガチャとうるさい音を立ててギヤを嚙《か》むチェーンの位置が変わる。

荷台には分解した釣り竿といっしょに、中型のクーラーボックスが縛り付けてある。リールやオモリなどの道具はその中に入れた。釣れた魚を入れる予定が、ろくな釣果がなかったためだ。

前をゆくノッポの自転車はブリヂストンだ。

ハンドルはメーカー製のセミドロップ。後ろの荷台にフラッシャーと呼ばれる大きな方向指示器がついている。角を曲がるたびに、得意げにはでな電子音を立ててフラッシャーを明滅させていたノッポだが、いつしかまったく無駄な機能だと気づいて、今はすっかりやらなくなった。

　ふたりは堤防沿いの道路にふたつの影を落としながら、黙々とペダルを漕いでいた。河口から上流へと向かっている。

　さっきから麻丘《あさおか》めぐみの〈わたしの彼は左きき〉のメロディで、口笛が流れている。口笛は昔からのノッポの得意芸だった。まるで楽器を奏でているように澄み切っていて、音程もしっかりして音域が広いから、モリケンはいつも聴き惚《ほ》れてしまう。

　気がつけば潮の香りが遠のいて、心地よい川風が真正面から吹くばかりとなった。

　ときおり自動車がすれ違うので、彼らは堤防とは逆側の路肩に沿って縦列になっていた。山陽本線の高架をくぐり、門前橋、愛川橋というふたつの橋と交わる十字路を抜けて、そのまま川沿いに上ってゆく。

「モリケンとこ、門限は何時なんか」

　前を走るノッポが振り向いていった。

「とくに何時っちゅうことはないが、暗《くろ》うなるまでかのう」

「俺んところは六時厳守じゃ」

「ほんなら、もう遅刻もええところっちゃ」

「帰ったらお袋の百叩《たた》きが待っちょる。お前んところは自由でええのう」

「そりゃあ、違ういや。時間が決まっちょらんだけで、帰りが遅うなったら、ぶち叱《しか》られるに決まっちょろうが」

「親っちゅうのはせんない（面倒くさい）のう」

「ホンマにせんないのう」

ふたりはいつしか立ち漕ぎになって自転車を飛ばしていた。

それも五分と続かず、やがて疲れて猫背気味に自転車を走らせている。

真正面に夕陽《ゆうひ》。

沈む太陽を追いかけるように、二台の自転車が走る。

右手には相変わらず大きな川が見下ろせる。

対岸はちょうど三角州の上流側の突端に当たり、川下《かわしも》地区と呼ばれている。町名は楠《くすのき》町《まち》というが、文字通り川端《かわばた》に大きなクスノキの並木が茂っている。

ふたりが辿って上ってきた門前川はここで終わり、もうひとつの今津川と合流する。Yの字を横にしたように流れがひとつになり、ここから先の上流は錦川。中国山地の奥を源流とした大きな河川である。

眼下に井堰《いせき》があった。

コンクリートを平らに敷き詰めて、川を堰《せ》き止めている。幅はおよそ十五メートル、全長は二八〇メートル以上あって川下地区に向かって続いている。それはまるで川に渡された平らな〝道〟のように見える。

ふいにノッポがブレーキをかけた。後続のモリケンがぶつかりそうになり、あわてて自転車を停《と》めた。両足をアスファルトにつけた。

「どうしたんか」

ノッポが土手道の路肩から川を見下ろしている。

「あれ、ムラマサじゃろ」

いわれてモリケンは目をやった。

井堰の途中には水を流す水路が作られていて、その上にコンクリートの狭い橋がかかっている。橋の途中に小さな人影があった。すぐ近くに自転車が倒れたまま置かれている。

ムラマサというのは、ふたりの共通の友人の渾名だ。

しかし、モリケンにはそれが彼本人であるという確信がない。暮れなずむ川に渡された井堰の中途に、ちっぽけな影が滲《にじ》むように見えているだけだ。

「ホンマにムラマサなんか」

「ホンマいや。俺、近眼じゃけど、眼鏡をかけたら視力最強なんよ」

そういってノッポは自転車から下りた。モリケンもそれに倣《なら》い、ふたりで土手道から井堰に下る急坂を辿る。斜度がきつい上に、未舗装で道がでこぼこしているため、ふたりとも自転車に乗ったままで下りるのは怖かった。だからブレーキをかけながら、自転車を引いてゆっくりと坂道を下りた。

河川敷まで下りると、またサドルを跨《また》ぎ、自転車を漕ぎ始めた。

井堰のコンクリートは上流部が高く、下流に向かってゆるやかな傾斜になっているが、ハンドルを取られるようなことはない。

すぐに水路にかかった橋まで辿り着く。

たしかにムラマサだった。

猫背気味に胡座をかいて、コンクリの橋の上に座っていた。

村尾将人《むらおまさと》。だから渾名がムラマサ。

手前に倒してある自転車はツノダのスポーツサイクル。ハンドルはフラットな直線型で、変速機のレバーと速度計までついている。春先には新品だったはずなのに、何しろひどい乗り方だし、転《こ》けたり倒したりで、今はボロボロになっている。

「おい。ムラマサ」

ノッポが声をかけると、人影が振り返った。

煙草《タバコ》をくわえているのがわかった。口元にホタルのような小さな赤い光がある。

傍らには黒っぽい瓶と、円筒形の湯呑《ゆの》みが置いてあった。

「お前、それ……」

モリケンが指差す。

「ウイスキーじゃ。ダルマちゅうて高級なんよ」

煙草をくわえながらムラマサがいってから、「ぎひひっ」と笑った。

品のない独特の笑い方は彼の癖だ。

「まさかそれ？」

ムラマサはノッポに向かってうなずく。ニヤリと笑った白い歯が薄闇《うすやみ》にはっきり見えた。

「お袋の店からちょろまかしてきたっちゃ。お前らもつきおうて飲まんか」

「バカたれ。中学生が酒なんかにつきあえるかいや」

モリケンが怒鳴ったが、ムラマサはニヤニヤ笑っている。しきりと上体を前後に揺らしているのを見ると、すでに酔っ払っているのだろう。

こんな調子で川に落ちたらとんでもないことになる。

ムラマサの家は片親で、モリケン同様にひとりっ子だった。母親は米軍基地前にバーを開いていた。帰宅はいつも夜遅くになってからか、明け方だという。

ノッポがいった。

「それにしても、わざわざこんとなところまで酒を持ってきて飲まんでも」

「家でこそっと飲んでも、旨《うも》うも何ともないっちゃ」

「俺らの秘密基地があるじゃろ」

「あんとな森の中は暑苦しゅうていけんし、線香を焚《た》かんとすぐに蚊に刺されるけえのう。じゃけどここは蚊もおらんし、風が気持ちようてええっちゃ」

ムラマサはまた「ぎひひっ」と笑い、吸いかけの煙草を川に投げ込むと、両手を組んで頭の上にかざし、気持ちよさそうに思い切り伸びをした。

「お前は能天気《のうてんき》でええのう」

あきれ顔でモリケンがつぶやく。

ダルマの瓶を取ったムラマサは、傍らの湯呑みにドボドボと注《つ》いだ。

それをぐいっとあおった。

「もう、ええかげんにやめちょけ。それ以上、酔っ払ったら、ホンマに川に落ちるど。だいいち自転車漕いで、うちに戻れんようになるっちゃ」

モリケンに止められ、彼は口元を手の甲で拭《ぬぐ》った。

「ええけえ、もう帰ろうや」

ノッポにいわれた。

ふうっと酒臭い息を吐いてから、ムラマサはまた湯呑みをあおった。それから傍らのウイスキーの瓶を摑むと、無造作に川面に放《ほう》り込んだ。ボチョンと音がした。続いて持っていた湯呑みも投げた。薄暗い川面に水柱が立った。

「証拠隠滅じゃ」と、ムラマサがいって笑った。「ぎひひっ」

「ええんか、そんとなことやって」

「酒なんか、なんぼでもうちにあるわい」

モリケンを見て、ムラマサがまた歯を見せて笑った。そしてよろよろとしながらも、何とか立ち上がった。


三人で土手道を自転車を押して歩いた。

すっかり日が暮れてしまい、辺りが暗くなっているので、前タイヤのダイナモを倒して前照灯を点《つ》けている。空に無数の星が瞬き始めていた。道端の草叢《くさむら》から虫がすだく声がしきりに聞こえていた。

「わしゃあ、近いうちに挑戦するつもりじゃ」

ムラマサの呂律《ろれつ》の回らぬ声に、モリケンは驚く。

「挑戦ちゅうて……？」

「〝井堰渡り〟に決まっちょろうが」

ムラマサは酔眼のまま、胸を張るようにいった。「一気に向こう岸の川下まで突っ走っちゃる」

「お前、本気かあ」

ノッポにいわれ、彼はうなずいた。

「ほんで井堰になんかおったんか」

ムラマサは可笑《おか》しげに肩を揺する。「おお、そういや。イメージしちょったんじゃ」

〝井堰渡り〟とは地元の子供たちの間に伝わる伝説だった。

大雨で増水した錦川はすさまじい濁流となる。井堰は高さのない堰堤のようなものだから、それ全体を水が越して、ゴウゴウと音を立てて流れる。まるで水平な滝のようにである。

そんな井堰を、自転車を漕いで対岸まで一気に渡る。渡りきったらヒーローになる。

いつ、いったい誰がそんなことをいいだしたのか。

何年か前の夏、大雨のあとで、それを決行しようとして死んだ者がいた。

市内の商業高校に通う十七歳の少年だった。彼らが通う中学校に近い町内にある、豆腐屋の次男坊だった。

周囲にそそのかされて、無謀にもひとりで決行したようだ。

コンクリの斜面をゴウゴウと流れる濁流の水圧はすさまじく、走り出したとたん、自転車のタイヤが流れに取られ、そのまま下流に押し流されてしまった。すぐに警察と消防団による川ざらいがなされたが、自転車は回収されたものの、遺体がなかなか見つからなかった。

発見されたのは二日後のことだった。

井堰から一キロ近く下流の川底に沈んでいたのだという。

「お前のう、絶対にやめちょけ」

モリケンは強い口調でいった。「ホンマに死ぬけえの」

「秘策《ひさく》があるんよ」

ムラマサは相変わらずの酔眼でいう。

「どんとな秘策なんね？」

ノッポが振り返った。

「自転車を使うけえ、水の力に逆らえんのじゃろう。わしが乗るのはバイクじゃ」

得意げにいってから、あの「ぎひひっ」という下品な笑いを放った。

「バイク！」

モリケンとノッポの声が重なる。

「もしかして、秘密基地に置いちょる、あのホンダのバイクか」と、モリケン。

「おお、そういや。あれはわしらの共有財産じゃけえ、文句なかろうが」

先月、錦川にかかる愛宕橋《あたごばし》の下に、ボロボロになってうち捨てられていた一二五ｃｃのホンダのバイクをノッポが偶然に発見し、みんなで苦労して秘密基地と呼ぶアジトまで運んできていた。

廃棄されたものだから、エンジンはかからず、あちこちが故障しているようだったが、それを何とか修理して走らせようというのが、モリケンたちの夢のひとつだった。

「バイクはええけど、そいつを使うて〝井堰渡り〟だけはせんちょってくれ」

モリケンがいうと、ムラマサはまた歯を剝《む》き出して「ぎひひっ」と笑った。

「お前のう――」

あきれてつぶやいたときだった。

視界の端で何かが光った。ハッと顔を上げる。

ちょうど三人の真正面。城山《しろやま》と呼ばれる山の真上を、青白い光が一条の筋を引きながら斜めに滑り落ちた。

「おお――ッ！」

ムラマサが大声で叫んだ。

モリケンは思わず足を止めた。もちろんノッポも見ていた。

ノッポの口笛が短く高鳴った。

「おい、モリケン。今のは流れ星じゃ。凄かったのう」

「ホンマに凄かったのう」

溜息《ためいき》混じりにモリケンがつぶやいた。

「あ。いけん」

ムラマサの声に振り向く。

彼はいった。

「願い事をいうの、すっかり忘れちょった」

「どんとな願いなん？」と、ノッポ。

「そりゃあ秘密いや」

そういってムラマサはしゃっくりをひとつ、酒臭い息を吐いた。

3

翌朝のマラソンのおかげで、モリケンたちにとって午後は睡魔《すいま》との戦いだった。

六時間目はとりわけ苦手な数学。教師は油谷《あぶらや》という初老の男だ。いつも念仏をとなえるような声で、黒板に向かってチョークを鳴らしながら数式を書いている。

日当たりのいい窓越しに差し込む初夏の光の中、モリケンは机に頰杖《ほおづえ》を突いたまま、ウトウトしている。

目の前に広げた教科書の上に、涎《よだれ》がポトリと落ちた。あわててそれを掌で拭った。

斜め前の席では、ムラマサがあからさまに突っ伏して寝息を立てていた。ゆうべは飲み過ぎて宿酔《ふつかよい》だと本人がいっていたが、マラソンは休まずに完走した。おかげですっかり酒が抜けたと苦笑いを見せていた。

ノッポはモリケンの真後ろの席だが、振り返るまでもなかった。

二年二組の教室の大半の生徒が、眠ったり、コックリコックリと舟を漕いだりしている。

灰色のワイシャツに同じ色のズボンを穿いた油谷が、彼らに背中を向けたまま、ひたすら黒板に連立方程式を書き殴っている。

カツカツというチョークの音に混じって、寝息や、露骨な鼾《いびき》が聞こえている。

ふわっと欠伸が出そうになって、あわてて掌で口を覆った。教師の油谷は相変わらず背中を向けたままだった。ふっと右隣の机に目をやった。

そこは松浦陽子《まつうらようこ》の席だ。

もう一週間も学校に来ていない。病気や怪我《けが》ではなく登校拒否である。

彼女のいない机を見つめているうちに、いつしか眠気が去っていた。

昨日、ノッポとの釣りで話題になった小林葵は、左斜め前の窓際、前から三番目の席だった。

モリケンの場所から見ると、黒板を見つめる彼女の横顔がちょうどうかがえる。

すらりと細身で肩までかかった柔らかそうな黒髪。少し尖《とが》った顎《あご》。鼻筋の通った顔にくっきりとした二重瞼《ふたえまぶた》が印象的だ。

田舎の女子中学生の多くは丸顔だったり、鼻がぺちゃんこだったり、足が太かったりと野暮ったいのだが、彼女はテレビに出てくる歌手や女優のようにきれいだった。

ところが、小林葵はクラスの女子の中で孤立していた。男子の目から見ても、他の女子たちから、明らかに距離を置かれているのがわかる。ひとりだけ容姿が整っているし、成績も優秀。男子からすれば手の届かない高嶺《たかね》の花だし、女子にとっては嫉妬《しっと》の的なのである。それでもまったく意に介さないといったふうに、いつもひとり毅然《きぜん》としていた。

夏服のセーラーの白いシャツの背中に、ブラジャーが透けて見えた――ノッポから聞いたその話を思い出していた。

今朝、登校して教室に入るなり、モリケンはドキドキしながら小林葵の後ろ姿を見た。

シャツの背中に目をやるが、はっきりと確認できない。濃紺に白の三本線が入った長めのセーラーカラーと、そこから逆三角に覗《のぞ》くスカーフが邪魔《じゃま》になっている。

あまりジロジロ見ていると、視線を感じて振り向かれそうなので、すぐに目を逸《そ》らしてしまう。

体育の時間なら、きっと体操着だからよくわかるだろうと期待したら、小林葵は夏風邪《なつかぜ》ということで、体育の授業は見学になってしまった。そんなわけで、ちょっとがっかりしながら、モリケンはマラソンをやるはめになったのだった。

チャイムが鳴って油谷が黒板から向き直った。

あわてて顔を上げ、わざとらしく咳払《せきばら》いをする生徒がいる。相変わらず寝転《ねこ》けている者もいたが、そんなだらしない生徒にも興味がなさそうに、油谷がいった。

「五月にやった中間テストの話じゃが、数学に関しては一部生徒を除いてどいつもこいつも、みんな〝わや（ひどい）〟じゃったのう。もうすぐ期末テストじゃけえ、しっかり勉強しちょけ。今度また〝わや〟な点をとった生徒にゃあ、夏休みにも来てもらわんといけんど」

とたんに、生徒たちが焦り顔で「えーっ」と声を揃《そろ》える。

モリケンは英語と国語は得意だが、他の課目が苦手で足を引っ張っている。とりわけ数学は苦手だ。総合的な成績はクラスでも中の下といったところだった。ノッポはいずれの課目も成績がいいが、ムラマサに関しては、はなっから勉強に興味もないので、成績は限りなく最下位に近い。

「起立」

臙脂《えんじ》色の眼鏡をかけた学級委員の立花智恵子《たちばなちえこ》の声。

生徒たちがドヤドヤと立ち上がる。寝入っていた者も、その騒音に気づいてあわてて立った。

「礼！」

クラス全員が礼をし、椅子《いす》に座ると、油谷は教卓の上で教科書などをトントンと揃え、教壇から下りて外の廊下に出て行った。

二組の生徒たちがガヤガヤ騒ぎ始める。

――せっかくの夏休みに学校に出てこんといけんのか。

――油谷もせんない教師じゃのう。

モリケンは自分の席に座り、学生鞄《かばん》に教科書とノートをしまい始めた。

ふとまた右隣、松浦陽子の机を見た。

誰かが彫刻刀《ちょうこくとう》で刻んだ言葉が、くっきりと机上に残っている。

《ブス！》

《ビョーキ女》

《死ね、バイキン》

しばしそれを凝視していた。

これを見るたび、胸に刃《やいば》を刺し込まれるような気分になる。

教室の戸が開き、上下灰色のジャージを着た中年男が入ってきた。

二組の担任教師、ハゲ川こと菅川功太《こうた》郎《ろう》だ。

騒いでいた生徒たちが静かになった。

菅川は教壇に上がると、教卓の両側に手を突いて、生徒たちを見た。

「学活《がっかつ》を始めるど」

菅川がいった。

「起立、礼」と、学級委員の立花の声が響く。「着席！」

生徒たちが倣い、各自、それぞれの席に座った。

「期末試験が迫ってきちょるけえ、お前ら、気を抜いたらいけんど。今朝のマラソンの走りっぷりを見てみい。お前らのだらしなさがまんま出ちょったろうが」

そういって菅川は笑った。「とくに吾妻は、はなっからバテちょったのう」

だしぬけに指名されて、吾妻みどりがむっとした顔で口を尖らせている。丸々と太った女子生徒だから、マラソンが苦手なのはむりもない。

「何をはぶてちょる（怒ってる）んか」

意地悪げに笑って菅川がいった。「今学期も、もうひと月もないけえ、しっかり頑張れ」

生徒たちが「はあい」と力ない声を返す。

「それから、幹本《みきもと》」

モリケンの斜め後ろに座っている男子生徒がいきなり呼ばれ、ビクッと肩を震わせた。

教室にいる男子はみな坊主頭なのだが、ひとりだけ髪を伸ばしていた。

目鼻立ちがくっきりしていて、か細い顔だし、しかも色白なので、どこか中性的な感じがする少年だ。

「お前も四月に東京から転校してきて、はぁ三カ月じゃが、ぼちぼちこっちに馴《な》れたか？」

「あ……はい」

幹本靖弘《やすひろ》がしきりに頭を掻《か》きながら、口ごもった。「だいぶ馴れました」

菅川は教卓の向こうから笑いかけた。

「みんなと仲良うにやっとるんか」

「ええ、まあ」

「優等生じゃけえ、勉強はさすがにようできよるが、体育だけはダメじゃのう」

今朝のマラソンで、幹本は男子では最下位だった。みんなから後ろに離れ、ずいぶんと遅れてゴールした。もともと体力がないらしく、とりわけ持久走《じきゅうそう》は苦手のようだ。

「お前ら、まだ中二じゃと思うて安心しちょらんと、夏休みに入ってもしっかりと勉強せえよ。あんましうかれて遊びほうけちょったら、どんどん成績が落ちるばかりじゃけえの」

生徒たちはくたびれた声で「はあい」といった。

「そこの松浦みたいにいつまでもサボっちょると、いずれ取り返しがつかんことになる」

菅川が指差した隣の机を、モリケンはまた見つめた。

彫刻刀の無残な落書き。

小林葵は周囲から孤立しているが、松浦陽子はいわゆる苛《いじ》めに遭っていた。それも男子女子の区別なしにいろいろな嫌がらせを受けていた。中心となっているのは正岡《まさおか》、畠田《はただ》、それから榊原《さかきばら》という三人の男子で、ときには言葉だけではなくあからさまな暴力をぶつけられることもあった。

容姿は小林とは対照的だ。背は低く、丸顔にそばかすが散っている。三つ編みに結《ゆ》ったお下げ髪が、いかにもな田舎っぽさをかもし出していた。それが苛めの原因だとは思えなかったが、標的に選ばれる理由には偶然の介在も否定できない。

「森木」

担任教師に声をかけられ、モリケンは驚く。

「悪いが連絡事項の書類を、松浦の家に持っていってくれんか。お前んち、すぐ近くじゃろう?」

「ぼく、今日は塾《じゅく》があるんで……」

思わず嘘《うそ》をついてしまった。

「ほれじゃあ、しょうがないのう。また俺が車で届けちゃるか」

菅川がつまらなそうな顔でいった。「これで学活を終わる」

「起立。礼」

立花智恵子の声に二年二組の生徒たちが従う。

4

モリケンは下駄箱で上履《うわば》きから靴に履き替え、校舎の外に出た。校庭の片隅の自転車置き場に行くと、ムラマサとノッポがすでに自転車の傍で待っていた。

驚いたことに、転校生の幹本靖弘も彼らといっしょにいた。

ひとりだけ長い髪の毛なのには理由がある。西岩国中学の校則で男子は坊主頭とされているのだが、転校してきたばかりでまだ床屋に行っていないためだ。色白で鼻筋が通って、よく整った顔が、田舎っぽく野暮ったいノッポやムラマサとはえらく対照的に見える。しかし、ひとことでいえば青臭いというイメージだ。

モリケンは幹本の前で足を止めた。

少し緊張したような表情で、彼は見返してきた。

道路を挟んだ反対側のグラウンドから、野球やテニスなどの部活の声が聞こえてくる。校舎のどこかから、ブラスバンド部が練習する音が不協和音のように流れていた。

「幹本が俺らといっしょに行きたいっちゅうとるけえ」

そういってノッポが照れくさそうに頭を掻いた。

「お前、俺らの仲間に入りたいんか」

モリケンが訊くと、彼は恥ずかしそうに俯《うつむ》いた。

「君たちって、何だか楽しそうだから」

テレビでおなじみの東京言葉が、どうしても浮いて聞こえる。

学活では担任の菅川に彼は嘘をついていたが、転校から三カ月が経過しても、周囲とはほとんど口を利いていない。当初はハンサムな顔立ちだというので女の子たちが騒いでいたが、やはり東京言葉のせいか周囲から敬遠され気味だし、田舎の中学生たちの間になかなか溶け込めずにいる。

「いつも三人で遊んでるんだね」

「俺らは小学生の頃《ころ》からずっといっしょじゃったけえ」とノッポ。

「ひとり増えたら迷惑？」

「ほりゃあ、迷惑っちゅうわけじゃないがのう」

モリケンは口をへの字に曲げた。周囲に人がいないのを確かめ、小声でいった。

「俺らの秘密基地をこいつに教えるんか？」

「ええじゃろ。わしゃあ、ひとりぐらい仲間が増えてもかまわんよ」

そういって、ムラマサが「ぎひひっ」と笑った。

「ノッポもええんか」

「ああ。ええよ」

黒縁眼鏡をついっと上げた。

モリケンは鼻を鳴らした。

「まあ、ええか」

自分の自転車のサイドバスケットを開くと、学生鞄をそこに入れた。サドルに跨がってペダルを漕ぎ始める。ノッポとムラマサが続いた。校庭を出て坂道を下るとき、振り向いた。幹本がしんがりをついてくる。何だか嬉《うれ》しそうにひとり笑みを浮かべている。

国道を渡り、彼らは一列になって住宅地の細道を走った。

「幹本の自転車。かっこええのう」

　ムラマサが後ろを振り向き、いった。「ナショナルの〈エレクトロボーイZ〉っちゅう奴と違うんか」

「よく知ってるね」

　彼はペダルを漕ぎながら、そういった。

「わしゃあ、それが欲《ほ》しゅうてのう。お袋にねだったのに買《こ》うてもらえんかった」

「村尾くんのツノダの自転車も悪くないよ」

「おい、幹本。その……村尾くんっちゅう呼び方はやめてくれんか。なんか、ぶちこそばゆい（恥ずかしい）けえ」

「何て呼べばいいの?」

「ムラマサでええよ。刀の名前みたいで、わしゃ、この渾名《あだな》が気に入っちょるけえ」

「そういえば、君たちはみんな——」

「俺、ノッポ」

「モリケンって呼んでくれ」

　そういってモリケンはちょっと考えた。

「お前もひとりだけ本名じゃバランスがとれんじゃろ。幹本じゃけえ、ミッキーっちゅうのはどうかいのう。マンガのネズミみたいじゃけど」

「ええと思うよ」

　ノッポが同調する。

そして得意の口笛で〈ミッキーマウス・マーチ〉を短く吹いた。

「何だか照れるけど、ありがとう」

幹本靖弘――ミッキーが少し頬を染めて笑った。


錦川の土手に登る坂道を、立ち漕ぎスタイルで四人が自転車を走らせていた。

坂の途中に、岩国駅を起点とするふたつのローカル鉄道――岩徳線《がんとく》と岩日線《がんにち》が走る単線軌道の踏切がある。それを渡ったすぐ右手、〈倉重《くらしげ》サイクル〉の前で、若い店主がセメントで固めた土間に座り込み、自転車のパンク修理をしている姿があった。

モリケンたちが手を振ると、真っ黒に日焼けした顔に白い歯を見せ、手を振り返してくる。素足にサンダル履き。油で斑《まだら》に黒く汚れたオーバーオールのジーンズを身にまとっている。

――お前ら。コカコーラ、おごっちゃろうか。

大きな声が飛んできた。

店の外に立っている自動販売機を見て、モリケンの喉《のど》が鳴った。が、我慢することに決めた。

「常夫《つねお》さん。ええよ。俺ら、急いじょるけえ」

負けじと大声で答える。

――そんなに急いでどこへゆくっちゅうじゃろうが。なんか悪いことたくらんどらんか。

「そこらの不良といっしょにせんといて」

いい返すモリケンたちを見ながら、彼は横倒しにした自転車のタイヤから引っ張り出したゴムチューブにヤスリがけをしている。

やがて土手道に出た。一気に視界が開けた。

目の前には大きな錦川があり、水面が目映《まばゆ》く光っていた。川幅は広く、そこを渡る愛宕橋が対岸まで続いている。長さが三五〇メートルもある長い橋だ。

それに隣接して、立派な高架の新愛宕橋がかかっていた。これは昭和四十七年——つまり去年、開通したばかりの欽明路《きんめいじ》有料道路のため、新しく架けられた橋だ。

もちろん有料道路は自転車の通行ができないため、彼らは旧道の橋を渡らねばならない。古い橋自体は、自動車の往来がぎりぎりな幅で、最近になってコンクリートで欄干《らんかん》の外側に専用の歩道が作られている。そこは自動車道とは隔離されているため、彼らは二列になってゆっくりと自転車を漕いだ。

「さっきの人、誰？」

モリケンと併走するミッキーが訊いた。

「倉重常夫さんっちゅうて、あの自転車屋の二代目じゃ。俺ら、パンクとか、自転車のことで、しょっちゅう世話になっちょるけえ、顔なじみなんよ。ほら、俳優の黒沢年男にちいと似たええ男じゃろ。じゃけえ、若い頃からモテモテじゃったそうじゃ」

「ふうん」

「ミッキーも東京じゃモテたんか？」

「いや、別に」

なぜか顔を赤らめている。

「お前もええ男じゃけど、ちいと鈍《どん》くさいところがあるしのう」

ムラマサが自転車の前輪をしきりと浮かせながら、遠慮会釈もなしにそういう。

「そういう君たちは彼女とかいないの」

ふいに問われて、モリケンたちは答えに窮《きゅう》した。東京から来た転校生を前に、格好つけたいのはヤマヤマだが、いないものはいない。嘘をついても仕方がない。

「うちのクラスにゃ、ブスしかおらんけえ」

いいわけを洩《も》らすノッポの声が、どことなく寂しげだ。

「小林葵がおろうが」と、ムラマサ。

「ありゃあ、別格じゃけえ、とうてい手がたわん（届かない）っちゃ」

ノッポが声高にいった。

「小林さんって、もしかして彼氏いるの」

「おるよ」

昏《くら》い声でノッポがいった。「うちらの中学の隣に工業高校があるじゃろ。あそこの生徒とつきおうちょるっちゅう話いや。つまり年上の彼氏っちゅうこと」

ミッキーがふっと吐息を洩らした。

「まさかお前、小林のことを狙《ねろ》うちょったんか」

思わずモリケンが訊いた。

「いや。ちょっと気にかけてただけ」

ミッキーが顔を赤らめている。

するとムラマサが自転車をつーっと寄せてきて、ミッキーの左足を軽く蹴飛ばした。

「ぎひひっ。ほらあ、残念じゃったのう！」

そういってから、ムラマサはまた弾みをつけながら前輪を浮かせて走り始めた。

5

愛宕橋を渡りきると、そこは牛野谷《うしのや》と呼ばれ、モリケンとノッポ、ムラマサが住んでいる地区である。彼らはそれぞれの家には帰らず、二車線の有料道路の路肩を、岩国市民球場に向かって走った。

ドライブインの前を通り過ぎると、道路が大きくカーブしている。その手前にある市民球場の入口にやってきた。

ゲート前を右に折れ、緑色に塗装されたコンクリの外壁に沿って、自転車を走らせる。

グラウンドでは、社会人野球のチームらしい男たちが、声を上げながら練習をしていた。コーチらしい男がユニフォームの選手たちに向かってノックをやっている。バットが硬球を打つたび、独特の音が、夕焼け色に染まり始めた空に響いている。

大きな掲示板とバックネットの真後ろまでゆくと、そこから森に入る小径《こみち》がある。モリケンたちは自転車で木立の中に進入していった。

夏の夕刻、空気がむんむんと湿っていて、あちこちに蚊柱が立っていた。

そこかしこの木立から、ニイニイゼミが鳴く声が聞こえている。

少しぬかるんだ草道をどこまでもゆくうちに、ミッキーはいつしか口数が少なくなっていた。いったいどこへ連れて行かれるのかと、不安が心をかすめているのだろう。

「着いたど～！」

先頭のムラマサが自転車を停め、その場に乱暴に倒した。

モリケンとノッポは、ちゃんとスタンドで自転車を立てた。ミッキーもそれに倣う。

「あれが俺らの秘密基地っちゃ」

ノッポが指差した。おどけた口笛で、〈サンダーバード〉のテーマ曲を吹いている。

ミッキーが一瞬、驚いた顔で棒立ちになった。

「え？　バス？」

木立に囲まれ下生えの夏草に埋もれるように、古いマイクロバスが置いてあった。

「去年、みんなで山を探検しよって、たまたま見つけてのう。それから、ずっとここを俺らのアジトにしちょるんよ。ええじゃろう？」

モリケンにいわれて彼は無言でうなずく。

秘密基地を持つのは男の子に共通する願望といってもいい。とりわけ小学生だった頃のモリケンたちには、その想いが強烈にあった。

家の屋根裏に隠し部屋を作ろうとしたり、森や野原のどこかに誰も知らない掘立小屋みたいなものがないかと探してみたりしたが、ムラマサはテレビの〈ウルトラセブン〉を観《み》たときから、劇中に登場するウルトラ警備隊みたいに地下基地を作ろうと主張していた。

それも有料道路の下にある芝生の斜面に穴を掘るという。

そんなことが実現できるはずがない。ふたりはそういって、相手にしなかった。

ところがムラマサはひとり、現場に通ってはスコップで穴を掘り始めた。土砂が崩れて生き埋めになったらどうするんだと、モリケンたちは何度も止めたが、聞く耳を持たなかった。

あるとき、ムラマサの家に行って、本人がいなかったため、有料道路に自転車を走らせた。

彼が穴を掘っていた斜面に大きく土が崩れた痕《あと》があり、山のように積み上がった土砂の中からムラマサのジーパンの足とスニーカーがふたつ、突き出しているのが見えた。

モリケンとノッポは必死に土をかいて引きずり出した。

さいわい、顔の前に空間があったらしく、ムラマサは生きていた。土砂まみれになって胡座《あぐら》をかいているムラマサをあきれた様子でふたりして見ていたが、やがて全員でスコップで崩れた場所を埋めて、その場から逃げ出した。

そんな矢先、彼らはこの捨てられたバスを見つけたのだった。

誰がどういう理由で、こんな山の中に置いていったのかは定かではない。とにかく、ずいぶんと前に捨てられたらしく、錆《さび》だらけの廃車だった。

あとで調べてみると、隣県の広島にある東洋工業が、昭和四十年に発売したライトバスという車種だとわかった。あちこちの塗料が剝げ落ち、斑模様に赤錆が浮いたボディに、「m」の字を組み合わせた昔のマツダのエンブレムがくっきりと残っている。

タイヤはもともと外されていたのか、四つともなく、車体がそのまま地面に着いていた。フロントガラスは蜘蛛《くも》の巣がいくつも重なったみたいにヒビが入っているし、ワイパーはどちらもちぎり取って、モリケンたちがチャンバラごっこに使ったため、無残な状態になっている。

いわば何とか雨風をしのげる程度だが、それで充分だった。

「ええけえ、入りぃや」

車体側面中央にある折りたたみ式のドアを開いたノッポに手招きされ、ミッキーが車内に入った。

ムラマサとモリケンが続く。

中は湿気が立ちこめていた。

乗客用の座席は片側だけすべて取り去られていて、車外にうち捨ててあるため、床は案外と広かった。そこにいろいろなものが無秩序に散乱している。〈少年ジャンプ〉などの雑誌や、マンガの単行本。野球盤や人生ゲームなどのボードゲーム。カップヌードルの空き容器。キットカットやサッポロポテトなどの空き箱、空き袋。ファンタやポッカコーヒーなどの空き缶も、あちこちに転がっている。

さらにはムラマサが煙草を吸うため、吸い殻も車内の床に落ちていた。

「空気がこもっちょるけえ、窓をさで開けちゃる」

モリケンがそういった。

「さで開ける……って何」と、ミッキーが首を傾《かし》げる。

「さ、で、っちゅうのは、ぶ、ち、っちゅうことじゃ」

「ぶち？」

「つまりのう、思いっきりとか、凄い――っちゅうことじゃ」

それが可笑しいらしく、ミッキーが吹き出した。

モリケンたちは車窓を開いた。ボロなので動かない窓もあるが、開けられる場所はすべて開放して、中に風を入れた。ヤブ蚊が入ってくるので、ノッポが蚊取り線香を出してきて、マッチで火を点《つ》けた。

「何だかいいなあ……」

車内を見渡しながらミッキーがつぶやいた。「なるほど、秘密基地か」

ここを見つけてからというもの、モリケンたちは時間を作っては足繁《あししげ》くやってきた。自分たちの部屋にあったものを、少しずつ運び込んだ。三人でトランプをやったり、ボードゲームに興じたりしたが、ただ、何をするでもなく、漫然と会話をしながら時間を過ごすことが多かった。

「小学生のときからの宝物なんよ」

そういってノッポが運転席のダッシュボードを開いて、何かを取り出した。

「うわ。〈仮面ライダーカード〉じゃないか」

受け取った細長い長方形のアルバムをめくって、おもむろにミッキーが顔を上げた。

「もしかして全種類、揃ってるの？」

「さすがにぜんぶはむりっちゃ。じゃけど、けっこう集めたのう」

ノッポが得意げにいった。

「〈V3〉になって、ライダーもつまらんようになったのう」と、モリケン。

「いんや、俺は主役の宮内洋《みやうちひろし》が気に入っちょる」

ノッポがそういった。「今までのライダーの中じゃ、いちばんかっこええっちゃ」

「そういやぁ、お前がいつも描いちょるマンガは、もろに石森章太郎《いしもりしょうたろう》っぽいのう」

「最近は永井《ながい》豪《ごう》の影響も、だいぶ受けちょるがのう」

「ノッポって、マンガを描くの？」

ミッキーが驚いた。

モリケンは近くの窓際に横たえたカラーボックスを指差した。

「あそこに突っ込んどるノートはのう、ぜんぶノッポが描いたマンガなんよ」

「え。本当に？」

「ホンマっちゃ。見せちゃるけえ」

そういいながら、ノッポがかがみ込んで一冊、引き出してみせた。

受け取ったミッキーが、最初に表紙をめくって奇異な顔をする。

「それは逆なんじゃ。大学ノートはマンガの単行本とは逆の開き方になっちょるけえ、ノッポはいつも裏表紙を表紙にしちょるんよ」

「そうなんだ」

ミッキーがノートの裏表紙をめくると、そこに凝《こ》ったロゴで〈ジェットマン〉とタイトルが読める。

ページをめくると、各ページごとにコマ割りが切ってあって、上手にマンガが描かれてある。基本は鉛筆書きだが、場所によって黒のインクでペン入れされているところもあった。

キャラクターもきれいに描き込まれているが、セリフの吹き出しの形も凝っているし、スピード線は定規で精緻《せいち》に引かれ、効果音などの文字のデザインも、いかにもそれっぽい。

「これってまるでプロみたい」

驚きながらミッキーがページをめくった。

「ノッポは将来、マンガ家になるのが夢なんよ」

「本当に？」

「かくいうモリケンのほうは、マンガじゃのうて小説家を目指しとるっちゃ」

ノッポがいったので、彼は照れ笑いをする。

「俺の拙《つたな》い作品もそこに入っちょるけえ、暇《ひま》なときに読んでくれいや」

ミッキーがうなずいた。

「もちろん！　ぜんぶ読みたいな。それにしても、びっくりした。ふたりとも凄いなあ」

それからミッキーは顔を上げ、車内の最後尾に目をやった。

ふと立ち上がり、そこに行くと、後部座席の上の大きなリアウインドウにコルクボードが取り付けてあり、そこに何枚ものカラーや白黒の写真がピンで留めてあった。ほとんどがモリケンたちが遊んだり、仲良く肩を並べて写っている写真だが、二年二組のアイドルである小林葵の写真もいくつか混じっている。

ミッキーはポカンとした様子で、それらの写真に見とれていた。

「俺らの〝記録〟っちゃ。小学校の頃からの歴史がここに刻まれちょるんよ」

得意げにモリケンが説明する。

ふいに窓ガラスのひとつが叩かれた。

全員がいっせいに振り向く。

――ミッキー、こっちへ来てみいや。

いつの間に外に出たのか、ムラマサが窓越しに声をかけてきた。

モリケンとノッポが車外に出た。すぐにミッキーもついてきた。

バスの真裏に回り込むと、草に埋もれるように錆び付いたバイクが横倒しになっていた。

ハンドルを持って、ムラマサが苦労してそれを立ち上がらせる。スタンドで車体を立てると、赤錆と泥だらけの手をパンパンと叩いた。

「わしらの秘密基地にふさわしい〝秘密兵器〟じゃ」

得意げにそういった。

「これって……ホンダのＣＢ１２５じゃないか」

ミッキーの声にモリケンが驚いた。「お前、バイクに詳しいんか」

「兄さんが乗ってるのと同じなんだ」

「兄貴がおるんか」と、モリケン。

「大学に通ってるから、ひとりだけ東京に残ってるんだ」

ミッキーは草叢に膝《ひざ》を突き、車体を調べた。

「エンジンは錆び錆びだし、マフラーもあちこち破れてる。だいいち、バッテリーがない」

「バッテリーはのう、さっきの倉重サイクルの常夫さんに古い奴をもらう約束っちゃ。あとはちいとずつ部品を調達してきて、俺らで直そうと思うちょる」

「そんな技術、どこで習ったの？」

するとムラマサがニヤッと笑った。

「そんとなことは、みやすいいや」

「みやすいって？」

不思議な顔をするミッキーに、ムラマサがいう。「簡単っちゅうこと」

「俺らはメカに詳しいっちゃ」

そういってノッポがバイクの車体を拳で叩いた。

「でも、修理にはお金かかるだろ？」

「ちゃんと稼ぎがあるんよ」

ノッポが肩をすぼめて笑った。


バスの中に戻ってからモリケンは、後部座席の下に隠されたスペースを覗いた。

中から大きな茶封筒を引っ張り出す。

「ええか、ミッキー。このことは絶対に秘密じゃけえの」

「どうして？」

「とにかくトップシークレットなんじゃ」

釘《くぎ》を刺すように彼にいう。

「わかった」

心なしか緊張した顔で、ミッキーがうなずいた。そればかりか、傍にいるノッポとムラマサまでもが、まるで危険物を見るかのような目になっている。

モリケンは少し笑った。大型の茶封筒の中から薄っぺらな雑誌を数冊、抜き出した。それをみんなの前に並べて置いた。

「これは……」

ミッキーが声を失っていた。

〈SEXY　BUNNY〉

〈PUSSY's〉

〈NAKED & NUDES〉

そんなタイトルとともに、金髪の白人や黒人女性たちの水着姿や、あるいは露骨なヌード写真が表紙を飾っている。どれもが誘いかけるような挑発的な表情をして、唇を突き出したり、ポーズをとったりしていた。

「中を見てもええよ。ほいじゃけど鼻血ブーになるなよ。ぶち凄いけえ」

おそるおそる手を伸ばして一冊をとったミッキー。ページをめくると目をしばたたいた。顔がリンゴのように真っ赤になっていた。色白で髪の毛も長く、どこか中性っぽいところのある美男子のミッキーだが、さすがにこういうものには男の子として興味があるようだ。

「これって無修正っていうか、モロじゃないか。どこでこんな……？」

「モリケンの家の近くの借家に住んどる外人っちゃ」

ノッポがニヤニヤ笑いを浮かべながら、別の雑誌に見入っている。

「エリックさんちゅうて、岩国基地で働いちょる外人なんじゃ。ひとりもんの若い白人の男じゃけえ、こんとなものをえっとこと持っちょるらしい」

「本人からもらってるの？」

「いんや」モリケンは首を振る。「毎月、廃品回収で、新聞や本とか雑誌をうちの地区で出すんよ。そんときにこそっと抜き取っちょる」

そんな言葉を聞いているのか聞いていないのか。ミッキーは目の色を変えて、ページをめくってはヌード写真を凝視している。

「俺の叔父貴が基地のＰＸで働いちょるけど、さすがにこういう本は外に持ち出せんっちゅうていうとった。ほんじゃけ、モリケンとこの借家の外人っちゅうのはうまいことやったのう」と、ノッポ。

「この女、ぶち凄い〝毛〟が生えちょる。頭は金髪なのに、下は真っ黒っちゃ」

ムラマサが興奮した口調になっていた。「こっちも見いや。〝毛〟どころか中身まで見えちょる」

何度も見ているはずなのに、なぜかエキサイトするムラマサである。「――小林葵のあそこも、こんなんかのう」

「外人じゃけえのう。日本人のはもうちいと地味っちゅう話っちゃ」

　モリケンがそういって、ふいにノッポを見た。「お前んとこ、広島の大学に通っちょる姉さんがおるじゃろ。風呂《ふろ》とかで見たことないんか」

「何をかばちたれちょる。風呂を覗き見とかしたら、俺ゃ、姉貴にぶっさかれるっちゃ」

「かばちたれるってわからないよ。ぶっさかれるって雑誌を破られるってこと？」

　モリケンは苦笑してミッキーにこういった。

「かばちたれるはバカをいうっちゅうこと。ぶっさくっちゅうのは、ぶん殴るっちゅう意味っちゃ。お前もええかげん早う言葉に馴れえちゅーのいや」

「そんなこといっても岩国弁は難しいよ」

　そういってミッキーが赤く染まった顔のまま、口の端をポリポリと掻いた。

「もう――わしゃあ、ムラムラしてきたど。たまらんのう」

　突然、ムラマサが大声で叫んで、勢いよく立ち上がった。

　学生服のズボンの前が、見事にテントを張っている。

「ムラマサのムラムラが始まったっちゃ」

　ノッポが笑いながらいった。

「さっき稼ぎっていってたけど、もしかして、これ、売るの？」

「一冊三千円で、なんぼでも買い手がおるけえの」

　そういってノッポが笑った。

「いんや、次から倍額の一冊六千円に値上げするっちゃーと、モリケン。

「そんなことして先生にバレたら大変なことになるよ」

「バレんっちゃ。みんな、口が硬いけえ」

そういってモリケンは改めてミッキーの顔を見た。「そりゃそうと、どうしたんね。さっきから、えろう赤うなって」

頬を染めたまま、ミッキーは目を泳がせ、俯いてからいった。

「ぼくにも一冊、売ってくれる？」

モリケンはあんぐりと口を開けてしまった。

6

自転車を庭先に入れてスタンドで立て、玄関の扉を開いて家に入った。

台所のほうから母の声が飛んできた。

――健坊。あんたぁ、忘れちょってじゃろ？　今日は風呂の日じゃけえ、早《はよ》う焚《た》きんさい。

「はあい」

力のない返事をしてから、自室に入り、学生鞄を床に放った。

台所では母の光恵《みつえ》がエプロン姿で、大きな鍋《なべ》で魚を煮ていた。

「何の魚？」

「アユいね。今朝、川下の和也《かずや》さんが持ってきてくれたんよ」

和也というのはモリケンの叔父だ。父親の兄弟の末っ子で、釣りをしたり、銛《もり》で魚を突いたりするのが好きで、川から帰るたび、魚を持ってきてくれる。

一般にアユは塩焼きにして食べるが、モリケンの家は父親の嗜好《しこう》に合わせて生姜醤油《しょうがじょうゆ》で煮込む。まあ、それはそれで美味《おい》しいとは思うが、毎度のことだから飽きてしまう。

「ほいで親父は？」

「まだ仕事いね。風呂焚いたら、先に入りんさい」

「また遅うなるんね」

「ほうじゃけえ、風呂から上がったら、お父さんが帰ってくるまで勉強しちょりんさい」

流し台に立って背中を見せたまま、母親の声だけが返ってくる。

小学校を卒業するまで、親のことは「おとうちゃん」「おかあちゃん」だった。それが中一になって、親父、お袋と呼ぶようになった。それまでの呼び方だと周囲に恥ずかしい気がしたし、親の呼び方をそんなふうに変えると、少し自分が大人になったような気がする。

しかし親のほうは相変わらず「健坊」だった。子供はいくつになっても同じということらしい。

光恵の後ろを通って、勝手口から外に出た。

モリケンの家は昔ながらの五右衛門《ごえもん》風呂だ。その都度《つど》、竈《かまど》に火をくべなければならない。

物置の中から焚き付けの小枝や古新聞を持ってきた。風呂の外にある竈の焚き口の鉄扉《てっぴ》を開いて、くしゃくしゃに丸めた新聞紙を突っ込み、その上に枝を乗せていく。マッチを擦って火を点けると、赤い炎がめらめらと燃え始める。小枝から細枝へ。だんだん太いものを入れていく。

それから表の棚に積んである薪《まき》を、両手に抱えながら運んできた。竹の鞴《ふいご》で何度も空気を送っているうち、ようやく火勢が強くなった。少しずつ薪を竈に突っ込んでゆく。

外壁から突き出し、斜めに空に向かって伸びる煙突の先から、真っ白な煙が洩れて夕空に流れてゆくのを、モリケンはぼんやりと見上げていた。その煙を見ているうちに、ふと思い出した。

裏口の扉が開き、突っかけを履いた母が出てきた。

ポリバケツに生ゴミが入っている。畑に埋めにゆくのだろう。

「お袋」

声をかけてみた。

「何かね」と、足を止める。

「若い頃、原爆のキノコ雲を見たっちゅうとったけど」

母の光恵はバケツをぶら下げたまま、息子を振り返っていた。

その目尻に細かな皺《しわ》が刻まれているのが、薄闇にはっきりと見えていた。大正十二年生まれの母は、今年でちょうど五十になる。若い頃に比べて、少し太ってきたようだ。

「ありゃあ、私が女学校を卒業してから、御庄《みしょう》の紡績《ぼうせき》工場で働いちょったときじゃったいね」

光恵はそういった。そして息子に倣うように空を見上げた。

「どんとなじゃった？」

「そりゃあ怖かったいね。じゃけど、最初は何かわからんかった。おかしげな雲が山の向こうに湧いちょるって、職場の仲間やらと指差しちょったねえ。あとでアメリカが落とした原子爆弾ちゅうてわかって、えっとこと広島の人が死んだちゅうて聞かされたんよ」

「そんとき親父は兵隊に行っちょった？」

「まだ、私と見合いをする前じゃったねえ。少し前に乗っちょった巡洋艦《じゅんようかん》から降ろされて、その頃はもう呉《くれ》の海軍の通信学校で教官をしちょったけえ、お父さんも広島のキノコ雲を見たはずいね。呉は、岩国よりも広島に近いはずじゃけえね」

「ほんまに日本は戦争をやっちょったんじゃね。負けたんじゃね」

「ほうじゃけえ、米軍基地がここにできちょるんよ。兵隊さんがようけえ（いっぱい）街におってじゃろう」

「今でもアメリカの兵隊が怖い？」

「ほりゃあ、昔はいろいろ悪さをしちょったけえねえ。最近はおとなしゅうなったけど」

「エリックさんも？」

すると母が目を細めて笑った。「あの人はええ外人さんじゃけえ」

それから踵《きびす》を返し、畑のほうに歩いて行った。

モリケンは竈の前にしゃがみ込み、焚き口に薪を二本ほど突っ込んだ。

裸になって風呂場に入り、風呂桶《おけ》を覆っていた蓋《ふた》を外した。

焚いたばかりの風呂の湯は、表面近くが熱くなっている。それを洗面器でよく混ぜてから、タイルに立てかけていた樹脂製の丸い底板を浮かべた。焚いたばかりの五右衛門風呂は釜が熱いため、底を敷いて入る。昔は蓋も底板も木で作られていたが、今は樹脂製がほとんどだ。

片足で底板を踏みつけて沈めながら、ゆっくりと湯の中に肩まで浸《つ》かった。熱い湯が背中や股間《こかん》に滲《し》みた。肩をすぼめて力を込めて耐えているうちに熱さに馴れた。しばらくの間、立ち昇る湯気をぼんやりと見つめていた。

母が若い頃に見たというキノコ雲のイメージが頭を離れなかった。

もしもアメリカとソ連が戦争をすることになったら、ノッポと話し合ったように、きっとここ岩国にも核ミサイルが落ちてくるのだろう。

そのことを考えているうちに、小学校のときにバスに乗せられて広島の原爆資料館に行ったときのことを思い出した。そこで見たいろいろな光景が次々と目に浮かんできた。正直いって、あそこは怖かった。遊園地のお化け屋敷なんかよりもよっぽど——。

父からたまに聞く戦争の体験談は、勇ましいものが多かった。海軍だったためか、あまりひどい経験をしなかったのだろう。しかし原爆は、戦争という言葉がもたらすイメージとはまるで違った、得体の知れない恐ろしさがあった。

そんな想像を振り払うために、別のことを考えた。

学校の校庭でマラソンをしたときのこと。小林葵の白いシャツ越しに下着を見つけようとしたこと。東京から転校してきたミッキーを、初めて森の中の秘密基地に連れて行き、アメリカのきわどいエロ本を見せたこと。

自慰《じい》を覚えたのは去年、中一のときだ。その頃は〈明星《みょうじょう》〉とか〈平凡《へいぼん》〉といった雑誌に載っていたアイドルの水着写真に夢中だったが、エリックさんの借家から廃品回収に出された雑誌類の中にそれを見つけて以来、もっぱらそっちが専門になっていた。

以来、モリケンは率先してエリックさんの借家のゴミ出しを受けるようになった。

外人の、とくに金髪美女のヌードは、子供心にもすさまじいばかりのカルチャーショックだったが、それらはあくまでも偶像に過ぎなかった。同じクラスの女の子たちのことも気になるが、開けっぴろげに裸を見せるヌードモデルとは、まるで別の世界のように思えた。

もちろん、ひそかに好意を寄せることはある。

とりわけ小林葵は美人だし、品性のみならず大人っぽい色気もあった。そんな彼女を性的対象として見ることはあっても、なぜか惚れることはない。おそらく、つんとすました彼女の態度や、人を寄せ付けぬ雰囲気に、どうしてもなじめないからだろう。

ところが右隣の席の松浦陽子のことを考えると、心がキュッと締め付けられる。

小林葵のような美人ではないのに、いったいなぜなのだろうと思う。

今日、担任教師から連絡事項を届けるようにいわれて断ってしまったが、本当は自分で引き受けたかった。少しでもいいから、陽子の顔を見たかった。

しかし、クラスの大勢が彼女を遠巻きにしたり、あるいは苛めたりしている中、ひとり、そうした流れに逆らうことができるはずもない。他の生徒たちのように積極的に苛めに加担することはないが、どうしても見て見ぬふりをしてしまう。

誰が最初に彼女に敵意を向けたのかはわからない。

いわれるほどブスではないし、性格も悪くない。それどころか、他人に対して優しい気《き》遣《づか》いを見せたりする少女だった。しかしそれでも苛めの標的にされた。白羽《しらは》の矢が立ってしまったのだろう。

執拗《しつよう》な嫌がらせに耐えている姿を見るのはつらかった。

どうしてこんなに同情しているかといえば、いわゆる幼なじみだったからだ。

幼稚園の頃から、いつも陽子といっしょに遊んでいた。近所だったために、家族ぐるみで付き合いがあったし、お互いの家に泊まり合ったこともあった。

それがいつしか縁遠くなった。

それぞれが成長してしまったからだろう。

しかしモリケンの中には、彼女への親近感みたいなものが残っていたし、実のところ、それ以上の気持ちが生じていることも自覚していた。だから、一週間前から彼女が登校拒否になって学校に来なくなり、モリケンは少しだけホッとした。少なくとも、あんなつらい姿を見ずにすむ。

何よりも怖いのは、自分が松浦陽子に気があるという〝事実〟が周囲にばれてしまうことだ。それを想像するだけで、顔から火が出そうになる。

モリケンは両手で湯をすくって、顔に叩きつけるようにゴシゴシ擦《こす》った。それから湯船を出て、タオルに石鹸《せっけん》を塗り、体を洗い始めた。

間もなく車の音がして、父親が仕事から戻ってきたことがわかった。

7

翌朝、モリケンは眠い目を擦りながら朝食を取っていた。

ゆうべは勉強をするふりをして、部屋のベッドに横たわり、イヤホンでラジオの深夜放送を遅くまで聴《き》いていた。とりわけ〈オールナイトニッポン〉という番組がお気に入りだった。七月からは二部構成になっていたが、小林克也《かつや》や泉谷《いずみや》しげるといった新しいパーソナリティたちの声が耳に馴染んで面白く、ついつい遅くまで聴き入ってしまう。

自分の周りでも、ほとんどの生徒が親の目を盗んで深夜放送を聴いていた。学校に行くと、クラスのみんなの最初の話題は決まってゆうべの放送のことだ。だから、ラジオは必需品だった。

けっきょく眠ったのは午前三時。四時間しか寝ていない。

そんなわけで生あくびをくり返しながら、朝食のパンにマーガリンを塗っていると、父親が台所に入ってきた。

大正九年生まれの森木孝一郎《こういちろう》は先日、五十三歳の誕生日を迎えたばかりだ。

幼い頃からモリケンにとって、父は怖い存在だった。軍人だったためか、子育ても厳しかった。些細《ささい》なことで叱られ、殴られたことも何回かある。ふだんは寡黙で、めったにひとり息子とて口を利かなかった。

今朝も食事のテーブルにつくなり、読売新聞を広げて読み始めていた。父のゴツゴツと硬そうな岩のような顔は、新聞紙の向こうに隠れていた。

「健一」

ふいに野太い声がして、モリケンはドキッとする。

いつしか父は新聞をたたんで、テーブルの上に下ろしていた。

目が合ったので、あわてて視線を逸らした。

「お前、母さんに将来は小説家になりたいっちゅうてゆうたそうじゃのう」

白いワイシャツに縞模様のネクタイがゆるめに結ばれている。切れ長の目が睨《にら》むように息子に向けられていた。

仕方なく、モリケンはうなずいた。

「そんとなバカな夢は寝床《ねどこ》で見るだけにしちょけ。お前はうちのひとり息子じゃけえ、ちゃんとした会社の職場で働くようにならんといけん。じゃけえ、ええ大学に入れるようにしっかりと勉強せんといけんど」

「わかっちょるいね」と、モリケンは答えた。

それきり短い会話が終わり、父はまた新聞を広げて読み始めた。

勝手口のドアを開けて、母の光恵が入ってきた。モリケンを見てから、彼の父に視線を移したが、何もいわずに流し台の前に立ち、洗い物を始めた。

母が全面的に味方だとは思っていなかったが、それでもちょっとショックだった。

気まずい表情で朝食の残りを食べながら、ちらりと母の後ろ姿を見た。父とまた目が合うのが怖かったので、食パンをくしゃくしゃにして口に入れ、コーヒー牛乳で流し込んだ。

「ごちそうさま」

そういって椅子を引いて立ち上がる。

台所を去る前に、また父の姿を見た。新聞がカサッと音を立てたので、あわてて台所から出た。


自転車を漕いで中学に向かった。

校門を抜け、自転車置き場に入ったとき、騒ぎに気づいた。

大柄な生徒が別の生徒の胸ぐらを摑んでいる。数人が遠巻きに、それを見ていた。

摑まれているのがミッキーだと気づいた。

相手はハラバカだった。

二年三組にいる原島達哉《はらしまたつや》。中学二年にしてはずいぶん大きな体軀《たいく》で、身長は一八〇センチ以上、体重も八十キロを超しているらしい。でっぷりと突き出した腹。白い学生服のシャツがはち切れそうだ。下膨《しもぶく》れで目が小さく、まるで仏像のような顔をしている。

ハラバカという渾名は、三組の担任教師がつけた。成績が悪く、素行《そこう》も悪い。校内でトラブルばかり起こし、他校の生徒とは喧嘩をする。バカにつける薬はないといわれてから、バカの原島、略してハラバカと呼ばれるようになった。

もちろん、モリケンたちが本人の前で面と向かって、その名を呼ぶことはなかったが。

「おい、どうしたんか」

そういって、モリケンがおそるおそる近づいていった。

ミッキーの胸ぐらを片手で無造作に摑んだまま、ハラバカは一瞬だけ振り向いた。が、何もいわずに前を向き、だしぬけにミッキーを突き飛ばした。後ろに並んでいる自転車を三台ばかり倒して、ミッキーが仰向けに尻餅《しりもち》をついた。

「もう一回、俺にゆうてみんかい」

ハラバカの声は外見に似合わず、妙に甲高《かんだか》い。

「違うんだ。君をおちょくったんじゃないんだ。誤解しないでくれよ」

尻餅をついた恰好《かっこう》のまま、ミッキーがいった。

乱れた前髪の間から、ミッキーが怯《おび》えた目でハラバカを見上げている。

ハラバカは彼を睨んでいたが、足元に落ちていたミッキーの学生鞄を踏みつけた。何度も執拗に踏んだあげくに、横に蹴飛ばした。それは近くに立っていた女子たちの前にすっ飛んでいき、彼女らは悲鳴を上げて逃げ出した。

「おい、原島。もう勘弁しちゃれや。幹本も謝っちょるじゃろうが」

そういいながらモリケンが近づいた。

振り返ったハラバカの顔には、まだ憤怒《ふんぬ》がうかがえた。

いきなりハラバカが片手を伸ばしてきたと思ったら、むんずとシャツの胸を摑まれた。驚く間もなく、拳《こぶし》が飛んできた。まともに顔の左を殴られて、モリケンがすっ飛んだ。別の自転車にぶつかり、ドミノみたいにガチャガチャと音を立てて何台も倒れた。

モリケンは仰向けになったまま、顔を上げた。

不機嫌そうな顔で立っていたハラバカが、ふいに背を向けて歩き出した。遠巻きに見ていた他の生徒たちが、あわてて道を空けると、その間を通って校舎のほうへ向かっていく。

誰かに後ろから肩に手をかけられた。

ミッキーだった。すまなそうな顔で眉根を寄せている。

「かばってくれたんだね。ごめん」

「ええっちゃ」

立ち上がろうとしたとたん、鼻の奥に何かが触れた。あわてて掌で覆ったとたん、指の間から血がしたたり落ちた。ミッキーがズボンのポケットから白いハンカチを出した。

「これ、使って」

それを受け取って鼻にあてがった。

逆流した鼻血が喉に流れ込む不快な感触があった。むせそうになるのを堪《こら》える。

「お前、ハラバカになんちゅうてゆうたんか」

顔をしかめながら訊いた。

「ハラバカ?」

「バカの原島じゃけえ、ハラバカっちゅうて俺らは呼んどる。ありゃあ、三組の不良じゃ」

ミッキーは吹き出しそうになって、すぐに肩をすくめた。

「君って魁傑《かいけつ》に似てるねっていってみた」

ニリケンにハンカチで鼻を押さえたまま、頭をポリポリと掻いた。

魁傑は、ここ岩国出身の相撲《すもう》の人気力士だ。見たところ、ハラバカとはちっとも似てないから、きっとミッキーはお世辞を口にしたのだろう。

「そういう話はあいつにゃあ鬼門《きもん》じゃけえのう」

「どうして?」

「自分が大柄なことにコンプレックスを持っちょる」

「そうだったんだ」

ミッキーは自分の額に掌を当てて、そういった。

「どうでもええけど、お前はそうやって誰にでも声をかけるんか」

「せっかくだから、いろんな人と友達になってみたいし」

「東京者は変わっちょるのう」

ミッキーが苦笑する。

「鼻血、止まった?」

「ああ」モリケンはハンカチを持ったまま、いった。「こうやって鼻の上をギュウッと押さえちょりゃあ、すぐに血が止まるんよ」

立ち上がって顔からハンカチを離した。真っ赤に染まっている。

「お前のハンカチ、こんとに汚してしもうたのう。お袋に洗ってもらって返すけえ」

「いいよ。ハンカチぐらい」

モリケンはゆっくりと歩いていき、倒れていた自転車を起こした。ミッキーが手伝う。

「ぼくを助けてくれてありがとう」

「ええっちゃ」

自転車をすべて立ててから、ふたりでお互いのズボンの埃《ほこり》を払った。

それから落ちていた学生鞄をそれぞれ拾った。ハラバカに踏みつけられ、蹴飛ばされたミッキーの鞄は埃まみれで、しかも蓋が開いて教科書やノートが散乱していた。

モリケンはそれを拾っては彼の鞄に入れてやった。

「お前、これ……読むんか」

埃まみれになっている文庫本を拾って、モリケンがいった。

手にしているのはハヤカワSF文庫。〈狼《おおかみ》の怨歌《えんか》〉と表紙にタイトルが記してある。作者の名前は平井《ひらい》和正《かずまさ》だ。

「前々から〈ウルフガイ・シリーズ〉のファンだよ」

少し土埃がついていたので、軽く払ってふうっと吹いた。

「俺もっちゃ。もう、何回も読み返しちょる」

ミッキーの顔がパッと明るくなった。

「アダルトとヤングのシリーズはどっちが好き?」

「どっちもええけえ、比べられんのう」

ミッキーが笑った。「ぼくも同じだよ」

「秋頃にまた新作が出るっちゅう話じゃけえ、楽しみに待っちょる」

「そうなんだってね」

彼はいって、ふとモリケンを見た。

「そういえば将来、小説家が夢だっていってたけど、やっぱりSFとか、こんな話を書きたいの？」

「昔からSFばっかし読んじょるけえ、必然的にそういう方向じゃのう」

そのとき、予鈴のチャイムが鳴り始めた。

ふたりは顔を上げる。

「いけん。はよう行こう。遅刻になったらまずいけえ」

「うん」

ふたりで急ぎ足に校舎に向かった。

8

彼らが秘密基地と呼ぶバスの廃車の近く、草叢の中に、ホンダのバイクが横たえてあった。

モリケンとミッキーが自転車でそこに行くと、ムラマサが胡座をかいてバイクをいじっている。エンジンから取り外したプラグの先端を紙やすりで磨いている。

ちょうどバスの扉が開き、ノッポが中から出てきた。

「お前ら、いつもそうやってつるんじょるんか」

ノッポにいわれてモリケンが笑った。

「たまたま帰りがいっしょになっただけっちゃ」

全員でバスの中に入った。

ムラマサが窓を開けてくれていたので、こもった空気がすっかり外に出ている。

「コーラ、買《こ》うてきたど」

モリケンが車内の椅子に座ると、学生鞄の蓋を開き、コカコーラの瓶をみんなに差し出した。

「学校近くのガソリンスタンドの自動販売機で買うてきたけえ、だいぶぬるうなっちょるけえの」

「ドンマイじゃ」

ムラマサが受け取って栓を歯でくわえようとした。

「それやめちょけちゅうの。また前歯が欠けるど」

ノッポが運転席のダッシュボードから栓抜きを持ってきた。ひとりずつ、栓を開けて回る。

「これ、知っちょるか。ミッキー?」

ノッポが口から離した瓶の底にある小さな窪《くぼ》みを指差した。「この孔《あな》の形が丸いと甘口で、四角いと辛口なんよ」

「え?」

「うわ。わしのは甘口じゃ」

胡座をかいたままムラマサが口惜《くや》しげに叫んだ。

「コーラに甘いも辛いもあるの」

ミッキーが訊いてきたので、モリケンは得意げにいった。

「さすがに東京者は何も知らんのお。常識っちゃ」

といいつつ、心のどこかではそれが子供たちの間に出回っている、根も葉もない噂《うわさ》であることは知っている。しかし、そうしたことの是非にかかわらず、得意げにそういう知識を披露することがかっこいいと思っていた。

「ミッキーは初めてコーラを飲んだの、いつなん?」

モリケンに訊かれて彼は小首を傾げた。

「覚えてないよ。東京じゃ、ふつうに店で売ってたから」

「さすがに都会じゃのう。俺は米軍基地っちゃ」と、モリケン。

「そんなところに入れるの?」

「毎年、五月五日のこどもの日は、基地の一般開放日なんじゃ。そこに行ったら戦闘機とか輸送機に乗ったりできるんよ」

「へえ」

ムラマサがニヤリとした。

「わし。米軍のファントムを撃墜したことがあるど」

そういって「ぎひひっ」と笑った。

「撃墜って?」

「バカたれ。お前がアメリカ軍相手に空中戦やったみたいにゆうな」

ノッポがしらけた顔で眼鏡を指先で上げた。

「何があったの？」
ミッキーが興味深そうにいうので、モリケンは話した。
昭和四十五年――つまり三年前の六月に、岩国基地を飛び立ち、横田《よこた》基地に向かってい
た米軍のＦ４ファントム戦闘機が丹沢《たんざわ》山中に墜落し、乗員二名が死亡した事故があった。
その少し前、五月五日に岩国基地では恒例の開放イベントが行われていた。モリケンも
よく父に連れられていったものだが、ムラマサはその日、ひとり自転車を漕いで米軍基地
に行ったらしい。
主な見せ物は航空機などの展示だったが、その日は戦闘機や輸送機、爆撃機などの機内
に入れるし、コクピットの座席に座ることもできた。ムラマサはＦ４ファントム戦闘機に
乗るために行列につき、自分の番になると、タラップを駆け昇った。
米兵による監視はあったが、操縦士が座る座席について、操縦桿《そうじゅうかん》を握ったりしていた。
そのうち、近くで小さな子供が転倒して怪我をし、大声で泣き始めたため、米兵があわ
てててタラップを下りていった。
ムラマサはその隙《すき》に、いろんなレバーや計器についたボタンを押したり、座席の下にも
ぐり込んだりしたらしい。何か記念に持ち帰れるものはないかと思って、レバーをひねっ
たり、ネジをゆるめようとしたりしているうちに、ふいに英語で叱られた。
米兵が戻ってきたのだった。
ムラマサはあわててコクピットから飛び出し、タラップを下りた。
その手には銀色をした、親指大のビスのようなパーツがあった。あちこち手で触ってい

るうちに、とれたパーツだった。ムラマサは悪びれもせず、それをポケットに入れ、持ち帰ったという。

それから間もなく、丹沢にファントムが墜落した。

ムラマサはそのことを知ると、「俺が破壊工作をやったのだ」と胸を張っていうようになった。もちろん、周囲の誰もそんなことを信じるはずがない。しかし、彼は今でも墜落の原因になったのは、自分がファントム戦闘機の操縦席の小さなパーツを抜いたことだと思っている。

「だいたい、ファントムが落ちたのはひと月以上も経《た》ってからっちゃ。その間に整備ぐらいするじゃろうが。重要なパーツが欠落した状態で、なんもせんとファントムが飛ぶはずがないっちゃ」

ノッポは相変わらずしらけた顔でそういうが、ムラマサはニヤニヤしている。

自分にとって勲章のように思っているのだ。

「ちゃんと調べたらわかると思うんだけどな。そのパーツとやらは、まだ持ってるの？」

ミッキーに訊かれて、彼はちょっと口をすぼめた。

「それがのう……どっかに行ってしもうた」

「ほら。これじゃけえ」

モリケンが肩を持ち上げて笑い、コーラの残りを飲み干した。

「それにしても、お前のその痣《あざ》はひどいのう」

ノッポがじっと見ているので、モリケンは自分の顔の左半分を掌で押さえた。まだ、少し痛みが残っていた。

「ここんとこ、ハラバカも妙に機嫌が悪いけえ、気をつけんといけんっちゃ」

教室で担任の菅川にどうしたと訊かれたが、自転車で転んだとモリケンは嘘をついた。菅川は訝《いぶか》しげな表情で見ていたが、ハラバカに殴られたなんていいたくなかった。

モリケンはノッポを見て、訊いた。「ハラバカが不機嫌っちゅうて、なんでか」

「三組の上原《うえはら》に聞いたんじゃが、あいつの親父、ここんとこ昼間からフラフラしちょるらしい。どうせまた仕事を馘《くび》になったんじゃろう。ほんで家族に当たっちょるんと違うかのう」

「そんなに馘になってばかりなの」

「そういや」ノッポはミッキーにいった。「有名な飲兵衛《のんべえ》でのう。駅前の飲み屋で暴れて、何べんも警察の厄介《やっかい》になっちょるそうじゃ。せっかく働き口を見つけても、そんとな具合じゃけえ、すぐに無職に舞い戻っちょる」

「博打《ばくち》にも手ぇ出して、借金がかさんでヤクザに狙われちょるって噂もあったっちゃ」

そう、モリケンが答えた。

「ここらって、そういうことってふつうにあるの?」

「そりゃあ、隣の広島は今もヤクザが抗争しちょるけえのう」と、ノッポ。

「わしゃあ、呉の街中を歩いちょって、あいつらが撃っちょるのを見たことがあるど」

コーラを飲みながらムラマサが得意げにいった。

ミッキーがさらに目を丸くする。

「本当に？　ドキューンとかって聞こえたの？」

「いんや。パチパチって、どこか間が抜けたみたいな音じゃったいや。テレビでやっちょるジュリアーノ・ジェンマの西部劇と違うて、本物の銃声っちゅうのはえらい地味じゃのう。モデルガンに巻き玉火薬をえっとこと詰めて撃ったみたいな音っちゃ」

ムラマサはまたコーラを飲み、大きくゲップをした。

ノッポが得意の口笛でメロディを奏で始めた。

モリケンもよく知っている映画〈荒野の七人〉のテーマ曲だ。

「ミッキー。今度、またハラバカにしばかれたら、わしにゆうてこい。復讐《ふくしゅう》しちゃるけえ」

「バカたれが」モリケンはムラマサをあきれて見ながらいった。「ハラバカなんぞをやっつけても、何にも偉《えろ》うないっちゃ」

「でも……ぼくのためにごめん」

ミッキーが小声でいった。

「朝から何回、謝っちょるんよ。もうええっちゅうに」

モリケンは笑う。「ほいじゃが、ハラバカも根っから悪い奴じゃないけえ」

「え。そうなんだ」

ミッキーが興味深げに訊いた。

「もともとモリケンとハラバカは近所じゃったんよ。よういっしょに遊んじょったがのう」

ノッポがいったのでミッキーが驚く。「それ、意外だね」

モリケンとハラバカ、それにあの松浦陽子もいっしょによく遊んだものだった。が、やっぱり恥ずかしくて彼女のことは口に出せずにいた。

「小学四年のとき、あいつとふたりでターザンごっこをやっとったら、蔓《つる》が切れて落ちたんじゃけど、ハラバカが俺を背負うて病院まで運んでくれたっちゃ」

「あいつ、ガキの頃から身体《からだ》ばっかりがでかいけえのう」と、ノッポ。

「病院って骨折でもしたの？」

モリケンが笑った。「骨は折れんかったけど、鉈《なた》で斜めに切った細竹が右の太腿にぶっささって、ぶち血が出とったけえ、ハラバカのズボンが血まみれになっちょった」

「凄い話だね」

ミッキーが顔をしかめた。

「病院で七針縫うて血清《けっせい》も打ってもろうた。そんときの傷、見せちゃろうか」

ズボンを脱ごうとしたら、さすがにミッキーが首を振った。「いいよ、そんなもの見せなくても」

「ところで、今日の売り上げは一万円ぽっきりっちゃ」

モリケンがそういって、学生鞄から茶封筒を出した。中から引っ張り出した千円札が十枚。後部シートをずらし、床下——彼らが〈金庫〉と呼ぶ小さなスペースに隠していたスチール製の箱の蓋を開く。中にはすでに何枚かの紙幣が入っている。

「これで二万五千円ほど貯《た》まったのう」

札を並べながらモリケンがいった。

「あのエロ本……」

いいかけて口を閉じたミッキーに振り向き、モリケンがニヤリと笑う。

「一冊ぐらいとっちょきたかったのう」

心の底から残念そうにムラマサがいった。

「ええっちゃ。また仕入れちゃるけえ」

そういってスチール箱の蓋を閉め、床下にそれを戻した。後部シートを元通りにする。

「あのバイクを修理するのに、そんなにお金がかかるの？」

「バイクよりもキャンプっちゃ」

ノッポがいうのでミッキーが驚く。「え？」

「夏休みにのう。上関《かみのせき》まで自転車漕いでいって、海辺でキャンプするんよ。じゃけえ、テントとか寝袋とか、ようけえ買わんといけんけえ、軍資金をこうやって貯めちょる」

「上関ってどこ？」

「岩国の隣、柳井《やない》のさらにずっと先じゃ。きれいな海で好きなだけ泳げるし、釣りもできるけえ、おもろいど」

ミッキーの目が輝いた。

「ぼくも行ってもいい？　少しぐらいならお金、カンパできるから」

「ほりゃあ、もう仲間じゃけえ、当たり前っちゃ。わしら四人で行くど」

そういってムラマサがミッキーの肩を叩いた。

ふいに木立を揺らして風が吹いた。それがバスの窓から車内に吹き込んできた。

モリケンたちは思わず振り返った。

「今年は空梅雨《からつゆ》っちゅうていわれちょるが、七月になっても、ちいとも雨が降らんのう」

ノッポが学帽のツバを持ち上げた。「海のキャンプもええけど、ぼちぼち川で泳がんか？」

モリケンがうなずく。

「ええのう。鳴子《なるこ》岩で飛び込みやろうっちゃ」

9

錦川の下流域にかかる木造の橋、錦帯橋《きんたいきょう》は全国で知られた観光名所だ。日本三大奇橋《ききょう》のひとつであり、岩国を代表するシンボルといってもいい。

石積の橋梁《きょうりょう》と五連のアーチになった木橋は、延宝《えんぽう》元年（一六七三年）に岩国藩主吉川広嘉《きっかわひろよし》によって建造され、洪水などでたびたび流失しては新たに作り直されていた。

その錦帯橋の少し上流に、錦城橋《きんじょうばし》という車道のあるコンクリートの長い橋がかかっている。

橋のすぐ上流に、鳴子岩と呼ばれる大きな岩が流れから顔を出していた。

錦川にはいくつか遊泳場と指定されている場所があるが、川下の土堰とともに、この鳴子岩付近も子供たちに人気の場所だった。

遠浅で川幅が広く、流れもゆったりとしている。

ちょうど中瀬にあって、水面から突き出している岩は、子供なら十人以上が乗れるほど大きい。幾度かの水害でもまったく流れたり、移動していないから、川底に埋もれている部分はさぞかし巨大なのだろう。周囲は少し深みになっていて、岩の上に立って飛び込むのに都合がよかった。

さすがに七月上旬だ。川の水はまだ冷たい。そのせいか、遊泳している者はいない。

海水パンツ一丁になると、岸辺で少し屈伸運動をして、モリケンたちは水に入ったが、浅瀬で足を止めて肩をすぼめ、震えた。

「まいったのう。まだ、えらい冷《ひ》やいっちゃ」

唇を震わせ、ノッポがつぶやく。黒縁の眼鏡をかけたままだ。

「泳ぎよったら、そのうち馴れるじゃろう」

そういってムラマサが水を掬《すく》っては胸にかけ、膝を折って川に入ると、そろりそろりと泳ぎ出した。

モリケンたちも仕方なく、それに倣った。

水面から突き出した岩に向かって、全員でいっせいに泳いだ。最初にムラマサが取り付き、岩の上に這《は》い上がる。続いてノッポ、モリケン。最後にミッキーが到着して、何とか体を岩に持ち上げた。モリケンが手を出し、登るのを助けてやった。

「ありがとう」

そういってから、ミッキーは痩せた白い体を震わせた。

「それにしてもえらい寒いのう」

そういったノッポの眼鏡に水滴がいっぱいついている。

「何をゆうちょるん。わしゃ、平気っちゃ」

そういうムラマサを見てモリケンが笑う。「バカたれがまた強がりをゆうちょる。お前、唇が真っ青になっちょるじゃろうが」

「こんとなのは最初だけっちゃ」

そういってムラマサは岩の上に立ち上がり、勢いよく飛び込んだ。

はでな水飛沫《みずしぶき》が散って思い切り〝腹打ち〟をやったようだが、痛いのを我慢して泳ぐ姿が何とも可笑しく、モリケンは声を出しながら笑う。ノッポが飛び込み、モリケンも続いた。最後にミッキーはおそるおそる足から水に入って泳ぎ始めた。

水面に浮かぶミッキーは、しきりと濡《ぬ》れた髪の毛を指でかき上げている。

それを見てモリケンがいった。

「お前はええのう。髪が長《なご》うて」

「バカたれ。どうせ二学期になりゃあ、ミッキーもいやでも坊主頭じゃ」

そういってノッポが笑い、はでに水飛沫を散らしてクロールで泳ぎ始めた。

川の水は相変わらず冷たかったが、四人で水のかけ合いをしたり、競争をしたり、夢中で泳いでいるうちにだんだんと馴れてきたのだろう、さほど寒さを感じなくなっていた。

一度、全員で岸に上がって自転車の近くに置いていた水中眼鏡とシュノーケル、ゴム製の足ヒレをつけ、また川に入った。モリケンとムラマサは先端が三つ叉《また》になったヤス（手銛）を持っている。鞘《さや》の後端に太いゴムバンドがあって、それをぎゅっと伸ばしながらかまえ、魚を見つけると放つ仕組みになっている。

水面に浮きながらシュノーケルで呼吸をしつつ、水中を見る。魚の姿を見つけるたびに、息を止めて潜水して後ろから追いかけるが、いつもサッと逃げられてしまう。まるで背後に目がついているようだ。

ふたたび水面に浮いて、シュノーケルの中に溜《た》まった水を思い切って噴き出す。周囲を見ると、ムラマサも同じようにクジラの潮吹きみたいにシュノーケルの先端から水を噴いては、黒い足ヒレをまっすぐ突き出し、また潜っている。

何度目かの浮上を終えると、モリケンは胸までの深みに立った。一眼の大きな水中眼鏡を額まで上げて、顔の水を掌ではたいた。ふと横を見ると、下流に架かった錦城橋のちょうど真ん中辺りに、真っ赤な車が停まっているのが見えた。オープンカーらしい。

そこから大音量の音楽が聞こえている。アップテンポな外国の曲と濁声《だみごえ》の男の歌声だ。少し距離があるので乗っている人間の顔は小さくてわからないが、何だかいやな感じがした。モリケンは知らぬ顔で視線を離し、またヤスを握って飛び込んだ。

深く潜って川底すれすれに泳ぎながらフナの群れを追いかけた。息が苦しくなって、川底を蹴って水面まで一気に上がった。シュノーケルの筒の中の水を噴き出してから、また錦城橋を見た。

さっきの赤いオープンカーはいなくなっていた。

三十分近く、そうやって遊んでいるうちに、さすがにまた寒くなって、鳴子岩の上に上がった。

互いの顔を見る。全員の唇が青を通り越して紫色になっている。

「魚も獲《と》れんし、はぁぼちぼちいぬるかのう」

水が入ったらしく、頭を振って左耳を掌にぶつけつつ、ノッポがいった。

「何時なん」と、隣に座るムラマサが訊いた。

背後を振り返り、岩国城が小さく見える城山のすぐ上にかかった太陽を見た。

「四時頃じゃないかのう」

モリケンがいったそのとき、背後に喧《かまびす》しい音楽が聞こえた。

驚いて肩越しに振り向くと、はでな赤色のオープンカーが砂利の坂道を土煙を立てながら下りてくるのが見えた。あのとき、錦城橋の真ん中に停まっていた車だった。タイヤが小石を踏みつけるバシバシという音とともに、真っ赤な車体が近づいてくる。

「ありゃあ、外人じゃ」と、ムラマサがいった。

「俺には見えんが」

ノッポがしきりに目を細めている。

今まで水中眼鏡をかけていたから、彼の黒縁眼鏡は岸辺に置いてあった。裸眼で〇・一もないというから、ほとんど見えてないのだろう。

モリケンも気づいた。車上のふたり——ひとりは金髪でひとりは黒髪。岩国基地の海兵隊なのは間違いない。どちらもクルーカットといって、極端に短く刈り上げている。

見ているうちに、オープンカーはモリケンたちの自転車の近くに停まった。左右のドアが乱暴に開かれ、大柄な男ふたりが出てきた。

金髪の白人は上半身が裸だった。しかも片手に酒らしい透明なガラス瓶を握っている。もうひとりは痩せていて、アロハシャツに半ズボン。浅黒い顔をしていた。ラテン系とかヒスパニック系のようだ。彼も着ていたシャツを脱いで、車の中に放り込んだ。

モリケンたちは思わず岩の上に立ち上がっていた。

ふたりの外国人が歩いてきた。

それぞれ靴を脱いで岸辺に投げると、半ズボンのまま、浅瀬に入った。

モリケンは緊張した。

昔のアメリカ兵はよく悪さをしたという、母の光恵の話を思い出す。

実はモリケンも何度か経験があった。

小さな頃、米兵が奇声を上げながら、あの錦帯橋の上をバイクで走っていたのを目撃したし、繁華街で酔っ払った黒人兵が中年男に殴る蹴るの暴行を加えている光景に遭ったこともある。

小学五年の夏休み、川の深みでノッポといっしょに泳いでいるとき、突然、水底のほうから足を引っ張られた。一瞬、河童《カッパ》かと思ったら、白人の若い男だった。奇声を上げながら水面に浮かび上がってきたので、モリケンたちはあわてて逃げ出した。

そんな子供っぽい悪戯《いたずら》ならともかく、米兵による殺人事件があったり、女の人が襲われたこともあったらしい。

「ヘイ、ボーイズ！」

酒瓶を持った白人が大声で叫んだ。

すっかり出来上がっているらしく、顔から胸の辺りにかけて真っ赤に染まっていた。ハンドルを握っていたのは彼だったから、酒酔い運転をしていたようだ。浅黒い顔の男も、ちょっと不気味な感じのニヤニヤ笑いを顔に張り付かせている。

ひとたび深みにはまってよろけたが、すぐに泳ぎ始めた。鳴子岩に取り付くと、ふたりして這い上がってきた。

モリケンたちは身を寄せ合うように、岩の端に縮こまった。

白人の男が素《す》っ頓狂《とんきょう》な奇声を放った。半裸の胸にコブラの入《い》れ墨《ずみ》が見えた。酒臭い息がまともにかかってきた。

黙り込んだモリケンたちに向かって、ふたりで声高に英語でさかんに話してくる。

「ユー・アンダースタンド？」

おどけた顔で白人がわざとらしく肩を持ち上げていった。

早口でしゃべる英語がまったくわからない。もっともわかったところで、何を返すべきかも思いつかない。

「トライ！」

そういいながら、胸にコブラの入れ墨を入れた白人が透明な酒瓶を突き出してきた。

ジンらしかった。

モリケンの父親が知人からもらったと飲んでいたのを覚えている。ふだん、ビールと日本酒とサントリーレッドしか飲まない父親は、「不味《まず》い酒じゃのう」と顔をしかめながらチビチビ飲んでいた。

自分たちはまだ中学生だから、酒は飲めないといいたいが、どうしても英語が出てこない。

「ヘイ、ボーイズ。トライ！」

また酒を突き出される。

かぶりを振って後退《あとずさ》ったとき、だしぬけにムラマサが白人からジンを受け取った。迷いもなく蓋を開け、喉を鳴らしながら飲み始めた。モリケンたちはそんな様子を、間近から唖《あ》然《ぜん》とした顔で見つめた。

「ぷはーっ」

瓶の半分近く入っていたジンを、その三分の一ぐらい飲んだムラマサは、ふいにそれを口から離してむせた。顔を真っ赤にしながら、何度も空嘔《からえずき》をくり返していたが、やがてそれもおさまって、ジンの瓶を白人の男に突き返した。

米兵はまた素っ頓狂な声で叫んだ。

「グレート！　ユー・アー・ナンバーワン！」

顔を真っ赤にしたまま、ムラマサが拳を突き上げて叫んだ。

「アイ・アム・ナンバーワンっちゃ！」

「ユー・トライ！」

今度はまたモリケンにジンの瓶が突き出された。

さすがに躊躇《ちゅうちょ》する。

「ええけえ、飲めっちゃ」と、ムラマサが隣からはやし立てた。

米兵たちと同じレベルだ。完全に酔っ払っている。

「わかったっちゃ」

自棄《やけ》気味にモリケンは瓶に口をつけた。ひと口、ゴクリと飲んだ。

強烈な刺激が喉から胃袋に這い下りてきた。「不味いのう」といった父親の声がよみがえってきた。

白人がまた手を叩いて奇声を上げた。

無造作にモリケンの手から瓶を奪い返して、自分が飲んだ。ヒスパニック系の男が瓶を取って、さらに飲み、今度はノッポに回した。

「お前もやれっちゃ」ムラマサが笑いながらいう。

仕方なくノッポが飲んだ。続いてミッキー。

「ユー・アー・ナンバーワン！」

白人が相変わらずの素っ頓狂な声でいった。

「ナンバーワンが何人もおっても仕方ないっちゃ」

あきれ顔でモリケンがいうと、ムラマサが「ぎひひひっ」と笑った。

いきなり立ち上がったムラマサは、指先で自分の鼻をつまみながら鳴子岩の上に立ち上がった。素足で岩を蹴って高々とジャンプした。川面に水飛沫を散らして飛び込んだ。

米兵たちも奇声を放って川にダイブした。

ムラマサと三人で大笑いしながら、水のかけ合いを始めるのを見て、モリケンがつぶやいた。

「あいつらも子供じゃのう」

とことん酔っ払いで非常識な奴らだが、どうやら悪人ではないらしい。

「どこの国でも、酔っ払いっちゅうのはそんとなもんじゃ」

そういってノッポがまた自分でジンの瓶をあおった。「俺らも、これで完璧《かんぺき》な酔っ払いじゃ」

「アイ・アム・ナンバーワン！」

突然、ミッキーが大声で叫び、モリケンはびっくりした。

彼の顔がリンゴのように真っ赤になっていた。

「お前……」

いいかけたとき、ミッキーはふいに立ち上がると、最前のムラマサのように高々とジャンプして水に飛び込んだ。

モリケンとノッポは顔を見合わせた。

「仕方ないのう」

そういってノッポと苦笑いを交わした。

岩の上にジンの瓶を置くと、ふたりも彼らに倣って大きくジャンプする。

「ナンバーワーン！」

声が揃った。

そんなバカげた遊びを、それからどれほど続けていただろうか。

米兵たちが錦城橋の欄干から川に飛び込むといいだした。モリケンたちは驚いたが、彼らは岸辺に上がると、そのまま橋の袂《たもと》まで一気に走った。奇声を上げつつ、橋を走って渡り始めた。

その姿をモリケンたちは川の中から唖然と見上げていた。

ちょうど最初に赤いオープンカーが停まっていた橋の中央付近に到達すると、ふたりは躊躇することもなく、高い欄干の上に登り、そこに並んで立った。

橋を通過する車の運転手が、驚きの表情で、そんなふたりを見ている。

モリケンたちは鳴子岩の上に這い上がった。

「やめさせんと、あいつら、さすがに死ぬど」

真顔に戻ったノッポがつぶやいた。「欄干から川まで十メートル以上あるっちゃ。しかも、橋の下の深さは一メートルぐらいしかないけえ」

「じゃけど、あんとになっちゃあ、もう止めるんはむりっちゃ」

隣でモリケンがいった。

ミッキーもあっけにとられた顔で、欄干の上に立っている半裸の米兵ふたりを見上げている。その姿が西日を背後に受けて、ふたつのシルエットになっていた。

「ゴー！　ゴー！　ゴー！」

ひとり大はしゃぎではやし立てているのがムラマサである。

さすがに橋の欄干に立って見下ろす川面の高度感に、ふたりともかなりビビっている。

「何しちょんじゃあ。早う飛び込め！」

ムラマサが拳を高々と突き上げては叫んでいる。「ゴー！　ゴー！　ゴー！　ゴー！」

「ぼく、見てられないよ」

そういってミッキーが目を背けた。

瞬間、ふたりが同時に奇声を放った。なぜかターザンの叫び声だった。

長く尾を引く雄叫《おたけ》びを放ち、欄干を蹴って飛んだ。

ムラマサが手を叩いた。

半ズボンのアメリカ兵たちの姿が一直線に落下し、川に落ちた。

すさまじい水音を立てて、白い飛沫が散った。

モリケンは唖然となって橋の下の水面を凝視する。しかし、白い泡がやがて消えて水面が穏やかになっても、ふたりの姿は浮かんでこない。

声もなく凝視するが、いつまで経っても水面に現れない。

「逃げるど」

ムラマサの声に我に返った。彼は真顔に戻っていた。

「え？」と、ミッキーが驚く。

「なんぼ屈強な海兵隊っちゅうても、あれじゃあ、死ぬるに決まっちょろうが」

そういってムラマサは岩の上に横たわっていたジンの瓶を摑み、「証拠隠滅じゃ」といって遠くに放った。小さな水柱が立った。

彼らはそれぞれ川に入り、岸辺に向かって泳いだ。

ろくに体も拭《ふ》かずに服を身につけた。ノッポは上着の下になっていた黒縁の眼鏡を見つけて、かけた。水中眼鏡や足ヒレ、シュノーケル、そしてヤスなどを自転車の荷台に括《くく》りつけた。それから、岸辺に置き去りになっている真っ赤なオープンカーの傍を通って、砂利敷きの坂道を自転車を押して登り、土手に出た。

「俺ら、人殺しなんと違う？」

錦城橋を自転車で渡りながら、モリケンがそっと口にした。

「世話ぁない（大丈夫）っちゃ。あいつらが勝手に飛び降りたけえの。それに誰も見ちょらんけえ」と、ムラマサがこともなげにいう。

「ほうじゃけどのう……」

モリケンが口ごもった。

そのとき、川のほうから甲高い奇声が聞こえた。

全員が自転車を停め、欄干越しに川面を見下ろした。

錦城橋の少し下流。水面にふたつの頭が浮いているのが見えた。周囲が薄明に閉ざされ、暗くなりつつある中、海坊主みたいに真っ黒な影になって漂っていた。

「さすがにタフな海兵隊じゃのう。ちゃんと生きちょった」

ムラマサがそういって、「ぎひひひっ」と笑った。

ふたりのアメリカ兵はバチャバチャと水を叩きながら、水面に漂って大声で笑い合っている。

ムラマサは自転車を停めると、口の横に両手を当てて、叫んだ。

「ユー・アー・ナンバーワン！」

するとふたりの兵たちは、いっそう大きく奇声を放ちながら、手を振り、ゆっくりと下流に流れていった。

10

意気揚々と帰途についた——はずだった。

けれどもモリケンたちはほとんど言葉もなく、黙々と自転車のペダルを漕いでいた。

錦川に沿った土手道である。

川面が昏く染まり、その薄闇の中、向こう岸に近い浅瀬に、ひょろっと首の長い白鷺《しらさぎ》が一本足でたたずんでいた。

しこたまジンを飲まされたおかげで、酔いが残っていた。それどころか、ひどく気持ち悪かった。ミッキーは途中で自転車を倒し、道端に嘔吐《おうと》した。それを見てモリケンも胃の奥がむずむずとして、すぐ傍で吐いた。何も食べてなかったので、黄色い胃液ばかり出てきた。ノッポも顔色がひどく悪かった。

アルコールなんてろくに知らなかった中学生が、強要されたとはいえ度の強い酒を飲み、泳いだり、はしゃいだりしていたのだ。急性アルコール中毒にならないだけましだったかもしれない。

肉体的な不快感ばかりではない。

心が重かった。

酔った勢いとはいえ、危うく人を殺してしまうところだった。事故だったとか、勝手にやったことだからではすまないことはわかっていた。もしも大人だったら、こういうときにちゃんと判断ができて、しかるべき行動が取れたのだろうか。

十三歳の少年の経験と知識では、どうにもわからなかった。

運がよかった。そのことは痛感していた。

あのふたりの米兵たちは、あれから酔っ払ったまま車に乗り、基地に帰っていったのだろう。日本のガキどもにはやし立てられて自分たちがバカをやったという後悔も、あの様子ではきっとなかったに違いない。そういう意味でホッとしたところもある。

ゆいいつ平気の平左《へいざ》でいるのがムラマサだった。

もとよりアルコールに馴れているせいで、モリケンたちみたいな醜態をさらすこともなく、口笛を吹きながら自転車をジグザグに走らせていた。彼にかぎっては罪の意識というものがさらさらない。

「これで二度目じゃのう」

「何が」

モリケンは自棄気味にムラマサに訊いた。

「アメリカ兵をやっつけたっちゃ。ファントムを撃墜したし、今度は海兵隊ふたりを撃破じゃ」

あきれ果てた顔でノッポが振り向く。

「バカたれが。あいつらぁ、勝手に自爆っちゃ」

「ほいじゃが、ファントムを墜《お》としたのはわしっちゃ」

「けっきょく、お前のその自慢話だけが独り歩きしちょるんじゃのう」

モリケンが笑うと、ムラマサがムッとした顔になった。

「笑うちょるのも今のうちっちゃ。そのうちにどこかで発表して、わしゃ、英雄になっちゃるけえ」

「バカじゃのう。もしそれが本当なら、英雄どころか警察につかまるっちゃ」

モリケンがそういった。

「アメリカ軍の戦闘機を落としてパイロットたちを殺したとしたら、MPに逮捕されるんじゃない？」

モリケンがミッキーを見た。「MPって何」

「ミリタリーポリス。軍の中の警察ってところかな」

「しかもジェット戦闘機をめがした（壊した）んじゃけえのう。ところでファントム一機ってどれぐらいなん」

「何十億とか、もしかして何百億って感じかなあ」

ミッキーがいったのを聞いて、モリケンとノッポがあっけにとられた。

「そんとにするんか。ほりゃあ、ムラマサのお袋がいくら酒場で働いても足りんじゃろ」

「お前らのう！」

ムラマサが怒鳴った。真顔になっている。

今度はモリケンが吹き出しそうになる。こんなふうに無軌道、無鉄砲な仲間だが、そのおかげで、少しは心の重さから解放されたような気がした。


土手道から愛宕橋の歩道に入った。

二列になって自転車を走らせているとき、モリケンは前方からやってくる小さな人影に気づいた。

まさかと思った。

松浦陽子だった。

白いブラウスに短めのスカート。膝下までの長いソックス。お下げ髪は相変わらずだった。歩道の端、欄干側を紙袋を胸に抱くようにして歩いている。

モリケンは無意識にハンドルの両側のブレーキレバーを握っていた。たちまち他の三人に置き去りにされ、あわててペダルを漕いで追いついた。さいわい、そんなモリケンの様子には誰も気づいていない。

彼女は俯いていた。しかしモリケンたちの姿に気づいているのはわかった。

先頭のノッポとミッキーがすれ違った。

続いてムラマサ。

少し遅れてモリケンが松浦陽子の傍を通り抜けた。

一瞬だけ、横目で見た。

唇を引き結んだまま、俯きながら足早に歩く姿。そばかすの散った横顔と、細長い首、ブラウスの襟元から見える白いうなじが目に焼き付いた。

すれ違いはあっという間だった。

お下げ髪が風でふわっと揺れた。かすかに少女の匂いがした。

肩越しに振り向きたい衝動を抑えながら、モリケンは歯を食いしばってペダルを漕いだ。

「松浦、どこへ行くんか？」

ムラマサがそういった。

「俺のお袋が西岩国病院で看護婦をしちょるんじゃけど、あいつの母親が入院しちょるっちゅうて聞いたことがあるど」と、ノッポ。

全員が自転車を停めた。

モリケンもみんなといっしょに振り向いた。

松浦陽子の歩く後ろ姿は愛宕橋の対岸近くに、小さく見えていた。

「学校、休んじょるのもそのせいじゃなんか」

ノッポがいうと、ムラマサが「ぎひひ」と短く笑った。

「ブスじゃけえ、苛められて休んじょるに決まっちょる」

「ほいじゃが、ちいと可哀想《かわいそう》な気がするのう……」

ノッポがそうつぶやいたので、モリケンは少し驚く。

「もしかしてノッポはあいつに惚れちょるんか」

ムラマサがニヤニヤ笑っていった。

モリケンはドキリとした。

「アホいうなっちゅうに」

ムキになってノッポが否定した。なぜか本気で怒っていた。


全員で橋を渡り終えて自転車を停めた。

五叉路《ごさろ》に分かれる交差点になっていた。モリケンの家は新しくできた有料道路に沿って、まっすぐ歩いた先にある。ムラマサの家は右の土手道の途中にあり、ノッポの家は市民球場に近い団地に、ミッキーの家はさらに山をひとつ越した平田《ひらた》という地区にあった。

「ほいじゃあのう。また明日、学校で」

ノッポがそういって寂しげに手を挙げた。顔色がまだ冴えない。

「じゃあ、また」と、ミッキーが自転車のペダルを漕ぎ出した。ノッポが続く。ふたり、一列になって有料道路の歩道に沿って小さくなっていく。

「またのう」

ムラマサがいって背を向けた。

少し自転車を進ませてから、ふいに停めた。見ているモリケンに振り向いた。

なぜか妙に寂しげな顔だった。

――のう、モリケン。わしら、アメリカ兵をやっつけたんじゃのう?

モリケンは弱った顔で頭を掻いた。

「おお、そういや」

仕方なくそういった。

――ホンマに、あいつらを懲《こ》らしめちゃったんじゃのう？

「おお。ぶち懲らしめちゃったっちゅうに」

ムラマサはじっと彼を見つめていた。

満足したように笑って、向き直り、ムラマサが自転車を飛ばした。

ご機嫌な様子で立ち乗りしながら、ジグザグ運転し、細道の向こうへとどんどん走ってゆく。

――赤い～赤い～赤い仮面のブイスリ～。

〈仮面ライダーＶ３〉の主題歌を大声で歌いながら遠ざかっていく。

その姿が小さくなるまで見送ってから、モリケンは自転車のハンドルを握った。吐息を投げて、ペダルに足を乗せた。

11

相変わらずの空梅雨で、晴れ日が続いた。

ミッキーの自転車が、木洩《こも》れ日の中を走ってきた。葉影が斑《まだら》になって彼の顔を走っていた。

ナショナルの〈エレクトロボーイＺ〉は、やっぱりかっこいい。左右のツインの前照灯はロボットの顔みたいだし、全体的にも自転車というよりも未来の乗り物みたいなデザインになっている。

それを乗りこなすミッキーも都会っぽさが抜けないせいで、妙に洗練された感じにモリケンには見える。

木立の中にあるバスの秘密基地の前にミッキーが自転車を停める。

やけに大きな荷物を背負っていると思ったら、焦げ茶色のギターケースなのでびっくりした。

「それ、どうしたん？」

バスの扉を開けて外に出て、モリケンが訊いた。

ミッキーは自転車のスタンドを立ててから、太いスリングで肩に担いでいたギターケースを重たそうに下ろした。

草叢に座り込み、ケースを開く。きれいなフォークギターが中に横たわっていた。

「去年の誕生日に、兄さんからもらったんだ」

そういいながら胡座をかいた膝の上にギターを載せた。手馴れた様子で六つのペグを回しながら各弦の音を合わせていく。ポロンと音を立てて弾《ひ》くと、きれいな音色が流れた。

その音に気づいたのか、ムラマサがバスの窓から顔を突き出した。

「おお。何じゃ、そりゃあ」

興奮した様子でいそいそと外に出てきた。

モリケンの隣、ミッキーの正面に座り込む。

「ノッポは？」

コードを押さえて曲を奏でながらミッキーが訊いた。

「自転車がパンクしたけぇ、常夫さんのところで直してもろうちょる」と、モリケンが答える。

「弾いてみる？」

ふいに渡され、モリケンはどぎまぎした。ギターを触《さわ》るなんて、生まれて初めてだった。思ったよりも軽い。ヘッドの部分に音叉《おんさ》が三つ並ぶマークがあって、ＹＡＭＡＨＡと書かれてあるのに気づいた。

左手でネックを握り、六つの弦を右手で適当にかき鳴らしてみる。コードなんて知らないから、ただの不協和音だ。それでも何だか嬉しかった。新鮮な体験だった。

「モリケン、それでなんか唄《うた》ってみんか」

ムラマサにそそのかされて、ついその気になってしまう。

ちょうどラジオなどで流行《はや》っていたチューリップの〈心の旅〉の出だしを唄うが、伴奏がむちゃくちゃで外れている。

「貸してみい」

そういってムラマサがギターを取り、立ち上がりざま、弦を鳴らした。

歌い出したのはキャロルの〈ファンキー・モンキー・ベイビー〉だ。エレキギターの演奏スタイルで奏《かな》でる音も歌もメチャメチャだ。やけっぱちみたいに声を張り上げている。

「やっぱしできんわ」

苦笑いしながらミッキーにギターを戻した。

「君たちはどんなジャンルの歌が好きなの？」

そう訊かれてモリケンはちょっと考えた。

いつもラジオの深夜放送を聴いているから、ヒット曲はけっこう知ってる。歌手やグループの名前もたくさん憶《おぼ》えていた。

「俺はフォークソングかのう。最近、〈南こうせつとかぐや姫〉ちゅうグループがええと思うちょる」

「ムラマサはやっぱりロック？」

「断然、キャロルっちゃ。何ちゅうても矢沢永吉《やざわえいきち》とジョニー大倉《おおくら》がかっちょええのう」

ムラマサは去年あたりから彼らにはまっていた。〈ファンキー・モンキー・ベイビー〉は先月、発売になったばかりだが、レコードの溝がすり切れるほどくり返して聴いているらしい。

「ミッキーは歌謡曲？」

モリケンに訊かれ、彼は肩をすくめた。「まさか」

片手で前髪をかき上げると、ギターを抱えて少し弾いた。華奢《きゃしゃ》な指でちゃんとコードを押さえていて、きれいなメロディが流れ出す。モリケンは思わず聴き惚れた。

「さすがに上手じゃのう」

「兄貴に弾き方を習ったから。ずいぶん練習もしたし、大人になったら音楽を仕事にしていきたいって思ってる」

「凄いのう。歌手か！」と、ムラマサ。

「違うよ。シンガー・ソング・ライターになりたいんだ」

ミッキーは少し頬を赤らめつつ、ギターをつま弾いている。

「ところで、それ……何ちゅう歌なんか」

モリケンに訊かれて彼はいった。

「ボブ・ディランの〈ライク・ア・ローリングストーン〉って曲だよ。やっぱり兄貴の影響だけどね」

「洋楽かあ。さすがに未来のミュージシャンは違うのう」

ムラマサが手を叩いていった。「わしもドアーズとか、ミック・ジャガーとか好きっちゃ」

「ボブ・ディランは知らない？」

「フォークの神様ちゅうていわれちょるって、そんなことぐらいは知っちょるがのう」

モリケンがいうと、ミッキーは破顔《はがん》した。

「〈風に吹かれて〉って歌が好きなんだ」

ふいに出だしを弾き始めた。

続いて歌い出した。

モリケンはまたしても聴き惚れた。独特の旋律と彼の声に。

ノッポが秘密基地にやってきたのは、それから少し経ってからだった。

みんなの自転車の傍にスタンドで立てると、ナップサックを背負ったまま、バスの中に入ってきた。めざとくミッキーのギターケースを見つけて指差した。

「たまげた。これ、誰んじゃ？」

「ミッキーが持ってきたんよ」

座席に座って〈少年ジャンプ〉を読みながら、モリケンが答えた。

「ここに置いておくから、みんな、好きなときに弾いていいよ」

隣で水島新司のマンガ〈野球狂の詩《うた》〉の単行本をめくりながら、ミッキーがいった。

「ほうじゃが、わしらん中でミッキー以外に誰もギターは弾けんっちゃ」

そういったムラマサは運転席に座り込んでプロレス雑誌〈ゴング〉を読んでいる。表紙の写真は、はでなマスクをかぶったレスラー、ミル・マスカラスの姿だ。

「少しぐらいなら教えてあげられるよ」

「ホンマか？」

ノッポがミッキーにいった。

「いくつかコードを覚えたら、すぐに弾けるようになるからさ」

「そんなら、わしらでバンドやれるかのう？」

「バーカ。そんとにみやすい（簡単な）わけなかろうが」

そういってモリケンがムラマサの頭を小突く。それから、ノッポに向き直った。

「ほいで、自転車のパンクは直ったんか」

「完璧っちゃ。ついでに常夫さんから約束のバッテリーをもろうてきた」

ノッポの声に、ムラマサは雑誌を閉じると、飛び跳ねるように椅子から立ち上がった。

「ヤッホー！」

ノッポはニヤリと笑い、ナップサックを開いて、中から破れかけた紙箱をゆっくりと取りだした。表には〈ユアサバッテリー〉と書いてある。

「じゃーん」

それを見たモリケンたちが歓喜の声を上げた。ムラマサが大げさに拍手をする。

紙箱から取り出したバッテリーは中古とはいえ、かなり真新しく見えた。

「さっそくバイクにセットするっちゃ」

それを奪うように取って、ムラマサがバスの外へ飛び出した。


ムラマサが草叢に横倒しにしたバイクにバッテリーを組み込んでいるのを、モリケンは少し離れた場所から見ていた。

作業の様子を、ノッポが一眼レフのカメラをかまえながら撮影している。

彼が持っているのはミノルタSR－7という古い機種で、父親から授かったものだという。モリケンはオートフォーカスのコンパクトカメラしか知らないが、こういうプロっぽいカメラをちゃんと使いこなせるノッポは凄いと思った。

夏草の間から、キリキリと羽音を立てながらバッタが飛んでいった。

気温も三十度を超えて、本格的な夏が始まろうとしている。

撮影を終えたノッポがムラマサに加勢した。レンチなどの工具を巧みに使っている。

「ふたりとも器用なんだね」

キャラメルコーンの袋を破りながら、ミッキーがいった。

「あいつら、とことん物好きなんよ」

モリケンはそういった。

「そういえば、そういうのに詳しいって、前にいってたけど？」

「一年のとき、みんなで機械工作部っちゅうクラブに入っちょったけえのう」

「え」

「理科の佐田《さだ》が顧問《こもん》でのう。理科実験室が部室じゃった。車のエンジンやらラジオやらをバラしたり作ったりしちょったんよ」

「そんなクラブって、ぼくは知らないけど？」

モリケンは振り返り、彼のキャラメルコーンの袋に手を入れていくつかつかみ、口に放った。

「そりゃあそうじゃ。とっくに廃部じゃけえ」

「どうしてそうなったの」

「部員みんなで、〝わや〟ばっかりしちょったけえのう。とうとう佐田がはぶててしもうた」

「〝わや〟って？」

「ひどいとか、むちゃくちゃっちゅうことじゃ」

――ええか、お前ら。明日からは、もうこのクラブはなしにするけえの。

ふだん温和な佐田が見せた怒りの形相を、モリケンはいまでもよく覚えている。

「最初はバルサ材でゴム動力のプロペラ飛行機を作って飛ばしちょった。それがオモチャ用のロケットエンジンを搭載してみたら面白うてのう」

「〈タイガーロケッティ〉って奴だろ？　あれ、ぼくも持ってたよ」

ミッキーの反応に、モリケンはうなずいた。〈ロケッティ〉というのは、アルミでできた筐体《きょうたい》の中に円筒形の固形燃料を入れ、導火線に点火するとガスを噴射するというものだった。

「あれについてきた固形燃料じゃ推進力が足りんっちゅうて、みんなで花火の火薬を集めて入れてのう、ほいで点火してみたんよ」

「どうなったの？」

モリケンは五本の指をパッと開いて見せた。

「いきなし爆発したっちゃ。破片がさで飛んでって、校長室の窓ガラスをぶちめがし（壊し）よった」

ミッキーが吹き出した。

「ほいで、みんなで校長室に呼ばれて土下座《どげざ》で平謝《ひらあやま》りっちゃ。ほんじゃけど、俺らはそれで満足せんかってのう。ムラマサの奴が……どうせなら火薬を自作しようっちゅうていいだし、そのうちにニトログリセリンを作ることになったのいや」

「ニトロって、あの、火薬の元になる？」

モリケンはうなずいた。

濃硝酸と濃硫酸とグリセリン。それだけの原料があれば、ニトログリセリンが作れる。

そのことをたまたま、ある本で知った彼らは、それらがすべて理科実験室にあることを知ってしまった。

「本当に作ったの？」

思わず身を乗り出し、ミッキーが訊《たず》ねた。

「それがのう、さあ、これからっちゅうときに発覚じゃ。お前らは機械工作部じゃのうていい、破壊工作部かっちゅうてぶち叱られて、あとで俺ら全員、親が呼ばれてのう」

ミッキーは残念そうな顔をして座り直した。

「それで、廃部……」

「まあ、そういうことといや」

そういってモリケンは木立の中に石を投げ込んだ。

「みんなは別のクラブには入らないの？」

モリケンはうなずいた。

「スポーツとか、やる気はせんでのう。小説とかマンガ研究会みたいなクラブがありゃあええけど、うちの学校にゃあないし。それに、俺らはこうして自由でいるのが好きっちゃ」

――セット完了したどー！

ムラマサの声にふたりは立ち上がった。

バイクのところに行くと、バッテリーがしっかり組み込まれていた。

ムラマサが真っ黒になった手をジーパンにゴシゴシと擦りつける。ノッポの顔を見ると、右の頰が煤《すす》けたように油で黒くなっている。

「スターター動かして、プラグに火花が飛ぶかどうか確かめるっちゃ」

ムラマサが立ち上がり、バイクのキックスターターを手で起こした。剝き出しのエンジンからは、プラグがすでに抜いてあった。感電しないようにノッポが地面にハンカチを敷き、その上に引っ張り出したプラグを横たえた。

「おっし、ええっちゃ。ムラマサ、やってみい」

バイクのハンドルを持ったムラマサは、スターターに足を乗せ、思い切って蹴り込んだ。

地面に顔を押しつけるように見ていたノッポが、指でＯＫのマークを作った。

「火花が飛んだど」

「やったのう」

モリケンも駆け寄って喜んだ。

「これで走れるの？」

彼は振り返って、ミッキーにいった。「いんや。まだまだ、これからっちゃ」

「だけど、みんなは凄いよ。こんなガラクタのバイクを復活させようとしてるんだから」

「ほうじゃけどのう。ムラマサの場合、バイクを走らす目的が目的じゃけえのう」

「どういうこと？」

モリケンは腕組みをした。

増水した井堰をバイクで突っ切ってみせるといったムラマサのことを、どうやって彼に伝えるべきかと考えてしまった。

12

勉強部屋の窓際に置いた机に、モリケンは頬杖を突いていた。

宿題をするため、教科書とノートを広げているが、ちっともそこに目が行かないので、いつものように自作小説の執筆に没頭していた。すでに大学ノートに十冊以上の小説を書いている。それをクラスの何人かに回し読みさせて感想を聞く。「面白かった」「続きが読みたい」などといわれると、やっぱり嬉しかった。

内容はほとんどがSFだったりアクション小説だったりする。大好きなのは平井和正だが、他にも小松左京《こまつさきょう》、光瀬龍《みつせりゅう》、筒井康隆《つついやすたか》などの影響が大きい。近頃は大藪春彦《おおやぶはるひこ》を読み始めている。だからバイオレンスの描写も得意になってきた。

鉛筆で横書きに執筆しては、いろんな場面を考える。お気に入りの場面がうまく書けたら、ひとりでニヤニヤしたりする。

こんな仕事が将来、本当にできたらいいなあと思う。

気がつくとぼんやり窓外を見つめていた。

梅雨の真っ盛りなのに、雨は相変わらず降る気配もなかった。

開けっ放しの窓。網戸から吹き込む風が生《なま》ぬるく、モリケンは壁際に置いた扇風機を〈強〉に切り替えてから、また机に向かった。

窓の外から、しきりに子供たちの声がしている。

しかし声ばかりで姿は見えなかった。

モリケンの家の前は田んぼである。田植えのシーズンは両親といっしょに稲の苗を植えるのを手伝って、少しばかり小遣《こづか》いを稼いだ。今はその稲が青々と実って夏風にそよいでいる。

田んぼの向こうに、上水《じょうすい》と呼ばれる小川が流れていた。

細い畦道《あぜみち》に挟まれて、モリケンの住んでいる地区を西から東へ向かっている。ほとんどの場所でコンクリなどの護岸がされておらず、畦道から小川に下りる石段がいくつかあって、行商の魚屋《さかなや》が自転車を停めて、水に浸《ひた》した魚の腸《はらわた》を抜いたりしていた。昔は大きなタライを持っていって、この上水で洗濯をしていたと母に聞かされたことがあった。

もともとは田んぼに水を入れるために作られたもので、最上流部は錦川の本流からポンプで取水している。だから、いつも水が流れているのではなく、たいていは干上《ひあ》がっていた。

この上水のあちこちには水車があった。

〝すいしゃ〟ではなく、〝みずぐるま〟と近所の人たちは呼んでいた。

割った細竹を三本使って丸い本体を作り、中心に向かって放射線状に羽根板を並べ、そこに業務用の大きな缶詰の空き缶をいくつもつけていた。放流が始まると水車が回り、空き缶で水を掬って樋《とい》に落としては田んぼに送る仕組みになっている。

あまり見栄えのいいものではなかったが、田に水を送る水車は珍しいということで、よく観光客が写真を撮りにきていた。

モリケンの家のちょうど真正面にも、この水車があった。

自分の田に水を引くため、彼の父親が作ったものだ。

その水車に乗って子供がふたりで遊んでいる。彼らの声が部屋まで届いているのだった。ふたりとも、まだ小さな子たちだ。水車の上に跨がり、乗馬のロデオのように乱暴に揺すってははしゃいでいる。父の孝一郎に見つかれば、きっとえらい剣幕で叱られるだろう。

モリケンも小さな頃は、あんな無邪気な遊び方をした。

木登りや屋根に登るのは朝飯前だった。

上水も当然、遊び場となった。物干し竿《ざお》で棒高跳びをやって対岸に着地したり、放流が止められたあと、そこかしこに潮だまりみたいに残った水に、フナやハヤやオイカワが横たわって尾ヒレをバタバタやっているのを、夢中で獲ったりした。

それが中学に入る頃には、そんな遊びもしだいにしなくなっていた。

子供の時代がいつしか過ぎ去り、大きくなったからだと、自分では思っていた。

それでも夏休みが近づくにつれ、やっぱりわくわくする。その高揚感《こうよう》は子供の頃から変わらない。

あいつらと海辺でキャンプをする。そのことを考えると嬉しくてたまらない。

しかしながら、いかんせんまだ資金不足だ。借家のアメリカ人からくすねたエロ本を売った金で全員の寝袋とその下に敷く銀マットや、飯盒《はんごう》やコッヘルを購入したが、肝心《かんじん》のテントがまだだった。それも四人が寝られる大きなテントだから、ずいぶんと高額になる。

ところが、ここんとこ彼——エリックさんというアメリカ人のゴミからエロ本は発見されなかった。

もしや気づかれたのかと勘ぐったりする。バレていたらどうしようと不安に陥ったりする。

けれども資金難ともなれば、計画自体を見直さなければならなくなる。それだけは考えたくなかった。

上関――初めてあの海に行ったのは、小学五年、春休みのときの家族での旅行だった。モリケンの父が車をホンダの軽からカローラに買い換えたので、その馴らしを兼ねてのドライブだった。瀬戸内の海沿いに走る国道一八八号線を辿って南へ向かい、柳井市を抜けて三十分、室津《むろつ》半島の突端にある上関に着いた。

海がきれいだった。

モリケンは工業地帯である岩国の周辺の汚れた海しか知らなかったが、ここはまるで南洋の小島のように海の色が澄み切った青で、目映い白浜がずっと先まで続いていた。その思い出がずっと心に残っていた。

勉強机の本立てに〈冒険手帳〉という本が入っている。

作者は谷口尚規《たにぐちひさのり》、イラストは石川球太《きゅうた》。タイトルのとおり冒険の仕方についての本で、テントの張り方から食料の調達、焚火の起こし方、ロープの結び方や罠《わな》の作り方などが、楽しいイラストつきで紹介されている。モリケンは大好きで、イラストも文章もすっかり覚えるほどくり返して熟読したものだ。

もちろんノッポたちにも勧めて、彼らも大ファンとなった。みんなで秘密基地を持ったこともまた、この本の影響だった。そして夏休みは全員で「冒険」をしようということになり、その舞台としてモリケンは上関を提案したのである。

もちろん中学生にとって足は自転車しかない。

地図で調べたところ、岩国から上関までの距離はおよそ五十キロある。そこを自転車で走ることになる。途中で休憩を何度も取りながら行ったら、きっと六時間はかかるだろう。

それでも夢をかなえたかった。汗水流して長い旅路を辿った果てに、あの美しい海が待っている。そのことを想像すると興奮した。あそこを自分たちだけで占領できるのだ。

モリケンは鉛筆を口と鼻の間に挟み、腕組みをして考えた。

何か、資金調達の手段はないものか。

椅子の背もたれをギシギシと軋《きし》ませながら、あれこれと想いをめぐらせる。

また、子供たちの声が聞こえた。

さっきみたいに笑ったり、はしゃいだりしている声ではなかった。

泣き声だと気づいた。

あのふたりがなぜか大声で泣き叫んでいるようだ。その声がふいに聞こえなくなり、そうかと思うと、またワッと聞こえ始める。断続的にくり返しながらここまで届いてくる。

モリケンは椅子を引いて立ち上がり、窓辺に近づいた。そして驚いた。

水車が回っていた。

つまり、上流のポンプが作動して取水と放水が始まり、上水に水が流れ始めたのだ。

子供たちふたりは、その水車に摑まったままだった。そのため、回転とともに水中に没したり、外に出たりする。だから泣き声が途絶えたり聞こえたりしていたのだ。手を離せばいいものを、怖くてそれができないらしい。

モリケンはどうしようかと焦った。

勉強部屋のドアを開いて廊下に飛び出す。居間の方からテレビの音が聞こえてきた。父の孝一郎が相撲を観ているに違いない。

あわててそこに向かった。

ガラリと戸を開くと、座卓の前で胡座をかき、キリンビールをジョッキに注ぎながらテレビを観ていた父が振り返った。

「そんとにあわてて、どうしたんか。健坊」

白いランニングシャツ姿で団扇《うちわ》をあおぎながら父がいった。

「水車で子供らが溺《おぼ》れかけちょる」

モリケンがいったとたん、父の顔色が変わった。


父とふたりで水車のところまで走った。

子供たちの泣き声は、相変わらず断続的に聞こえたり止《や》んだりしている。水車の回転とともに、水中からずぶ濡れの姿で上がってきては半周し、また上流側に没している。ふたりともまだ幼稚園か小学一、二年ぐらいのチビだ。

水から出るたびに、どちらも顔を真っ赤にして泣き叫び、咳き込んだり嘔吐《えず》いたりしている。何とか呼吸はしているようだが、もうずいぶんと水を飲んでいるに違いない。

上水とはいわれているものの、あちこちから生活排水も流れ込んでいて、正直、きれいな水とはいえない。

「お前ら、手ぇ離せ！」

父が叫んだが、ふたりとも声が耳に入らないのか、ただ泣き叫ぶばかりだ。手を離すどころか、ますます必死に水車にしがみついて、いっしょに回っている。

「こりゃあいけん。何とか水車を止めんにゃあ」

そういってモリケンの父はゆっくりと回転する水車に手をかけたが、いかんせん水の流れる力は恐ろしいほど強く、とても人力で止まるものではない。水車の回転する力で父は手を取られそうになった。

「健坊。庭に行って物干し竿を持ってこい」

父にいわれて彼は夢中で走った。

庭先でちょうどエプロン姿の母が洗濯物を取り込んでいるところだった。

「どうしたんね」

「上水で子供が死にそうになっちょる」

「ホンマにかね？」

驚く母にいった。「親父が物干し竿を持ってこいっちゅうてゆうちょる」

「ほんなら、早《はよ》う持っていきんさい」

母が干していた洗濯物を急いでカゴに取り込んだ。

青竹で作った物干し竿をひとつ取ると、モリケンはまた走った。コンクリのブロック塀の外に出て、細道を急いで上水に向かった。

いつの間にか父のすぐ近くに、白いスバルらしい車が停まっていた。ナンバーの頭がひらがなではなくYとあったのでびっくりした。車の傍に立っているのは、スラックスにテニスシャツ姿の背の高い白人の若い男性だった。

借家のエリックさんだとモリケンは気づいた。思わず立ち止まってしまう。

「健坊。早う来んか！」

父に手招きされて、モリケンは長い物干し竿を持って駆けつけた。

それを受け取ると、父は回転する水車の隙間《すきま》に一気に差し入れた。先端が対岸《きし》に当たると同時に、水車の回転が止まった。すさまじい水音とともに、水車の羽根板が軋み、バキバキといいながら割れ始めた。

「今のうちじゃ！」

父の合図とともに、背の高いエリックさんが水車の上にしがみついている子供をひとり、強引に摑んで引きずり下ろした。続いてふたり目。何しろ背丈があるから、あっさりと手が届いたようだ。

次の瞬間、物干し竿がはでな音を立てて、くの字にへし折れた。水車がまた回転し始めた。

羽根板がいくつか壊れてしまったため、止まってはまた回転するイレギュラーな動きになった。さらに軸《じく》も歪んでいるから、水車自体が斜めに傾ぎながら、悲鳴のような軋み音を発していた。

子供たちは畦道に座り込んだまま、身を寄せ合って泣き叫んでいた。

父はエリックさんに「サンキュー」といって、その肩を軽く叩いた。エリックさんも英語で何かをいい返した。

モリケンは棒立ちになっていた。

エリックさんは振り向きざま、モリケンに向かって笑みを見せた。そして片目をつぶってウインクをすると、停めていたスバルに乗った。バタンとドアを閉め、車が走り出した。彼の借家がある山のほうへと白い車体が小さくなってゆく。

ドキドキしていた。

モリケンは立ち尽くしたまま、しばし車を見送っていた。

チビたちは道端に座り込んだままだ。どちらも半ズボンにランニング。坊主頭で真っ黒な顔をしていた。足元は裸足である。きっと水車にしがみついて回転しているうち、サンダルが脱げて流れていってしまったのだろう。見たところ、怪我はしていないようだが、だいぶ水を飲んだせいで、しきりにゲエゲエと吐いている。

「お前ら、どこの子じゃ」

父が訊くが、ずぶ濡れになったふたりは答えない。

「しょうがないのう」

仔猫《こねこ》をさばくようにふたりの首根っこを摑んでむりに立ち上がらせると、父は自宅に向かって歩き出した。モリケンはギシギシギコギコと異音を発しながら、傾いだまま回転し続ける水車をしばらく見ていたが、すぐに父たちのあとを追った。

「まあ、あんたら。えろうびっしゃになっちょるじゃない」

ふたりを見たとたん、母が風呂場に連れて行った。浴室でふたりとも素っ裸にし、大きなバスタオルでたんねんに拭いてやった。モリケンが小さな頃の服がとってあったので、それをふたりに着せると、ようやく彼らは泣き止み、グズグズと洟《はな》をすすっていた。

「何ちゅう名前かね、あんたら」

ふたりの前にしゃがんで母が訊くと、少し大きな子が真っ赤な目でいった。

「原島マコト」

「ほんで、よう顔が似ちょるけど、あんたのほうは弟かね」

泣きはらした目で母を見ながら、こう名乗った。「カツキ」

「原島っちゅうたら、もしかしたら新小路《しんこうじ》の原島さんとこかね？」

ふたりの兄弟が揃ってうなずいた。

母が振り返ってモリケンに訊いた。

「健坊。あんたと昔、よう遊んじょった原島くんの弟さんらじゃね」

そのとたんにハッと気づいた。

「お前らの兄貴は達哉っちゅうんか」

ふたりは鼻水を垂らしながら、また揃ってうなずいた。

やっぱりそうだ。ハラバカの弟たちだ。

「健坊。あんた、ふたりを家まで送ったげんさい」

「俺が？」

母はうなずいた。

ふたりを風呂場から連れ出し、廊下を歩いた。居間の前を通りかかると、父の孝一郎は先刻のように座卓の前で胡座をかき、ビールを飲みながらテレビの相撲中継を見ていた。

モリケンが入口に立っているのを振り返り、こういった。

「このバカったれらのせいで、うちの水車が台無しじゃ。どこの糞《くそ》ガキかのう」

「新小路の原島んとこじゃって」

とたんに父の表情がこわばった。

「原島んとこのガキどもかあ。あの親にしてこの子らありじゃのう」

父はまたテレビを観て、枝豆《えだまめ》を口に放り込みながらビールを飲んだ。

モリケンは居間の戸をそっと閉めた。

13

モリケンは自転車を押しながら、愛宕橋を渡っていた。

後ろを、ふたりの小さな子供らがうなだれた姿で、トボトボと足を運んでついてくる。どちらも裸足のままだった。

雲ひとつない空が一面に広がっていた。錦川の川面も、その眩《まぶ》しい青さをうつしとっていた。頭上を斜交《はすか》いに横切り、白い飛行機雲がまっすぐ伸びていく。

いつしかエリックさんのことを考えていた。

父を手伝って、このふたりを助けた姿はさすがに格好良かったが、別れ際にモリケンに投げてきたウインクは、いったいどういう意味だったのだろうか。あれこれ想いをめぐらせているうちに、やっぱりあのエロ本のことに考えが行き着いてしまう。

エリックさんはモリケンがこっそりエロ本を抜いていたところを、どこかで見ていたのではないか。

最近、借家のゴミ出しでその類《たぐ》いの本がまったくなくなっているのはなぜだろう。

もしかすると――そんなふうに考えたら、顔から火が出るぐらいに恥ずかしい。

ふいにくしゃみの音が聞こえて、モリケンは肩越しに振り返る。

ハラバカの弟たち。ふたりともうなだれて歩きながら、ときおり洟をすすり上げている。

この愛宕橋の歩道で、松浦陽子とすれ違ったときのことを思い出した。

胸がドキドキして顔が熱くなったのを覚えていた。

またあのときみたいに、前から歩いてこないかと思うが、偶然はそうそうあるものではない。

対岸に渡り、〈倉重サイクル〉のある坂道を下り、踏切を渡って左折。新小路と呼ばれる通りに入ると、原島の家はすぐそこにあった。

板張りの低い柵に囲まれた、小さな二階建ての古い家だった。

玄関前に自転車を停めると、子供たちが扉を開いた。

ふたりが「ただいま」と屋内に声を発すると、奥で母親らしい女の声がして、すぐに出てきた。

　でっぷりと太った中年女性だった。パーマをかけた髪がはでに染められていて、化粧《けしょう》も濃かった。花柄の薄いシャツにモンペみたいなズボンを穿いている。

「あんたぁ、誰かね」

　不審な顔でモリケンを睨んでいる。

「森木といいます。あの……ふたりがうちの前の水車で遊んでいて溺れそうになっていたので、ぼくの父が助けたんですけど」

「水車っちゅうたら、牛野谷のかね？」

　腰に手を当てて彼女がいった。

　モリケンがうなずく。

　女は腰に手を当てて子供たちを睨んでいた。ふたりとも裸足であるのに気づいて、ふいに表情が歪んだ。

「あんたらね。そんとな遠いところまで行って遊んじゃいけんっちゅうて、何回、いやぁわかるんよ」

　甲高い声で叫びざま、チビたちの髪の毛をつかみ、ひとりずつ平手で頬を叩いた。

　兄弟が同時にまた大声で泣き始めた。

　それを強引に屋内に引っ張り込んだ。玄関の扉がピシャリと閉ざされた。

　我が子らを助けられ、着替えまでさせてもらった礼をいうでもない。ただ、目の前で出来の悪いチビ助を怒鳴り、はたいて叱りつけただけだった。閉ざされた扉の向こう、母親のヒステリックな怒鳴り声と子供たちの泣き声が遠ざかっていった。

モリケンはあきれ果てて立っていたが、仕方なく踵を返した。

玄関先に停めていた自転車に跨がったとき、ふいに頭上から声がしてびっくりした。

――森木よぉ。

なじみのある声だった。

見上げると、二階の窓にハラバカの姿があった。窓がまちに腰掛けている。大きな背中が外にせり出していて、肩越しに振り返っている。

――あんとき、お前を殴って悪かったのう。ちぃと虫の居所がワルうてのう。

モリケンはしばし彼を見上げていたが、仕方なくうなずいた。

「ええよ。もう忘れたけえ」

――森木よぉ。

「何なんか」

ハラバカはふと口をつぐみ、眉根を寄せて目を背けた。そして、こういった。

――ひとつ頼みがあるんじゃけどのう。聞いてくれんか。

「頼みっちゅうて何かね」

すると彼は、また気まずそうに眉間に皺を寄せて口をすぼめた。

――お前のクラスに小林葵ちゃんっちゅう女がおるじゃろう?

「おるけど、どうしたん？」

――わしに紹介してくれんか。

モリケンは驚いた。

ふいに笑いがこみ上げてきて、必死にそれを押し殺した。肩が少し震えたようだ。

ハラバカの口から彼女の名が出るとは思わなかった。それもちゃん付けでだ。

「そりゃええけどのう、小林にはもう彼氏がおるど」

その言葉を聞いたときのハラバカの顔は見物《みもの》だった。

鳩《はと》が豆鉄砲を食ったようという言葉を、モリケンは思い出した。

――ホンマか。

「ホンマいや。名前は知らんがのう、工業高校の生徒じゃっちゅう話じゃ」

とたんにハラバカが憤怒の形相になった。モリケンは思わず逃げ出したくなる。こういう顔をハラバカが見せると、ろくなことがない。

――俺がそいつをしばきあげちゃる。

貧乏揺すりでもしているのか、窓がまちがギシギシと奇怪な音を立てている。

相手が高校生でも、ハラバカの巨体なら勝てるかもしれない。モリケンはそう思った。

が、そんな問題ではなかった。

「お前がしばいて、どうなるもんでもなかろうが。冷静に考えてみいや」

するとハラバカは困惑した顔になり、目を逸らした。

――ほうかのう。

「だいたい、小林を好いちょるんはお前だけじゃないっちゃ。他にもようけえおるし」

――森木。お前もか。

「いんや。俺は何とも思うちょらん」

あわてて否定した。

――わしはあきらめんけえのう。

「そりゃあ、お前の勝手いや」

帰ろうとペダルに足を乗せると、また声がした。

――今日は、なして来たんか。

「お前の弟らがうちの前の水車で死にかけたけえ、親父らと助けたっちゃ」

――悪かったのう。

べつだん驚くでもなく、ハラバカはふつうにいった。

「ええっちゃ」

そういって、モリケンは自転車を漕ぎ出した。


愛宕橋を渡りきったところにある歩行者信号が赤なので、交差点の手前で自転車を停めていた。

気がつけば、また松浦陽子のことを考えている。

彼女の家はこの交差点を左に折れて、長い坂道を下った場所にある。

じっとそっちの方角を見つめていた。

そうしているうちに目の前の信号が青になった。しかし、モリケンは自転車を進ませなかった。

心臓が少しドキドキしていた。

口をギュッと引き結び、モリケンは途惑っていた。

いつもの帰途とは違う道だが、たまにはこっちに行ってもいいじゃないかと、自分にいいきかせた。行ってはいけない理由がないんだから。そう思うと決心がついた。

自転車のハンドルを握ったまま、向きを変えた。思い切ってペダルを漕ぎ出した。

ゆるやかで長い坂道を下って行く。風が涼しく顔を撫でている。

走行に勢いがついてスピードが出てきた。モリケンはブレーキをかけて速度を落とす。

そうしているうちに道は前方でゆるいカーブを描き、その先に彼女の家が見えてきた。

〈松浦商店〉

そう書かれた看板が、円筒形の赤い郵便ポストの向こうにある。

松浦陽子の家は雑貨店だった。いわゆる駄菓子《だがし》屋である。

モリケンは小さな頃から、ここに通っては文房具やプラモデル、ガムやチョコレートなどを買ったり、クジを引いて景品のカードをもらったりしていた。その頃、よく彼女は店を切り盛りする母親の手伝いをしていた。もちろん恋愛対象だったことはないが、トレードマークともいえるお下げ髪は、その頃からだった。

店が近づいてくると、胸のドキドキが高まった。小さな頃は、こんなことなかったのに。さらに接近した。

表のガラス戸が開いていたので、店内の商品棚が見えていた。人の姿はない。

モリケンはホッとして、そのまま前を通過することにした。

店を行き過ぎて、少ししたときだった。

――ケンちゃんじゃないかね。

唐突に呼びかけられて、びっくりした。反射的に自転車のブレーキをかけていた。

見れば、店の中から出てきた中年女性が道路に水まきを始めた。目が合ったので、モリケンは頭を下げた。

松浦陽子の母、千鶴子《ちづこ》だった。着物姿で下駄を履き、青い前掛けをしていた。

手招きされたので、自転車を降りて押していった。

「しばらく見んうちに、えらい大きゅうなられちゃってじゃねえ」

眩しげに見ながら千鶴子がいう。「お父さんもお母さんも、元気にせよってかね？」

「はあ。おかげさまで」

モリケンは照れて頭を掻いた。

千鶴子は娘によく似た顔立ちだった。少しやつれたようで、顔色もあまりよくない。

それで思い出した。

「あの……おばさん、入院しちょったっちゅうて」

彼女は少し笑った。

「胃潰瘍《いかいよう》がひどうてねえ。手術だけはせんですんだんじゃけど、おかげで二週間も西岩国病院に入院しちょって、その間、ずっと店が開けられんかったんよ」

「そうでしたか」

「陽子も学校で何があったんか。行きとうないっちゅうて休んじょったし。まあ、私の代わりに家事をやってもろうたりしたんじゃけどねえ」

その話を聞いて、モリケンは胸が締め付けられた。

「ケンちゃん。ちいとうちに寄っていきんさいね」

「え」

ふいにいわれ、驚いた。

「陽子と話してもらいたいんよ」

思わず硬直した。顔から火が出そうな気がした。

「あの子もいろいろと悩みがあるみたいじゃし、私ゃぁ、学校のことはようわからんけえね。ケンちゃんならどうかと思うちょったんよ。娘の相談に乗ってくれんかねえ」

「あの、ぼく……」

千鶴子はとっとと背を向けて店に入り、手招きをした。

「ええけえ、こっちへ来んさい」

仕方なく店の前に自転車を立てると、彼女に続いた。

雑貨店の中はやけに暗かった。

のみならず、こんなに狭かったかと気づいて驚いた。

子供の頃はもっとここが広く思えた。

ノートや色鉛筆。ラムネ菓子や煎餅《せんべい》、ガムやチョコなどが並んだ棚の向こうに、歌手や役者のブロマイドのコーナーがある。ブリキのおもちゃやバービー人形、GIジョーなど。

ここに入るたびにわくわくしたものだった。

コーラやサイダーなどが入った冷蔵庫の隣に、店の奥に上がるかまちがあった。

千鶴子はそこに下駄を脱いで上がった。

廊下の途中に階段があった。モリケンも仕方なく続いた。

「陽子。あんた、部屋におるん？」

彼女が二階に声をかけたので、またドキリとした。

――なぁに？

陽子の声がした。

「久しぶりにケンちゃんが来たけえ、あんたの部屋に通してもええ？」

しばしの沈黙。

ふいに小さな足音がして、松浦陽子が階段に姿を現した。

白シャツに膝までの赤いスカート。白の長いソックス。いつものお下げ髪だった。

リンゴみたいに真っ赤な顔でモリケンのことを見ている。

「うちの部屋になんかやめて！」

モリケンを見つめたまま、そういった。

「ほれじゃあ、居間の方に入ってもらおうかねえ」

母親は途惑った顔でそういった。

飲み物と菓子を載せた盆を持って、千鶴子が居間に入ってきた。

「なしてふたりで向き合《お》うて正座なんかしちょるん。もうちいと楽にせりゃあええのに」

いわれてモリケンは初めて気づいた。

そろそろと足を崩して胡座になった。向かいにいる陽子も横座りになる。

けれどもふたりとも俯いたまま、会話のひとつもない。

話の糸口が見つからないのだ。

陽子の母が、卓袱台《ちゃぶだい》に載せたふたりのコップにファンタ・オレンジを注ぎ、平皿を真ん中に置いて、サッポロポテトの袋を破った。

「ケンちゃん、遠慮せんと食べんさい」

「いただきます」

そういって、モリケンは手を出そうとし、ふと陽子と目が合った。

とたんにまた硬直してしまう。

それを見て、千鶴子が吹き出した。

「あんたら、不器用なもん同士のお見合いみたいじゃねえ」

立ち上がり、ふたりに背を向けた。「ゆっくりしていきんさいね」

そっと戸が閉められた。

モリケンは何かをいいだそうとして、口を開いたが、言葉が浮かばなかった。

「えっと……」

そういいかけて口をつぐみ、頭を掻いた。

陽子は斜め下に視線を落としたまま、頬の辺りを赤くしている。

「お母さん、元気になられてよかったのう」

思い切って、そう切り出してみた。

陽子は小さくうなずいた。

「森木くんところは、おふたりともお元気なん？」

「うん。相変わらずっちゃ」

「うちは父さんが遠くにいっちょるけえ、母さんが大変なんよ」

「松浦の父さん、たしか……」

「大阪のほうで働いちょるけえ、帰ってくるのはお盆とお正月ぐらいっちゃ」

「そりゃあ、寂しいのう」

それきり、また会話が中断してしまった。

柱時計のカチコチという音だけが聞こえている。

目の前には大きな仏壇があり、和簞笥《わだんす》の上に写真立てがあった。そこに小さな頃の陽子を真ん中に、両親がふたり立っている姿が写っていた。父親はモリケンの父と違ってひょろっとした感じの男性だった。母の千鶴子は着物姿だ。

彼の視線を辿るように、陽子が写真を振り返った。

「あれね。うちが七歳のときなんよ。七五三の写真」

「椎尾《しいのお》神社？」

陽子はうなずいた。

「そういやぁ、ちいちゃい頃、森木くんと、ようあの神社に行って遊んだねえ」

「お賽銭《さいせん》箱のところの鈴緒《すずお》がほつれちょったけえ、お前の髪みたいに三つ編みにしちゃったら、いきなしでっかい鈴が上から落ちてきてびっくりしたのう。ふたりで走って逃げたら、石段を転がって追いかけてきたし」

陽子が吹き出しそうになった。

「ありゃあ、神様の罰《バチ》が当たったたかちゅうて思うたねえ」

モリケンは声を出して笑った。いろんな記憶がよみがえってきた。

「あの頃はハラバカもいっしょじゃった」

「原島くん？　そういや、そうじゃったねえ。今は新小路に引っ越しちょってなんじゃろ？」

「あいつの弟らが今日、うちの前でえらいことになってのう」

ハラバカの弟ふたりが水車で死にかけたことを話した。

肩をすぼめながら興味深く聞いていた陽子がいった。

「ホンマにい？　助かって良かったねえ」

「それでふたりを新小路まで送った帰りじゃったんよ」

「でも、森木くんの家なら、うちんとこは遠回りじゃないん？」

モリケンはあわてて口をつぐみ、視線を逸らした。

「別のところに用があってのう。ほしたら、店の前でお前の母さんと会うたんよ」

ごまかしていった。

また、会話が途切れて、柱時計のカチコチという音だけが聞こえている。

陽子の顔を見て、モリケンは思い切っていってみた。

「お前……そろそろ学校に来んか」

陽子は眉根を寄せ、唇をギュッと噛んだ。

「ハゲ川も……それにクラスのみんなも心配しちょるど」

思わず嘘をついてしまう。

それを見透《みす》かしたように陽子が昏い顔になった。目が虚ろになっている。

「うちは、あのクラスにはいらん人間じゃけえ」

「そんなことはないっちゃ」

モリケンは陽子の顔を見つめ、いった。「お前のことをなんやかんやいうちょる奴らは、相手にせんほうがええ」

「うちはいつもひとりぼっちじゃけえ」

「なしてそう思うんか」

「ホンマじゃけえ。森木くんも、ようわかっちょるじゃろ?」

そういったとたん、陽子の大きな瞳《ひとみ》から、ポロッと涙がこぼれた。

モリケンは胸が締め付けられた。

「俺は、そんげなことをお前に思うたことはないっちゃ」

「ほんなら、森木くんはうちのことをどう思うちょるんね」

涙に濡れた大きな目を見て、モリケンはドキッとした。

「どうっちゅうて……」

ここで思い切って告白したい。でも、それはできない。やっぱりできない。

だから俯いて黙っていた。

「もうええよ。帰って」

モリケンは顔を上げた。

陽子は横顔を見せている。指先で眦《まなじり》の涙を拭っていた。

何かをいわなければと思ったが、言葉が浮かばない。

仕方なく、黙って卓袱台の前で立ち上がった。

ちょうど戸が開いて陽子の母が姿を見せた。

「あらぁ、ケンちゃん。もういいぬるん？」

「お邪魔しました」

そういって頭を下げた。

「お菓子は食べたん？　ジュースも飲んどらんじゃないね？」

「ごちそうさまでした」

居間を出て上がりかまちに置いていた靴を履いた。

チラリと振り返ると、卓袱台の向こうに陽子が俯いていた。その寂しげな姿がまた胸を締め付けてきた。モリケンは振り払うように前を向き、店の外に出た。

千鶴子が見送りに出てきた。

体の前で、青い前掛けを両手でギュッと握りしめている。

「ケンちゃん、今日は悪かったねえ。ありがとうね」

「いいんです」

頭を下げて、自転車を跨ぎ、ペダルを漕いだ。

家に向かって走らせながら、歯を食いしばっていた。涙がこぼれ、洟をすすり上げた。


その夜はいつものラジオの深夜放送も聴かずに、モリケンは寝床に横になり、ずっと真っ暗な天井を見つめていた。視線を移すと、カーテンを開けたままの窓の向こうに、米軍基地の上空をサーチする光の帯が左に右にとゆっくり揺れているのが見える。

車のワイパーみたいに向きを変えているが、けっして一定ではなく、かなり不規則な動きをしている。それをじっと眺めていた。

陽子と再会して交わした会話。そのひとつひとつを覚えている。

それが頭の中でくり返しよみがえってきた。

もっと適切な言葉が思いつかなかったのか。少しでも陽子を慰める方法はなかったのか。

あれやこれやと考えては、何度も寝返りを打った。

彼女にもう一度、会いたかった。だけど、会って何をいえばいいのだろう。

もしもこれから夜中に自転車で出かけ、あの〈松浦商店〉の前を通りかかると、陽子にバッタリと出会わないだろうかと想像した。けれども、こんな真夜中に彼女が家を抜け出す理由がないし、そんな安っぽいドラマみたいな偶然が起こりうるはずがないことはわかっていた。

下らない自分の妄想に嫌気が差した。

やっぱり彼女の家に行くべきではなかった。自分が陽子に会い、ふたりで何を話したからといって、事態がどう変わるわけでもなかった。もしや自分が彼女と話すことで、陽子はよけいに心の重石《おもし》を背負い込み、もっと屈折してしまったのではないだろうか。

溜息をつき、また天井を睨みつけた。

ようやく眠りが訪れたが、すぐに目が醒めた。それから明け方までウトウトとしていた。

夜明け前に夢を見た。

小林葵と自転車を並べて走らせていた。

ふたりで岩国駅前のニューセントラルという劇場に映画を見に行くのだった。

ゆるやかな坂道を下りていくと、ずっと先に〈松浦商店〉の看板が見えた。

夢の中でモリケンはドキドキしていた。それでも小林とふたり、自転車を併走させながら店に近づいていった。

店の前で、陽子の母親が道路に水を撒《ま》いていた。

頭を下げて、そのまま通過しようとすると、彼女がいった。

——陽子じゃのうて、その子とつき合《お》うとるんかね？

驚いて自転車を停めた。

母親の姿が、いつの間にか陽子になっていた。

第二部

1

久しぶりに雨が降った。

岩国の上空を鉛色の雲がすっかり覆って、大粒の雨が絶え間なく落ちていた。テレビの天気予報は、ようやく梅雨《つゆ》らしい天気になりましたといっていた。モリケンは雨が嫌いだったが、きっと田植えをしたり、畑を持っている農家にとって、これは恵みの雨なのだろう。

中学校の自転車置き場で雨合羽《あまがっぱ》を脱ぎ、急いで校舎に走った。

二年二組の教室の前に立ち、戸を開いたモリケンは思わず、目を疑った。

自分の机の右隣に松浦陽子が座っていた。

教室の入口にしばし立ち尽くした。

我に返って小さく咳払《せきばら》いをし、座席の間を歩いて机に歩み寄った。隣席に座っている松浦陽子に視線を向けぬまま、学生鞄《かばん》を開いて、机の中に教科書やノートを入れた。それから椅子《いす》を引いて座った。

椅子を自分に寄せ、ちらっとだけ、隣を見た。

陽子の横顔。

口を少し引き結んだまま、俯《うつむ》きがちに座っている。体を硬くしているのがわかった。

周囲の生徒たちの視線が、ときおり陽子に向けられていた。教室の空気がいつもと違うことにモリケンは気づいた。二組の生徒たちの意識が陽子に集中している。あからさまに目を向けてくる者はいないが、モリケンにはそれがわかった。その緊張感みたいなものが肌を刺してくるようで、体がこわばっていた。

ふいに教室の戸が開かれ、榊原が入ってきた。小柄で丸顔の少年だ。

入口で立ち止まり、モリケンと同じように陽子を見て驚いている。

彼女を苛《いじ》めているグループの中でも、もっとも積極的だったのが彼だ。正岡、畠田といった仲間とともに露骨な言葉を投げたり、脚を引っかけて陽子を転《こ》かしたこともある。

小学校の頃から、榊原はヘコという渾名《あだな》だった。人前で平気で放屁《ほうひ》していたので、ヘコキバラといわれていたが、いつの間にか略されていた。

榊原はしかめ面になって歩き出した。

陽子がいる机の傍《そば》を通り抜けるとき、わざとらしく不快な顔で彼女を睨《にら》んだ。

「ようもようも、しれ～っと来ちょるのう」

誰《だれ》にともなくそうつぶやくと、三つ後ろの自分の机についた。

モリケンはまた陽子を見た。つらそうな横顔が胸に刺さった。

何か、声をかけたかったが、やっぱりできなかった。どうしても周囲の生徒たちの目が気になってしまう。

異変といえば、もうひとつ。

小林葵が来ていなかった。

モリケンは彼女がいつも座っている窓際の机を見た。そこが空席だった。また夏風邪《なつかぜ》でもひいたのかもしれないが、何となく胸騒ぎがする。

始業のチャイムが鳴り、しばらくしてからガラリと戸が開いた。担任教師の菅川が出席簿を抱えて入ってきた。体育教師らしく灰色のトレーナー姿だ。

教卓に彼がつくと、学級委員の立花智恵子がハキハキした声で「起立、礼、着席」を号令し、全員が従った。

「松浦、久しぶりじゃのう」

菅川はこともなげに声をかけたが、まるで皮肉のようにモリケンには聞こえた。

陽子は菅川に言葉を返さなかった。モリケンの隣で口を結んで俯いたままだった。

「ところで小林がおらんが、誰か知らんか？」

菅川の声に、クラスの誰もが答えない。

「おかしいのう。欠席届も来ちょらんし。まあ、ええか。学活を始めるど」

そういって菅川はいつものように教卓に肘《ひじ》を載せた。


一時間目、二時間目と、その日の授業は淡々と進んでいった。

松浦陽子は誰とも会話をしなかった。

休み時間は、持ってきていた文庫本を机で読んでいた。

表紙をちらっと見る。題名は〈赤頭巾《あかずきん》ちゃん気をつけて〉——著者名は庄司薫《しょうじかおる》と読めた。

SF小説ばかり読んでいるモリケンが知らない作家だ。

窓際の小林葵のいない机にたまに目をやった。

クラスでも高嶺《たかね》の花のような存在である彼女が無断で休み、一方で苛められていた松浦陽子が登校してきた。双方の出欠は無関係なはずだろうが、なぜか気になって仕方ない。

二組の生徒たちの、とりわけ陽子を苛めていた連中の矛先が、また彼女に向けられないかと心配でならなかった。榊原はなぜか彼女にちょっかいを出さなかった。彼とつるんでいる正岡や畠田も同じで、遠くから陽子のことをいやな目で見ているだけだった。

それにしても、とモリケンは思った。

どうして陽子は突然、登校してきたのだろうか。

昨日、彼女の家でふたりで話し合ったおかげで、事態は悪いほうへと向かう気がした。よけいなお節介《せっかい》をしたことが、陽子をさらに引っ込み思案《じあん》にしてしまったのではないか。

それなのに、予想外のことが起こった。

彼女は自分の意思で登校してきたのだろうか。それとも、親や他の誰かにいわれて、いやいやながら学校に来たのだろうか。

いろんな想像が次から次へと脳裡《のうり》をめぐっていた。

四時間目の終了を告げるチャイムが鳴って、理科の深田《ふかだ》という若い男の教師が教室を出て行った。

給食当番になった数名の生徒たちが急いでエプロンなどをつけて、あわただしく教室を出て行く。やがてパンやおかずなどが入ったジュラルミンのケースや鍋《なべ》、アルミの皿や先割れスプーンなどの食器類をみんなで運んできて、それぞれの机に配膳《はいぜん》を始めた。

いつもいっしょに食べる生徒たちは、それぞれの机を移動させてくっつけ合っている。

学級委員の立花の声に、全員で「いただきます」と唱和《しょうわ》してから、いっせいに給食を食べ始めた。

モリケンはノッポたちと机を並べて食べた。

陽子はやはりひとりだった。

すらっと背を伸ばしたきれいな姿勢で、パンをちぎっては口に入れている。

榊原たちがここぞとばかりに彼女にちょっかいを出すのではないかと、モリケンは心配だった。しかし、やがて給食が終わる頃《ころ》になっても、あの三人組は陽子のことを放置していた。他の生徒たちも、どこか遠巻きにしているように思えた。

給食の時間が過ぎると、午後の休み時間になった。

外は相変わらず雨が降っている。そのため、校庭やグラウンドで遊ぶ生徒はおらず、ほとんどが教室でトランプをしたり、マンガ雑誌を読んだりしている。

ノッポは大学ノートを広げて、机にかがみ込むような姿勢で、定規と鉛筆を使って自作マンガを描《か》いている。モリケン同様にクラスの中で彼の作品は回し読みされ、おおむね好評を得ている。モリケンも小説用のノートを取り出して書き始めようとした。

ふと、隣を見た。

陽子の机は空いていた。少し前にひとりで教室を出て行ったのを思い出した。あれから戻っていないのだ。家に帰ってしまったわけではなさそうだ。机の中には教科書などが入っているし、教室の後ろの棚には、陽子の臙脂色《えんじいろ》の学生鞄が突っ込まれている。

「なんか、お前……朝から落ち着かんのう」

ノッポがノートや鉛筆をしまい込み、彼のところにやってきて、そういった。

モリケンの視線が泳いだ。

「小林が休んどるけえ、もしかして気にしちょるんか」

的外《まとはず》れなことをいわれ、ホッとした。

「まあ、のう」

「そういやぁ、さっき小林の母親が職員室に来ちょったらしいど」

モリケンは驚いた。「どうしたんか」

「ハゲ川と、えらい深刻な顔で何か話しちょったちゅうて、立花がゆうとった」

「立花はなして職員室なんかに行ったんか？」

「ほりゃあ、学級委員じゃけ。なんか用事があったんじゃろう」

ノッポとふたりで、また小林葵のいない机に目をやった。

クラスの生徒たち、とりわけ女子たちは、あえてそこに目を向けずに、それぞれのグループを作っておしゃべりを楽しんでいる。

小林葵も、陽子同様に、二組のクラスでは孤独な存在だった。

しかし陽子と違って、彼女はいつも毅然《きぜん》としていた。プライドを感じさせて、独特の気品みたいなものがあった。だから彼女が休んでいる理由は、陽子のように苛《いじ》めの類《たぐ》いではないとモリケンは想像した。

ふいに後ろから肩を叩《たた》かれてびっくりした。

見ると、西田聡《にしださとし》が傍に立っていた。モリケンとは小学以来の友達だが、妙にニヤニヤしているから気になる。

「どうしたんか」

「森木。例のあれ、新しいの売ってくれんか」

少し照れながらいうから、すぐにわかった。アメリカのエロ本だ。

「悪いのう。まだ次が〝入荷〟せんけえ。もうちいと待ってくれんか」

「ほんじゃけど、夏休みになったら、お前に会えんっちゃ」

「そんとに切羽詰《せっぱつ》まっちょるんか」

そういうと、西田はふいに顔を赤らめた。

「違うっちゃ。たまたま小遣いが貯《た》まったけえっちゃ」

ごまかし気味にそう答える。

「悪いのう。今度から値上げの予定じゃ」

西田は目を丸くする。「ホンマか。なんぼなんか？」

「六千円っちゃ」

「ボリすぎっちゃ、それ」

口を尖《とが》らせて西田は席に戻った。

するとノッポが顔を寄せてきた。小声でいった。「ホンマに次が〝入荷〟するんか」

「いや……実はちょっとのう」

モリケンは頭を掻《か》いた。

借家のゴミ出しのたびに確かめるのだが、やはり相変わらず、その類《たぐ》いの雑誌がいっさい混じっていなかった。さらにエリックさんがあのとき、ウインクを送ってきたことも気がかりだ。

やっぱりモリケンがこっそり抜き取っていることを、何らかの理由で知ってしまったのかもしれない。そう思うと、恥ずかしさがこみ上げてくる。

五時間目が始まるチャイムが鳴った。

二組の教室の戸が開き、松浦陽子が静かに戻ってきた。

トイレにでも行っていたのではないかと、彼は思った。

すれ違うとき、一瞬、モリケンと目が合った。陽子の頬《ほお》がかすかに朱《あか》くなったのに気づいた。

しかし彼女はそのまま視線を逸《そ》らし、モリケンの隣の席に座った。机の中から教科書とノートを取り出している。

彼女が留守の間、誰も陽子の机や椅子などに悪戯《いたずら》をする者はいなかった。

もちろん、ここに本人が座っていたときも。

そのことに気づいてモリケンは少しだけホッとした。

午後から始まる五時間目の授業がいちばん眠たい。

とりわけモリケンは昨夜、あまり眠れなかったせいで、明らかに睡眠不足だった。

学科は社会である。谷村《たにむら》という中年の女性教師が三権分立について黒板に書きながら、いろいろと説明をしている。そのチョークの白い文字がぼんやりと薄らいでしまう。あわてて顔を手で擦《こす》り、こめかみに鉛筆の尻を押しつけてグイグイやる。

そうかと思うと、ウトウトと舟を漕ぎそうになり、ハッと顔を上げる。

ふと横を見ると、松浦陽子と目が合った。

彼女が少し肩を持ち上げ、クスッと笑ったので、モリケンは顔を赤らめてしまう。

でも、自分に向かって笑ってくれたのが嬉《うれ》しかった。

そのとき、教室の戸がガラッと開いた。

入ってきたのは白髪頭の塩屋《しおや》という教頭だった。黒板に向かって立っていた谷村が、驚いて振り返る。

「谷村先生、すみませんが、緊急です。えー、村尾将人くん、ちょっとええかのう」

教頭の声にモリケンは驚いた。

見れば、ムラマサは机に突っ伏して完全に寝入っている。

ノッポが立ち上がって、背中を拳《こぶし》で叩いた。

「おう、ムラマサ。教頭先生がお前を呼んじょるど」

寝ぼけ眼《まなこ》で顔を起こしたムラマサ。

「また、なんかしでかしたんとちゃうか」

隣に座る西田にそういわれ、ムラマサは口をへの字に曲げ、のろのろと立ち上がった。

「知らんっちゃ。何も身に覚えがないちゅうのに」

「村尾くん。お母さんがたいへんなことになっちょるって連絡が入ったけえ、これからいぬる支度をしてくれるか」

塩屋教頭の言葉を聞いて、教室のあちこちでどよめきが起こった。

もちろんモリケンも驚き、不安に駆られた。

しかしムラマサはひとり虚《うつ》ろな顔で立っているばかりだ。

「ほれ。何をぐずぐずしちょる。早《はよ》うお母さんのところに行ってあげにゃあ」

谷村の声に急《せ》かされ、ムラマサは仕方なく座って、机の中から教科書やノートを出し始めた。

ノッポが遠慮がちに手を挙げた。

「先生。村尾くんのお母さんに何があったんですか?」

教頭がノッポを見た。「あとで担任の菅川先生から連絡があると思うけえ」

学生鞄を持ったムラマサが、教室の前にある出入口から廊下に出た。教頭がそれに続き、戸がピシャリと閉ざされた。

生徒たちはワイワイガヤガヤと話し合っている。その声を聞きながら、モリケンは茫然《ぼうぜん》としていた。少し離れた場所に机があるミッキーと、ふと視線が合った。彼も心配そうな顔をしている。

六時間目の授業が終わり、国語を担当している浜崎《はまざき》という中年男性の教師と入れ替わりに、担任の菅川がいつものジャージ姿で入ってきた。

教卓につくと、生徒たちのざわめきが静まりかえった。

「今日の三時過ぎに、村尾のお母さんが経営しちょった店が火事になった。お母さんは店を開ける準備でちょうど中におったそうじゃ。ほいで、えらい火傷《やけど》を負って、救急車で国《こく》病《びょう》に運ばれたそうじゃが、何とか命は助かるっちゅうことじゃった」

生徒たちがまた騒ぎ出した。

国病というのは岩国の郊外、海辺の地区、藤生《ふじゅう》にある国立病院のことである。

「ムラマサ……村尾くんはいま、どうしちょるんですか」

ノッポがまた手を挙げて訊《き》いた。

「教頭先生が車で村尾を国病に連れていったけえ、今頃、お母さんのところにおるはずじゃ」

今度は学級委員の立花が手を挙げる。

「先生。ところで小林さんが何で休んでるのか、わかったんですか?」

すると菅川は窓際の机を見てから、困ったような表情を浮かべた。

「さっき小林のお母さんが相談にみえられたんで、職員室で話し合うたんじゃが、小林んところはちぃと家庭の事情があってのう、しばらく学校に来れんかもしれん」

生徒たちがまたざわめいた。

「こらっ、静かにせい」

菅川が出席簿で教卓をドンと叩いた。

「松浦」

名を呼ばれて、陽子がハッと顔を上げた。モリケンもドキリとした。

「お前、今日はよう来てくれたのう」

思わぬ菅川の優しい言葉に、モリケンは驚く。

横目で隣を見ると、陽子は少し顔を赤らめたまま、小さくうなずいた。

「お母さんのご病気もようなったようじゃし、明日もまた来られるのう」

陽子がまたうなずく。お下げ髪がちょっと揺れた。

「ほいじゃあ、今日はこれで終わりじゃ」

菅川が学級委員を名指しした。「立花」

「起立、礼！」

立花智恵子が凛《りん》とした声でいった。

生徒たちがいっせいにそれに倣《なら》った。

2

終業のチャイムとともに放課後になった。二組の生徒たちが帰り支度を始めた。

教科書などを揃えて、モリケンがそれらを学生鞄に入れていると、ふとまた隣に目が行った。松浦陽子も、臙脂色の学生鞄を膝《ひざ》に載せて荷物を入れているところだった。きっとひとりで帰宅するんだろうと思ったら、胸がつまりそうになった。

横目で陽子の姿を見ていると、足音がして三人の男子がやってきた。

榊原だった。学生ズボンのポケットに両手を突っ込んでいる。後ろには正岡と畠田もいた。

三人は松浦陽子の机を囲むように立ち止まった。

陽子は黙って俯いている。

これで何も起こらないはずがなかった。モリケンの心臓がドキドキと鳴り始めた。

二組の教室全体が緊張に包まれていた。生徒たちの目がいっせいに陽子たちに向けられていた。いつしか会話が途絶え、誰もがしんとしていた。

「バイキンが、えらそうにここに座っちょるのう」

口火を切ったのは榊原だった。「小林が休んだのは、お前が来たせいじゃないんかあ?」

むろん強引なこじつけだった。榊原にとって、苛めの理由はなんだっていいのだ。

「お前のう、明日からはもう来んでええで」

陽子はかすかに唇を噛《か》んでいる。眉根《まゆね》が寄っていた。

「お前がおると、教室の空気がブタ小屋みたいに臭うなる」

畠田がいい、隣の正岡が下品に笑った。

「ほういや。ブタ小屋の臭《にお》いが俺らにまでうつるっちゃ」

けれども陽子は黙って下を向いたままだ。険《けわ》しい表情でじっと耐えている。

今にも泣き出すのではないかと思って、モリケンはハラハラしていた。

ふと思い出した。どんなにひどい言葉をかけられても、暴力をふるわれても、陽子が泣いたところを見たことがなかった。きっと芯《しん》のある娘なのだろう。

それなのに、昨日は目の前でどうして涙を見せたのだろうか。

モリケンは自分の指先を見た。小刻みに震えている。

心ない言葉を投げられ、必死に耐えている陽子に比べて、自分は何て情けないんだろう。

そう思うと、いても立ってもいられなくなった。

心臓のドキドキがさらに大きく高鳴った。

「のう。俺らの声が聞こえちょらんのか。あほんだらが」

突如、榊原が陽子の机の脚を思い切り蹴《け》った。

机が激しく動き、斜めになった。

陽子はビクッと身をすくめ、肩をすぼめて目を閉じている。

机が前に動いたせいで、スカートから出た両膝をピタリと閉じているのが見えた。その上に小さな手が載って、制服のスカートを強く摑《つか》んでいた。昨日の去り際、陽子の母親が青い前掛けをギュッと摑んでいたのを思い出した。

モリケンは決心した。

椅子を引き、勢いよく立ち上がった。

「お前ら、やめちゃらんか」

声が少し震えた。

榊原が視線を移した。驚いた顔でモリケンを凝視している。

あとのふたりも同様だった。

「森木……今、何ちゅうた？」

「やめちゃれっちゅうたんじゃ。男ばっかし三人で寄ってたかって、ひとりの女子を苛めるんは情けないじゃろうが」

「わりゃあ、バイキンの味方をするんか？」

ズカズカとやってきた榊原が、モリケンのシャツの胸をグイッと摑んだ。

怖かった。体が金縛《かなしば》りに遭ったように動かなかった。

しかしもう後戻りはできない。

そう思ったモリケンは、右手にそっと拳を作った。それを振りかざそうとしたときだった。

「お前らのう、ぶちカッコ悪いっちゃ」

ノッポの声だった。

モリケンは胸ぐらを摑まれたまま、見た。

彼は榊原の真後ろに立っていた。身長が高いせいで、背の低い榊原を見下ろすかたちだ。

黒縁眼鏡をついっと指先で上げると、ノッポがまたいった。

「松浦のどこがバイキンなんか、ちゃんと説明してくれんか」

「ほりゃあ、お前……」

榊原が口ごもった。「ブスで、バカたれじゃけえのう」

「ほうかのう。松浦はそんとにブスじゃないど。それにバカたれっちゅうても、成績はお前らに比べたら遥《はる》かにええっちゃ」

榊原の頰が痙攣《けいれん》するのがはっきりと見えた。

ふいにモリケンは突き飛ばされるように解放された。後ろによろめき、机に尻をぶつけたが、痛みは感じなかった。目の前で榊原が怒りに顔を紅潮させている。

「お前らにも松浦のバイキンがうつったんか」

「バイキンはお前のほうじゃ、ヘコキバラくん」

ノッポの言葉に、榊原の顔がさらに赤くなった。今にも鼻や口から蒸気を噴き出しそうだ。

「なんじゃあ、お前。しばいたろうか」

「そんとに興奮して、また屁をこくなよ。ヘコキバラくん」

「お前、ぶっさいちゃるけえの！」

ノッポに詰め寄ろうとした。さすがにノッポが後退《あとずさ》る。顔が少し青ざめている。

「私も、松浦さんが可哀想《かわいそう》だと思います」

突然、女子の声がした。

学級委員の立花智恵子だった。眼鏡の奥で、目が緊張に見開かれている。それでも彼女らしい凛とした声でいった。「苛めはよくないと思います」

「あの……私も、そう思います」

「私も」

近くにいた女子がふたり、賛同した。

榊原は信じられないという表情でふたりを見つめた。

「何じゃ、お前ら。みんなして裏切るつもりか」

彼の傍で正岡と畠田は黙っていた。どちらも顔がこわばっている。

榊原は相変わらず上気した顔だったが、ふいに表情が変わった。憤りの顔で周囲を睥睨《へいげい》するように見てから、その視線がモリケンに止まった。たまたま近いところにいる彼に、怒りの矛先が向けられたようだ。

荒々しく足音を立てて歩き、ふたたびモリケンの胸ぐらを摑んだ。

「お前がそもそも、あんとなことをいうけえ――！」

いいながら拳を振りかざした。

殴られる、モリケンはそう思った。

ガラッと音を立てて教室の戸が開き、担任教師の菅川が入ってきた。教室の中を見て、トラブルを目にした彼は、足早にモリケンたちのところに歩み寄ってきた。

「やめんか。こら！」

菅川に怒鳴られ、榊原があっけにとられた顔でモリケンの体を放した。

「先生。俺ら、ちいとふざけちょっただけですよ」と、彼がいった。

「嘘《うそ》つけっちゅうの。お前らがまた松浦を苛めちょるっちゅうて聞いたけえ、職員室からすっ飛んできたんじゃ」

いつもと声色が違う。本気で怒っているようだ。

見れば、菅川に続いて入ってきたのはミッキーだった。モリケンと目が合うと、黙ってうなずいてみせた。そういうことかとモリケンは納得した。

榊原が硬直していた。正岡と畠田も同じくだ。三人とも案山子《かかし》のように立ち尽くしている。


「お前らのう。今度またやったら、親を学校に呼ばんといけんのう」

親といわれたとたん、三人は観念したように脱力し、俯いた。

菅川がニヤリと笑った。

それから陽子を見て、いった。

「大丈夫か、松浦」

陽子が小さくうなずいた。

菅川は近づいて、陽子の肩を軽く叩いた。

「明日も元気に来てくれよ」

陽子がまたうなずく。

踵《きびす》を返して、菅川が教室を出て行くと、棒立ちになっていた生徒たちがまた、ぞろぞろと帰り支度を始めた。


校舎から出ると、雨が止《や》んでいた。

相変わらず灰色の雲が空を覆っていたが、西のほうではずいぶんと明るくなって、城山の山肌にかすかな薄日が差していた。

モリケンたちは自転車置き場まで行くと、雨合羽をたたんでビニール袋に入れた。

「何だか、凄《すご》く感動しちゃったよ」

ミッキーがそういった。

妙に潤んだような目でモリケンのことを見ているから、ちょっと驚いた。

照れて頭を掻きながら彼は笑った。

「お前にそげなこといわれんでものう」

自転車の施錠《せじょう》を外しながらモリケンはいった。「ノッポも絶妙な加勢をしてくれちょったし、立花も、他の女子ものう。それになんちゅうても、ミッキーが職員室からハゲ川を呼んでくれたけえ……」

いいながら顔を上げたとたん、モリケンは気づいた。

校舎のほうから歩いてきた松浦陽子が、少し離れた場所にある自分の自転車のカゴに学生鞄を入れたところだ。

胸の奥でドキンと音がしたような気がした。

陽子はサドルを跨《また》ぐと、ちらっとモリケンのほうを振り返った。

彼に向かって、黙って頭を下げた。

モリケンも思わず、ていねいに頭を下げる。

顔を上げたとき、陽子は自転車に乗って校門に向かって走り出したところだった。紺色のスカートが風になびき、お下げ髪が揺れていた。

その姿が学校の塀の向こうに見えなくなった。

ふいに肩を叩かれ、モリケンは飛び上がりそうになった。

見れば、ノッポがニヤニヤ笑いながら彼のことを見ている。

「お前、どうしたん……」

「モリケン、あいつのことを好《す》いちょったんじゃろう？　俺、知っちょったど」

「え」

とたんにモリケンは自分が熟《う》れたリンゴみたいに真っ赤になったのを自覚した。

「バカいうなっちゃ。俺はのう、あんとな女――」

「嘘つかんでもええけえ」

肘で脇腹《わきばら》を小突かれた。

口を尖《とが》らせ、そっぽを向いていると、ふいにノッポが口笛を吹く。

澄み切った見事な音色は、結婚式で流れるあのおなじみのメロディだ。

「やめれっちゅうに」

モリケンがいうと、ノッポが口笛をやめて、こういった。

「松浦はええ子じゃと俺は思うちょるど。向こうもまんざらでもなさそうじゃしのう」

「ホンマか？」

思わず訊《き》いてしまった。

「見いや。自分から白状したようなもんっちゃ」

そういってノッポが笑い出した。ミッキーも肩を揺らして我慢している。

モリケンはまた真っ赤になった。

「ところでどうじゃろうのう、これから、みんなでムラマサのお袋の店に行ってみんか」

そう提案したのはノッポだった。「火事っちゅうて、どんだけ焼けたか見てみたいっちゃ」

モリケンがうなずき、ミッキーも同意した。

3

米軍岩国基地の正面ゲートに向かう国道一八九号線は、市内を通る一八八号線を起点とし、山陽本線の踏切を渡って続く、全長およそ三百七十メートルの街路だ。日本で二番目に短い国道として知られて、昔から市民たちに空港通りとかアメリカ通りなどと呼ばれている。

沿道には輸入雑貨店や飲食店、酒場などが並んでいて、〈スバル座〉という小さな映画館もあった。さすがにこの辺りは米兵や基地関係者の姿をよく見かける。

たまにここに来ると、ちょっとした異国情緒《じょうちょ》を味わえるので、モリケンは気に入っていた。

終戦直後は米兵専門の娼婦《しょうふ》が大勢いたり、物騒な暴行や殺人事件などもあったそうだが、ドルが三六〇円の固定レートから切り離されて以来、基地から外に出る米兵の数は明らかに減っていたし、当時に比べるとずいぶんと活気が薄れたという。

ムラマサの母、良子《よしこ》が経営していたバーは、〈RUPAN〉という店名だった。

テレビマンガの〈ルパン三世〉を観ていたモリケンは、このスペルが間違いであることをよく知っていたが、あえてムラマサにはいわないでいた。

ノッポ、ミッキーとともに自転車で到着して、彼らは店の前で茫然《ぼうぜん》としていた。

出火から三時間近くが経《た》っていて、さすがに火は消し止められていた。店は真っ黒焦げだった。看板も半分以上、焼け焦げている。消火が早かったのか、さいわい左右に隣接する店への延焼はなかったようだ。

消防車はすでにいなくなり、代わりにパトカーが二台、停まっていて、制服姿の警察官が黒焦げになった店の入口からせわしなげに出たり入ったりしていた。白シャツの腕に腕章を巻いた白手袋の中年男性が警察官らに何か指示している。

「なして警察が来ちょるんか」

ノッポがつぶやいた。

「不審火っちゅう奴じゃないんかのう」と、モリケンが答える。

「じゃけど、ムラマサのお袋が店におったんじゃろうが」

「ほういや、ほうじゃのう」

午後六時を過ぎていたが、空はまだ明るかった。雲間から青空が覗《のぞ》いている。空港通りを何台もの車が行き過ぎる。米軍関係のYナンバー車も多い。

「ムラマサは国病かあ」

モリケンがつぶやくと、ミッキーが彼を見た。「これから行ってみる?」

「さすがにここから藤生までは遠いっちゃ」

「ちょっとあの店を覗いてみない?」

ミッキーが指差した先に、〈トミーズ〉と看板を掲げた店があった。米軍放出品を扱うサープラスショップだった。店名の横には大きな星条旗とアメリカを象徴するハクトウワシのイラストが描かれていた。

怪しげな雰囲気が、東京から来たミッキーには珍しく思えたのだろう。

モリケンたちは自転車に乗って道を渡った。

くすんだガラス扉を開くと、薄暗い店内に無秩序な感じで雑貨が並んでいた。モスグリーンや迷彩の軍服、軍帽、ヘルメット。無数のワッペンや徽章《きしょう》。ボロボロになって穴が空いたジーパンやデニムのジャケットなどが壁にぶら下がっている。

奥のカウンターにはアポロキャップをかぶった店主らしい中年男が座っていて、はでな赤のアロハシャツ姿の若い男性と話し込んでいた。

店に入ってきたモリケンたちに気づくと、ふたりの視線が向けられた。坊主頭に学生服の中学生たちには、さすがに不向きな店だったようだ。

けれども逃げ出すわけにはゆかず、彼らは視線を気にしつつ、棚などに置かれたいろんな商品をあれこれと見ていた。錆《さ》び付いたスチール製の弾薬箱。大きな編み上げの軍靴。カーキ色の軍用コートもある。

見ているうちに、興味と好奇心がつのってきた。

染みや穴だらけで、あちこちすり切れてボロボロになった軍用ズボンを見ていると、もしかしたらベトナムで兵士が穿《は》いていたものかもしれないと思う。元の持ち主はそこで戦死したのかもしれない。そんな想像をしながら見ていると、薄茶色の染みが血ではないかと思えてくる。

――〈ＲＵＰＡＮ〉のママは逮捕されるっちゅう話じゃのう。

——やっぱりのう。店ん中でマリファナの密売やっちょるっちゅうて、もともと警察にマークされちょったけえのう。

カウンター越しに話し込むふたりの会話が、モリケンの耳に入った。

商品棚を物色するふりをして、そっと耳を向けた。

——マリファナどころか、覚醒剤《かくせいざい》とかコカインまで扱《あつこ》うちょったらしいで。兵隊から仕入れちゃあ、客に売ったり、ヤクザの組にも流しちょったちゅうとった。

——ガサ入れがあるっちゅう話を前もって聞いたけえ、証拠を残さんように自分で店に火を点《つ》けたんじゃろうのう。まあ、事故を装《よそお》うて保険金目当てもあったかもしれんが。

——ホンマにバカじゃのう。なんぼ火を点けても、現場検証すりゃあ、ヤクの痕跡《こんせき》ぐらい出てくるじゃろうが。自分まで火事に巻き込まれちゃあ世話あないわ。

そうだったのかと気づいた。

だから焼け跡の店に警察が出入りしていたのだろう。

彼らの会話をノッポも聴いていたようだ。傍に立っている彼とふいに目が合った。

気まずい表情で、かすかに顎を振るゼスチュアをしてきたので、モリケンはうなずいた。

もう出ようといっているのだ。

窓際のハンガーに吊《つる》されたアーミージャケットを夢中になって見ているミッキーのところに行って、モリケンはそっと肩を叩いた。

「はぁ出ようっちゃ」

「もう？」

強引に腕を取って出口に向かった。

「お前ら、冷やかしか？」

カウンターの向こうにいるアポロキャップの男が声をかけてくる。

「すみません。小遣いが入ったら、また来ますけえ」

モリケンは頭を下げ、ふたりとともに店の外に出た。


夕闇《ゆうやみ》が迫る街路を自転車で走りながら、三人はしょげかえっていた。

サープラスショップでの会話をミッキーにも伝えていた。

憶測《おくそく》でなされた会話かもしれないが、場所が場所だけにリアルだった。それが本当だとしたら、ムラマサにとって、これほどつらいことはない。

山陽本線の軌道を跨ぐ三笠《みかさ》橋というループ橋を渡り、駅前の本通りにさしかかった。

三人は自転車を一列に並べて、黙々とペダルを漕いでいた。

アーケードのある商店街を過ぎて、交差点を渡りかかったときに、先頭を走っていたノッポがふいにブレーキをかけて自転車を停めた。青信号になった横断歩道の真ん中だった。

「どうしたんか」

モリケンも彼に並んで自転車を停める。ミッキーも従った。

「あれ、見いや」

指差すほうを、モリケンは見た。

「小林葵じゃろ？」

ちょうど真向かいに、〈岩国産婦人科医院〉と書かれた二階建てのビルがあった。

その一階のガラス扉を開き、地味な着物姿の大人の女性と、ジーパンの娘が出てきたところだった。娘はすらっと痩《や》せ型で肩までの髪。細面の顔を見れば、まさに小林葵だった。だとすると、付き添っている着物の女性は母親だろうか。

ふたりは道路の真ん中に自転車を停めるモリケンたちに気づかず、路肩に駐車していたタクシーの後部座席に乗り込んだ。彼らが見ている先で、タクシーがドアを閉め、車道に出て、ゆっくりと走り去っていった。

クラクションの音がした。

「いけん。赤信号になったたっちゃ」

ノッポにいわれ、モリケンたちはあわてて自転車を出した。向かいの歩道に到着して、あらためてそこで自転車を停めた。

西岩国方面に去っていったタクシーは、もう見えなかった。

サドルを跨いだまま振り向き、ふたりが出てきたビルをモリケンは凝視する。

〈岩国産婦人科医院〉

その看板から目を離せなかった。

4

翌朝、登校すると、ムラマサがすっかりしょげかえった様子で机に向かって座っていた。

モリケンは声をかけようとしたが、何といっていいかわからなかった。ノッポやミッキーと目を合わせてから、それぞれの机に行って着席した。

隣の机には松浦陽子の姿がある。それを見て少しホッとした。

窓際に机がある小林葵は、やはり休みだった。昨日、産婦人科の前で彼女を見かけた。その記憶が脳裡を離れない。

一時間目のチャイムが鳴ると、ガラリと教室の戸を開いて入ってきたのは担任の菅川だった。

例によって灰色のトレーナー姿で足早に歩き、教卓に向かって立つ。

「起立！」

学級委員の立花がいったとたん、菅川は手を出して止めた。

「伝達だけじゃけえ、挨拶《あいさつ》はええっちゃ」

そういってから、彼は小さく咳払《せきばら》いをした。「小林は……しばらく学校に来られんようになった」

生徒たちがいっせいに「えーっ」と声を出した。

「小林さんは、病気か何かなんですか」

立花がそう訊いた。

「まあ、そういうことじゃ。二学期になったら、来られるようになると思うけえ、みんな、よろしゅうたのむわ」

菅川はまたわざとらしい咳払いをし、足早に教室を出て行った。

ほとんど入れ替わりに英語担当の森田《もりた》という女性教師が入ってきた。

立花が号令をかけ、生徒たちが立ち上がる。


一時間目の授業が終わり、モリケンは立ち上がってムラマサのところへ行った。

「ちいと、ションベンにつきあわんか」

ムラマサは相変わらず冴えない顔でうなずいた。

ふたり黙って廊下を歩き、男子トイレに入った。中に、他の生徒はいなかった。

入口で上履きを脱いで、トイレ専用の木のサンダルに履き替えた。並んで小用をしながら、モリケンはいった。

「実はのう、昨日、川下の店にみんなで行ってみたっちゃ」

ムラマサの横顔を見ながら話しかけた。彼は振り向かなかった。

「お袋の店、どうなっちょった？」

「黒焦げに焼けちょった」

「そうか」

萎《しお》れた様子でムラマサはまた下を向く。

学生ズボンのジッパーを上げてから、彼は力なくいった。「お袋のう。近いうちに警察に逮捕されるらしい」

「なしてまた……？」

米軍基地前の店で耳にしたことを、モリケンはあえていわずにいた。

「店に来る兵隊からやばい薬を仕入れちゃあ、こそっと店で売っちょったんよ」

「それ、ホンマなんか」

ムラマサは小さくうなずいた。

「警察のガサ入れがあるちゅう情報があって、お袋は自分の店に火ぃつけたっちゃ」

ふいに肩を震わせた。泣いているのかと思ったら、笑ったようだ。

「そんとなことでお袋さん、自分で放火するかのう」

「わしが行くたびに、店のカウンターやら床やらに白い粉がようけいこと落ちちょったけえのう。お袋はだらしないけえ、ろくに掃除もせんかったたっちゃ」

「ほいじゃが、いくらなんでも自分で店に火を点けんでも」

「証拠隠滅じゃ……」

モリケンはまた彼を見つめた。

ムラマサは笑っている。けれども、目は哀《かな》しげなままだった。

「おまけに、自分まで火に巻かれて死にかけちょるし」

「じゃけど、お袋さん。死なんでえかったじゃろうが」

「あんとなお袋でも、わしの親っちゃ。逮捕されて刑務所にぶち込まれたら、わしゃ、どうやって生きていきゃあええんか。親父《おやじ》はとっくにおらんようになったし。そのうちに学校にも来れんようになるかもしれんのう」

「俺らがついちょるじゃろうが」

ムラマサは洗面台に行って蛇口から水を流した。両手を洗い、その濡《ぬ》れた手で顔をゴシゴシと洗った。

背中を見せたまま、こういった。

「お前らはわしの親代わりにゃあなれんちゃ」

彼は鏡に映る自分を見ながら、小さく吐息を投げた。

どう言葉を投げていいかわからず、じっと後ろ姿を見ていると、彼はモリケンに向き直った。

「悪ぃ。わし、ちぃとクソがしとうなったけえ、お前、先に教室に帰っちょってくれ」

「わかった」

モリケンはムラマサと入れ違うように洗面台に向かった。

壁際の個室のひとつに行くと、ムラマサは木製の扉を開き、中に入った。

中から鍵《かぎ》がかかる音がした。

カチッとライターらしい音がして、やがて個室の上の隙間《すきま》から煙が漂い始めた。

モリケンは苦笑いすると手を洗い、ハンカチで拭《ふ》いて、男子トイレを出ようとした。木のサンダルを脱いで上履きに履き替えたとき、もう一度、トイレの中を見た。

個室から、かすかに声が洩《も》れていた。

それはたしかにすすり泣きの声だった。

二時間目が終わったあとの休み時間に、モリケンとノッポ、ミッキーは校舎の屋上に登っていた。

ここからの眺めは格別だった。

北側に隣接する工業高校と地方裁判所の建物。その向こうには標高二六四メートルの岩《いわ》国山《くにやま》がある。反対側は真っ青な晴れ空の下に、西岩国の市街地が広がっている。

ゴウッという米軍基地のジェット機の音が、ここまではっきりと聞こえてくる。

モリケンはペンキが剝げかかった鉄格子のフェンスにもたれながら、その景色を見ていた。

ムラマサのことを考えていた。

二時間目の授業が終わったあとで、彼は母親がいる病院に行くため、また早引きになった。付き添いは川西《かわにし》地区にいる叔母だった。本人の話だと、当分の間、ムラマサはその叔母の家で暮らすことになりそうだという。

「なんか、いつもイカレちょって、〝わや〟な奴じゃけど、やっぱしおらんと寂しいのう」

隣にいるノッポがつぶやいた。

モリケンも同感だった。強烈な個性だったからこそ、それだけ喪失感みたいなものがある。いつだって、あの個性がいやというほど発揮されていたのに、萎れてしょげかえってしまったムラマサは、もうムラマサではない気がした。学校にもう来られなくなるかもしれないと、ムラマサはトイレでいった。その悲しげな顔が忘れられない。

「もしもあいつのお袋が逮捕されたら、ムラマサはどうなるんかのう」

モリケンがいうと、ノッポが神妙な顔になった。

「おこがましいかもしれんが、俺らで何とかしちゃらんといけんと思う」

「ぼくも同感だよ」

ミッキーがノッポを見ていう。「そのための仲間じゃないか」

「仲間かあ……」

つぶやき、モリケンはまた青空を見上げた。

海の方角に大きな入道雲がむくむくとわき上がっている。

「ちょっと話が変わるけど、いい？」

ミッキーにいわれてモリケンは振り向いた。

学生ズボンのポケットから、彼は四つ折りにしたチラシのような紙片を取り出した。渡されてモリケンが開いてみる。ノッポが傍らから覗き込んだ。

〈第三回　錦帯橋宝探し大会〉

大きなタイトルがそう読めた。

七月十五日の日曜日、午前十時にスタートとある。

主催は岩国市商工会議所青年部とボーイスカウト岩国支部。イベントの場所は横山《よこやま》地区。城山のてっぺんに建つ岩国城の周辺だった。

「今朝の新聞の広告に挟んであったんだよ。面白そうだから、持ってきてみたんだ」

モリケンは思い出した。

たしか去年の宝探し大会は、同じ横山地区でも、山の麓《ふもと》の吉香《きっこう》公園で行われた。

子供たちを集めて、いっせいに森に入らせて宝を探すイベントだ。宝というのは丸い石に書かれた番号で、それを持ち帰って景品と交換するようになっていたと記憶している。

「この景品をお金に換えて、夏休みのキャンプ計画の資金に足せないかなって」

「こんとなガキばっかしのイベントに中学生が混じれるかい。それに景品っちゅうても鉛筆やボールペンぐらいじゃろう?」

ノッポが笑いながらいった。

「ちゃんと読んでよ。一等賞がイタリア製の自転車で、二等賞が大型テレビだよ。三等以下も豪華賞品を予定だってさ。しかもシークレットな特別賞まである」

いわれてモリケンたちは食い入るようにチラシを見た。本当だった。

「今回から子供だけじゃなく、市民なら誰でも参加は自由だって」

彼らはふと顔を上げて、目を合わせた。

「ええのう!」

モリケンが感嘆の声を放った。

「ほいじゃが、賞品を獲得しても、どうやって金に換えるんか」と、ノッポ。

「質屋《しちや》に持っていくっちゃ。たしか三笠橋を渡った先に店があったじゃろう」

モリケンにいわれ、ノッポが手を打った。「なるほど、うちの親父に軽トラを出してもらうっちゃ」

「じゃけど、一等や二等がちゃんと手に入る保証はないっちゅうの」

モリケンがそういうと、ふたりが口を閉ざしてしまう。

「作戦はあとで考えればいいよ」

ミッキーが笑った。「じゃあ、ぼくのほうからみんなの参加を申し込んでおくね」

「みんなっちゅうて、ムラマサはどうするんか」

ノッポがいうと、全員がまた暗くなった。

モリケンはむりに笑う。

「ムラマサも参加するに決まっちょる。俺らは仲間じゃけえ」

「そうだね」

「ほういや。みんな仲間っちゃ」

三人がそれぞれの拳を突き出し、合わせた。


二年二組の教室にみんなで戻って、それぞれの机に向かった。モリケンが自分の椅子に座ったとき、ふと周囲の様子がおかしいことに気づいた。

近くに集まった女子が三名、ひそひそ話をしている。他にも別の男子たちが何かを話し合っている。ふだん見ている光景のはずだが、なぜか違和感がある。

それはみんなの表情だった。

好奇心と後ろめたさがない交ぜになったような顔また顔。たとえば誰かに関する悪い噂《うわさ》を話し合うときは、決まってこんな表情になる。

モリケンは、隣の机を見た。

松浦陽子が黙って文庫本を読んでいた。すくっと背筋を伸ばした、きれいな姿勢だった。

みんなの興味が陽子に関することではないと察してホッとする。

となると、やっぱりムラマサのことか。

そうではなかった。

——今、三カ月じゃっちゅうてゆうとった。

——相手、誰なんね。

——工業高校の生徒じゃっちゅうて。

——合意なん？

——そんとなわけないじゃろ。まだ、中学生っちゃ。

近くの女子たちのそんな会話が耳に入った。

驚くモリケン。

窓際の小林葵の机を見た。もちろん彼女の姿はない。

どこからか話が洩れ伝わったのだろう。しかし噂はあっという間に広まるものだ。

隣の陽子が文庫を机に置き、顔を上げていた。目が合ってしまい、あわてて視線を逸らした。

産婦人科の前で小林葵を見かけた。あの記憶がまた頭によみがえった。

そのとき、乱暴な足音がして、モリケンはびっくりした。

榊原が椅子を引いて立ち上がり、教室の机の列を抜けて、黒板に向かって歩いて行った。教壇に登るとチョークをつかみ、カツカツと音を立てて黒板に縦に名前を書いた。

〝西岩国工業高校　二年一組　坂本淳一《さかもとじゅんいち》〟

それだけ記して、振り返った。得意満面な顔である。

「小林を妊娠《にんしん》させたのはこいつっちゃ」

榊原は大声でそういった。

「なしてお前が知っちょるんか」

最前列に机がある小山《こやま》という生徒が訊いた。

「俺の兄貴が工業高校に行っちょるけえ、噂が耳に入ったんよ」

「お前のう、そんとな情報を摑んだけえちゅうて、得意げに発表せんでもええじゃろうが」

ノッポに痛いところを突かれて榊原は、明らかに狼狽《うろた》えていた。

――とにかく先生が来る前に、それ、消しとけっちゃ。

――ほうじゃ。早《はよ》う消さんとヤバイど。

他の生徒たちにいわれ、榊原は黒板消しを摑み、自分が書いた名前を乱雑に消した。

モリケンの心には、その名前が残っていた。

西岩国工業高校　二年一組　坂本淳一
きっとモリケンだけじゃない。みんな、その名前を憶《おぼ》えてしまった。

彼はそう思った。

5

この日は土曜だったため、四時間目の授業のあとで下校時間となった。

放課後、モリケンたちは校舎を出て自転車置き場に向かった。

「あとで秘密基地に集まろうや。新しいドライブチェーンが手に入ったけえ、バイクに組み込んでみるっちゃ」

ノッポが自転車のサイドバスケットを開いて学生鞄を入れながら、そういった。

「だんだん完成に近づいてきたのう」

モリケンがいったとき、松浦陽子が校舎のほうから歩いてきた。

彼らの前を通って自転車のところに行き、学生鞄をカゴに入れる。サドルを跨ぐと、ちらっとモリケンのほうを見て微笑《ほほえ》んだ。

「さいなら」

そういって、小さく手を振ってきた。

ぽうっとしていたモリケンは、あわててペコリと頭を下げた。

「さ、さいなら」

陽子は自転車のペダルを漕ぎながら、校庭から外へ出て行った。

坂道を下ってゆく姿が小さくなるまで、全員で見送った。

「お前のう。俺らばかりじゃのうて、たまには松浦と帰ったらどうじゃ」

ノッポがあきれた顔でそういってくる。

「あほんだら。そんとなことができるかい」

赤くなった自分の顔を意識しながら、モリケンは答えた。

「ぼくも君たちはお似合いのカップルだと思うけどなあ」

楽しそうにミッキーがいうから、わざとらしく口を尖らせてそっぽを向いた。

そのとき、後ろから名を呼ばれた。

――森木よう。

いやな予感に肩越しに振り向くと、やはりハラバカが立っていた。

不機嫌そうな顔で学生鞄を片手で肩に担いでいる。もう一方の手はズボンのポケットだ。

「なんかヤバそうな感じっちゃ」と、ノッポが小声でいった。

「逃げるか」

モリケンがいったとき、ハラバカが大声でいってきた。

――悪いが手《て》伝《つど》うてほしいことがあるんじゃ。

「え」

モリケンはまた振り向いた。

ハラバカはゆっくりくりと歩いてきた。

緊張して待ち受けるモリケンたちの前に、彼は立ち止まった。

むっつりとした顔のまま、口をへの字に曲げてから、こういった。

「お前らのクラスの小林葵ちゃんのことを聞いたけえの」

「小林の、何かのう」

「とぼけんなっちゅうの。無理やりオメコされて、子供ができたっちゅう話じゃろうが」

「無理やりかどうかわからんっちゃ」

モリケンはそういった。けれども、ハラバカは聞いていなかった。

「わしゃ、復讐《ふくしゅう》しようと思うちょる」

「復讐って……」

　怖々と訊《たず》ねてみた。

「葵ちゃんをはらませやがった工業高校の野郎をぶっさいちゃる」

「お前、本気か？」と、ノッポがいった。

「ぶち本気っちゃ。あんなあ、死ぬほどの目に遭わせちゃるけえの」

「ほうじゃが、お前は小林の彼氏でも何でもないじゃろうが」

　ノッポは痛いところを突く。

　ハラバカの目が一瞬、泳いだ。

「そんなこたぁ、関係ないんじゃ。正義の鉄槌《てっつい》じゃ。相手の名前、お前ら知っちょるんか」

　モリケンは息を吞《の》んだ。

　休み時間に榊原が黒板に書いた坂本淳一という名前を思い出した。

「残念じゃが……工業高校のことはようわからんのう」

　ノッポがそういった。芝居《しばい》が上手だ。

「森木は？」

「俺も……知らんのう。小林は今日も休んじょるしのう」

　そら惚《とほ》けた。

　ハラバカはミッキーにも訊こうとしたようだが、彼の名前を知らないため、あきらめたらしい。

ふと悲しげな顔をして、小さく溜息《ためいき》を洩らした。

「わしゃ、口惜《くや》しゅうてのう。葵ちゃんのことを思うたら、やりきれんでのう」

寂しげに言葉を残して踵《きびす》を返した。うなだれ、しょげかえった姿で歩き出した。

数歩のところで立ち止まって、おもむろに振り返った。

「相手の名前がわかったら、すぐに教えいや」

また向き直り、自転車置き場から遠ざかっていった。

その姿が見えなくなると、モリケンたちはホッとし、顔を合わせて苦笑いした。まるで怪獣が海に帰っていったような気分だった。

「ハラバカも名前のとおりにバカじゃが、可哀想なほどに一途《いちず》じゃのう」

ノッポがそういって、わざとらしく肩をすぼめた。


森の中の秘密基地に行くと、モリケンたちは驚いた。

廃車になったバスの前にムラマサが胡座をかいて座り込み、工具箱を傍らに草叢《くさむら》に横たえたホンダのバイクをいじっていた。

自転車で林道を走ってきたモリケンたちを見ると、ムラマサは意外にも明るい顔で「よっ」と手を挙げた。頬と口の横に黒いオイルがこびりついている。

「お前、どうしたんか」

自転車を下りてモリケンがいった。靴先でスタンドを下ろした。

「川西の叔母さんの家が面白うないけえ、こそっと逃げてきたっちゃ」

こともなげにムラマサがいった。

「そんとなことゆうても、ここで暮らすわけにゃいけんじゃろう？」

「夜になったら川西に戻るっちゃ」

「お袋さんは？」と、ノッポが訊いた。

「逮捕は見送られるっちゅうて叔母さんがゆうとった」

「どうして？」と、ミッキー。

「知らん。米軍が絡む事件じゃけえ、警察もうかつに手ぇ出せんのかもしれんのう」

「でも、よかったよ。これでムラマサも元の生活に戻れるんじゃない？」

彼は汚れた顔をミッキーに向けた。

「もしお袋が退院しても店がのうなっちょるけえ、わしゃ、生活していけんけえのう。ほんじゃけ、やっぱし元の生活にゃあ戻れん」

モリケンは何と声をかけていいかわからず、黙っていた。

「ところで、新しいドライブチェーンを手に入れたけえ。これ、使うてくれ」

ノッポが学生鞄の中から紙箱を取り出し、ムラマサの前に置いた。

中身を取り出して、彼がいった。

「これがありゃあ、ようやっとエンジンのパワーが後輪にたう（届く）っちゃ。どうしたんね」

「叔父貴が基地のＰＸで見つけてくれたんよ。あっちはドル建てで安いけえのう」

「ほうかあ」

そういってムラマサがチェーンの組み込みを始めた。ノッポがさっそく手伝っている。

モリケンはミッキーとともにバスの中に入った。

四人が四人とも、自宅からいろんなものを持ち込んでいるので、ものがあふれかえり、車内はさながらガラクタ置き場のようになっている。ミッキーはギターケースを開いてヤマハのフォークギターを出し、ペグを回しながら弦を弾《はじ》いて音の調節を始めた。

モリケンは車内を歩いて後部シートをずらし、床下に隠してある箱を取り出し、中の現金を確かめてから、元通りに戻した。いくら人が来ない森の中とはいえ、やっぱり心配になる。

運転席近くのシートに座り、ミッキーがボブ・ディランの曲を弾《ひ》き始めた。

得意な〈風に吹かれて〉だ。

How many――とくり返される歌詞は、門前の小僧じゃないが、モリケンもだいぶ覚えている。だから知っている場所だけ、いっしょに口ずさんだ。ミッキーはピックを使わず、指先で弦をつまむようにしてアルペジオで弾き、ときにはストロークでかき鳴らした。

それがとても新鮮で格好良かった。

自分も小遣いを貯めてギターを買いたいと思う。しかし、ミッキーみたいに巧《うま》く弾けるだろうか。たとえドラムやベースなど、他の楽器に手を出したとしても、彼みたいに演奏できるようになるにはやはり努力が必要だ。

「ノッポは口笛の天才じゃし、ミッキーはギターかあ」

モリケンがつぶやいたときだった。

表でエンジンがかかる音がした。

窓越しに覗《のぞ》くと、草叢に立てたバイクの後輪が回転している。

「巧いことやったのう」

そういって、モリケンはバスの外に飛び出した。ミッキーがギターを置いて続く。

ムラマサがハンドルを握り、ノッポが車体を傾けてタイヤを少し浮かせていた。ホンダのバイクはときおり泥を飛ばしながら、快調に後輪を回している。ムラマサがアクセルグリップをひねると、エンジンがまた唸《うな》った。

何度かアクセルを回してエンジンを吹かし、ムラマサは止めた。

たちまち静寂が戻ってきた。

ひどい騒音だったのは、マフラーのあちこちが錆《さ》びて穴が空いているせいだ。バイクが沈黙しても、モリケンの頭の奥には耳鳴りが残っている。

「わし、こいつに乗って走ってみるど」

興奮気味にそういって、ムラマサがシートを跨いでハンドルを摑んだ。

「バカたれ。まだ、早いっちゃ。ろくに整備もできちょらんけえ、何が起こるかわからんじゃろうが」

ノッポを無視して、彼はスターターに足を乗せて腰を浮かし、一気に踏み込んだ。ふたたびバイクがけたたましい騒音を立て始めた。モリケンは思わず耳を塞《ふさ》ぐ。

「やめれっちゅうの！」

ノッポがまた叫んだ。

かまわずムラマサがクラッチを繋《つな》いだ。バイクが蹴飛ばされたように勢いよく走り出す。

――ひゃっほーッ！〈ワイルド7《セブン》〉じゃあっ！

甲高い奇声を放ちながら、ムラマサがバイクを操《あやつ》り、狭い林道を走り出した。

モリケンたちは走って追いかけた。

ムラマサのバイクは木立の間をすっ飛んでいき、たちまち見えなくなる。あとには薄紫色の排ガスが樹間にわだかまるばかりだ。

モリケンたちは足を止めた。ヒステリックなバイクの騒音が、木立の向こうに響いている。

やがてそれがまた近づいてきた。音が大きくなってくる。こっちに戻ってくるらしい。

バイクを見事に操るムラマサの姿が、ヒノキとヤマグリの混生樹林の向こうに見え隠れする。

「あいつ、なかなかやりよるのう」

惚けたような顔をしてノッポがつぶやいた。

木立の間の小径《こみち》をすっ飛ばしてきたムラマサが、余裕の笑顔でモリケンたちに片手を上げた。そのまま彼らの目の前を通り過ぎようとしたときだった。

爆音の中、メキッという音がはっきりと聞こえた。

次の瞬間、ムラマサが握っていたバイクのハンドルがポロッととれた。

「わっ！」と驚く声。

ハンドルは彼の手を離れ、クルクル回りながらバイクの後ろにすっ飛んでいった。

コントロールを失ったバイクが大きく蛇行したかと思うと、草叢に埋もれた大岩に前輪を激突させる。後輪が跳ね上がって、見事というほかない縦の空中スピンとなった。

「ギィエーーーーッ！」

悲鳴とも奇声ともつかぬ声を放ち、ムラマサは大きく投げ出され、木立の中に見えなくなった。

モリケンたちは唖然《あぜん》として立ち尽くしていた。

ふと、ノッポとミッキーと顔を合わせた。

彼らは無言で走り出した。モリケンが続いた。

バイクは草叢に横倒しになり、ヒステリックな排気音を立てながら後輪を高速回転させている。

その傍を通って木立の中に駆け込んだ。

ムラマサの姿が大きな杉の木の手前に見えた。俯《うつぶ》せになって草に埋もれている。ピクリとも動かない。

その手前で彼らは立ち止まった。

「ムラマサ……」と、モリケンがつぶやいた。

「まさか、死んじょるんと違うか」

ノッポがおそるおそるそういった。

「あ。動いた」

ミッキーがいったとおり、ムラマサが地面に手を突き、ゆっくりと上体を起こした。

それから彼らのほうに向き直り、胡座《あぐら》をかいて座った。

顔に無数にめり込んでいた砂粒《すなつぶ》が、パラパラと音を立てて落ちた。

「勝手にわしを殺すなっちゅうの」

そういって手近な小石を摑むと、近くの木立に投げ込んだ。

背後からは、バイクのエンジンの騒々しい音が聞こえている。ノッポが歩いて行って、エンジンを切った。静けさがまた戻ってきた。

「お前、頭から血ぃ出とるど」

モリケンが指差した。頭髪の間から流れた血が左眉の上まで垂れている。

ムラマサは額に手を当て、それを見て驚いた。掌《てのひら》にべっとりと血がついている。

「救急車を呼ぼうか？」と、ミッキーがいった。

「そんとなことせんでもええっちゃ。わしゃ世話ぁないけえ」

そういって近くの草で掌を擦った。「せっかくの秘密基地がバレバレになるど」

よろっと立ち上がり、ムラマサは近くのアカマツに片手を突いて身を支えた。すぐ傍にバイクのハンドルが落ちていた。

それを拾い上げて、ムラマサがつぶやいた。

「なしてハンドルがもげるんじゃ」

「ボロ錆びじゃけえ、走行の振動でネジがブッ切れたんじゃろうて。ほんじゃけ、乗らんほうがええっちゅうてゆうたろうが」

モリケンはあきれた顔で彼を見た。

「サイモンとガーファンクルみたいじゃのう」

そういってノッポが笑う。

「なんでね」

「〝ハンドルは飛んでゆく〟っちゅう歌があるじゃろうが」

ノッポが高らかに口笛を吹き始めた。おなじみのフォルクローレのスタンダードナンバーだ。

「それをいうならコンドルだってば」

ミッキーがそういったとたん、初めて冗談に気づいたモリケンが腹を抱えて笑い始めた。

ノッポも肩を揺らして笑った。

ムラマサは、きょとんとした顔で彼らを見ていたが、ふいに血まみれの顔のまま、「ぎひひひっ」といつものように笑い始めた。

それから四人、涙が出るほど笑い続けた。

6

——森木くん。おはよう。

愛宕橋手前の信号で自転車を停めていると、ふいに声をかけられた。

びっくりして振り向くと、松浦陽子が自転車に乗って後ろにいた。とたんにポッと顔が赤くなり、あわてて前を向いた。

「おはよう」

わざとぶっきらぼうに答えた。

しばしふたり、黙っていた。ちらっと目をやると、陽子の顔が少し紅潮していた。

信号が青になって、モリケンは自転車のペダルを漕いで走り出した。後ろを陽子がついてきた。

ふたり縦並びになって、愛宕橋の歩道を自転車で走っている。

橋の半ばぐらいまで達したとき、後ろから陽子がいった。

「明日から期末テストじゃね」

モリケンはちょっと驚いたが、答えた。「ほうじゃのう」

「勉強はやったん？」

「うんにゃ。部屋にこもってもラジオを聴いたり、レコードばっかしかけちょる」

「森木くんは、音楽とかよう聴くん？」

「〈オールナイトニッポン〉をいつも聴いちょるけえ、けっこう詳しいど」

「あー、私もそれ聴いちょるよ。水曜日の〝あのねのね〟がとくに好き」

「俺は火曜の泉谷しげるじゃのう」

「歌手は誰が好きなん？」

「俺か……」

しばし考えてから、こういった。「ボブ・ディランがええっちゃ」

「外国の歌手かね。凄い渋いねえ」

陽子に誉《ほ》められて、モリケンはまた顔を赤らめる。

ミッキーの受け売りみたいなものだが、まあいいだろうと自分にいいきかせた。

「松浦は誰が好きなん?」

「うち、ミーハーじゃけえねえ。ちいとこそばゆい(恥ずかしい)わ」

「ええけえ、ゆうてみい」

「西城秀樹《さいじょうひでき》。レコード、何枚か持っとるし」

「なんにも、こそばゆいことないっちゃ」

「ホンマに?」

「おお。ホンマいや」

しばしまた黙ってふたりで自転車を並べて走らせた。

川風が涼しく、心地よかった。

陽子がまたいった。

「うちら、小さい頃は、ようこうして自転車で走って話しよったねえ。なんか久しぶりじゃねえ」

「お前、女っぽうなったけえ、声をかけにくかったっちゃ」

「ほうかねえ」

それきり、また黙ってペダルを漕ぎ続けた。

モリケンは後ろにいる陽子の存在をずっと意識している。自然と笑みが浮かびそうになる。

「テストが終わったら、すぐに夏休みじゃね」

「ほういや」

「森木くんのとこ、どこかに遊びにいくん?」

「別に予定はないっちゃ。仲間と海にキャンプに行くぐらいじゃのう」

「ええねえ。どこの海に行くん?」

「上関っちゃ」

「あっこの海はきれいじゃねえ」

モリケンはまた振り向いた。「松浦は上関に行ったことあるんか」

「阿月《あつき》ゆうところに親戚がおるんよ。じゃけえ、何回か泳ぎに行ったねえ。あんたらのキャンプは誰か親がついていくん?」

「うんにゃ。俺らだけじゃ。北山と村尾と、それから幹本じゃ。みんなで自転車で上関まで行くつもりなんよ」

「それ、面白そうじゃねえ。羨《うらや》ましいわあ」

「松浦も行くか」

「え」

陽子が言葉を失った。

つい、思ってもないことを口にしてしまった。モリケンは後悔した。

しばし後ろの陽子は自転車を漕ぎながら口を閉ざしていた。

ふいに、彼女はこういった。

「ホンマにうちも行ってもええん？」

モリケンはびっくりした。

「ほりゃあ、ええけどのう。キャンプするにはいろいろ道具が必要なんよ」

「そんなら世話ぁないっちゃ。うちの父さん、若い頃に北アルプスとかで登山やっちょったけえ、いろいろ道具も持っちょるんよ。頼みゃあ、貸してくれると思う」

「ほれなら問題ないのう」

そういいながら、モリケンは内心でドキドキしていた。

夏休みの夢である上関キャンプ。そこに大好きな松浦陽子がいっしょに来る。こんなに嬉しいことはない。というか、ちょっと前までそれはまさに夢や空想の世界だったはずなのに。

愛宕橋を渡りきり、また赤信号で停まった。

後ろを振り向く。陽子と目が合った。顔がリンゴみたいに赤らんでいる。

モリケンはまたドキッとしたが、知らん顔で前を向いた。

信号が青になり、自転車を走らせた。坂道を下り、シャッターが下りた〈倉重サイクル〉の前を通り、踏切を渡った。住宅地の間を抜ける細道を、ふたりで学校に向かった。

それきり会話はなかった。

後ろに陽子がいて、ついてきている。

そのことがモリケンにはとても幸せだった。

二年二組の教室。朝日が差し込む窓際の席、小林葵は今日も休んでいる。

ムラマサは今日からまた登校してきた。川西の叔母の家からの通学だから、今までの二倍近く時間がかかるはずだった。おまけに一昨日《おととい》のバイク事故で、顔は擦り傷だらけ。額の斜め上の生え際には大きな絆創膏《ばんそうこう》を貼《は》ってあった。

他にといえば、後ろのほうにいるヘコこと榊原の机が空いていた。モリケンが気にしていると、一時間目の始業のチャイムが鳴り終わった頃になって、戸を開き、あわてて榊原が入ってきた。

わざとらしく俯いているので見れば、顔の左半分に痣《あざ》があって、少し腫《は》れているようだ。

「それ、どうしたんか」

榊原の友人の正岡が訊いた。

「自転車で転んでしもうただけっちゃ」

そういって彼は椅子に座った。

一時間目の数学の教師が入ってきて、学級委員の立花が号令をかけた。


昼休みになって、ミッキーがモリケンのところにやってきた。

「日曜日の例の計画で話があるんだけど、屋上に来られない?」

「おう、ええで。ノッポらは?」

「もちろんいっしょに」

ノッポとムラマサとともに、二組の教室を出た。

出がけに振り向くと、机に向かって本を読んでいる陽子が顔を上げ、モリケンを見ていた。彼はとっさに視線を逸らし、急いで廊下に出た。

上関のキャンプに陽子を誘ったことを、モリケンはまだみんなに話していなかった。どうやって切り出そうかと思っているうちに、時間ばかりが過ぎていた。

みんなで廊下を歩いて、三組の教室の前を通りかかったときだった。

「ちいと話があるんじゃが」

ふいに声をかけられ、振り返った。三組の出入口にハラバカが立っていた。

「モリケンに何のイチャモンつけよるんか？」

ムラマサが食ってかかったが、彼はそれを止めた。

「世話ぁないっちゃ。喧嘩《けんか》じゃないけえ」

「ホンマか」

「あとで行くけえ、先にミッキーらと行っちょってくれ」

ミッキーとノッポ、そしてムラマサはしきりと振り向きながら歩き、屋上へ向かう階段のほうに消えた。それを見届けてから、モリケンは向き直った。

「例の復讐の話か」

「ほういや」

ハラバカは口をすぼませた。

「葵ちゃんをはらませた高校生の名前がわかった。坂本淳一っちゅう二年生じゃ」

モリケンは気づいた。

「お前……まさか、ヘコを殴ったんか？」

「ヘコっちゅうのは誰じゃ」

「うちのクラスの榊原いや」

ハラバカはかすかに眉根を寄せて、よそを向いた。

「おう、しばいたいや。犯人の名前を知っちょるっちゅうて噂が聞こえたけえ、無理やりに白状させたんじゃ。次は、写真を持ってこさせちゃるけえの」

モリケンは理解した。それで今朝、榊原の顔に青痣があったのだ。

「相手の顔がわかりゃあ、復讐計画が実行できるっちゃ」

廊下の窓外には、隣接する工業高校の校舎と体育館が見えている。

「まさか、殴り込みかけるんじゃなかろうのう」

「そんとなことすりゃ、警察に捕まるだけっちゃ。坂本の野郎が下校するのを待ち伏せするんじゃ」

「ほうじゃが、何時に帰るとか、わからんじゃろう？」

「あいつ、部活やっちょるらしゅうて、いつも帰宅が遅うなるらしい」

「部活？」

「柔道部っちゅう話じゃ」

「柔道部……」

モリケンはあきれた。いくらハラバカが大柄な中学生で喧嘩に強くても、柔道をやってる高校生にかなうはずがない。

ふっと吐息を投げて、モリケンは踵を返した。

「相手がわかって、よかったのう。まあ、頑張れ」

そういって歩き出そうとした。

とたんにグイッと背後から肩をつかまれた。容赦《ようしゃ》のない力だった。

「お前もつきあうんじゃ」

「なして俺が？」

顔をしかめて振り向くと、ハラバカは鼻の穴を広げ、当然のような顔でこういった。

「わしが打ち明けたのは、お前ひとりきりじゃ」

「理由になっちょらんが！」

声高に抗議すると、ハラバカはニヤッと笑った。

「ほいじゃあ、また声をかけるけえのう。頼むど」

そんな勝手なことをいったあげく、踵を返し、ハラバカは肩をいからして廊下を歩いて行った。

モリケンはあきれ顔でそれを見送るしかなかった。


屋上に出ると、三人がいつものフェンス際に立っていた。

海の方角に大きな入道雲がわき立っている。その手前を横切るように飛行機雲が細長く伸びていた。

「遅れて悪かったのう」

モリケンが駆け寄ると、ミッキーがいった。

「大丈夫だったの？」

「おう。何でもないいっちゃ」

「なして、あんとなハラバカと関わっちょるんか」

ノッポにいわれてどう答えるか、少し迷った。

「まあ、人生相談みたいなもんっちゃ」

モリケンは適当にごまかした。「それよりか、例の計画の話っちゅうて何じゃ」

ミッキーがうなずき、ズボンのポケットからノートを半分にしたぐらいの大きさの紙片を取り出した。それを屋上のコンクリの上に広げて置いた。モリケンたちが囲むように座った。

手書きの地図だった。

「これ、城山の？」と、ノッポが訊いた。

「十五日に開催される〈宝探し大会〉の会場予想図だよ。これをぜんぶで四枚、つまりみんなのぶんを作っておいた」

ミッキーは絵が上手だった。だから、地図もていねいに描いてある。岩国城を中心に、林や道路などがとてもわかりやすい。

「一昨日、ぼくら四人の参加を申し込むために商工会議所に電話したとき、いろいろと聞いたんだ。当日の午前十時、麓で花火を打ち上げるから、それがスタートの合図なんだって。お城を中心にした林とか石垣とかに、錦帯橋の近くから拾ってきた河原の石が隠されてる。石はどれも平たい楕円形《だえんけい》で、大きさはまちまちだけど、片手に包んで持てるぐらい。数字がペンキで描かれていて、数字の側が下向きになってあちこちに置かれてるって」

「ほいじゃが、こんとな地図があるのはええけど、どうやって使うんか？」と、モリケン。

「当日だけじゃない。前日から使う」

「ええっ。前日？」

ノッポが驚いた。

「わしゃ、わかったど」

ムラマサがニヤニヤしながらいった。「前もって宝の隠し場所をチェックしちょくんじゃろ」

ミッキーがニヤッと笑い、指をパチンと鳴らした。

「お前、いつもやっちょることがキ印じゃけど、意外にアタマがええのう」

そういったモリケンを見て、ムラマサが口を尖らせる。「意外はよけいじゃ」

「じゃが、どうやって隠し場所を突き止めるん？」

ノッポがいうと、ミッキーがまた笑った。

「おそらく主催する商工会議所青年部の連中が、前日に宝をあちこちに隠すんだと思う。ぼくらは現場で張り込んで、こっそりあとを尾《つ》け、この地図に隠し場所を書いておく」

ミッキーの作戦を聞いて、彼らは思わずみんなで目を合わせた。

「なるほどのう。ほんで、当日になったら、知らん顔でいっせいにスタートするっちゅうことか」

ノッポがいって、愉快そうに笑った。

「ほいじゃが、土曜日っちゅうたら、俺ら、午前中は半ドンで授業があるっちゃ。その間に宝を隠されたら何にもならんで」

「そんなに早い時間から隠したりしないよ。きっと遅い時刻になってだと思う」

「ほうじゃのう。あんまし早《はよ》う隠すと、観光客の目ぇ引くけえのう」とノッポがいう。

「ただし――」

ミッキーが真顔になって、三人の顔をひとりひとり見た。「宝の在処《ありか》を書いた地図は、絶対に人に見られちゃだめだ」

「ほりゃあわかっちょるが、どうすりゃあええんか」と、ムラマサがいった。

ミッキーは自分のこめかみを指差した。

「隠し場所はすべて頭に入れる」

モリケンたちは落胆の声を上げた。

「いくらなんでも、ぜんぶ覚えるのはむりっちゃ」と、ノッポ。

「さすがにひとりではむりだよ。だから、この地図は四つにエリア分けしてあるんだ。これをぼくら四人で分担して、それぞれの隠し場所を記憶しておく」

「なるほど」と、モリケンがうなずく。

「石に書かれた数字と賞品の関連は、きっと無作為《むさくい》になってると思う」

「ややこしいのう。どういうことじゃ」

ミッキーはノッポを見て、いった。

「つまり、1番だから一等賞ってことじゃないってことだよ。おそらく数字と賞品の組み合わせは、あとでアミダクジみたいなやり方で決められるんだと思う。だから、運にまかせるしかない」

「わかったっちゃ。とにかくわしらでやるだけっちゃ」

ムラマサが不敵な顔でそういった。

「特別賞っていうのもあるけど、景品が不明だし、どういう当選の仕組みかわからない」

「とにかくあらかじめ隠し場所を知っちょったら、わしらが絶対的に有利じゃろう?」

そういったムラマサの前でミッキーは首を振った。

「いいかい。これだけは約束だよ。いくら隠し場所を知っていても、当日は宝を取りすぎないこと。ぼくらで大半をせしめちゃったら、きっと不正がバレるから」

ぽかんと口を開けて見ていたモリケンがいった。

「ほんじゃあ、どうすりゃあええんか」

「多すぎず、少なすぎず、周囲を見ながら臨機《りんき》応変《おうへん》にやるんだ」

「難しいのう」

腕組みをしながら、ノッポがいった。

7

期末テストが終わった翌日は土曜日だった。

その朝、モリケンは愛宕橋の手前の信号で自転車を停めた。

信号は青だったが、あえて進まずにいた。胸がドキドキしている。

しばらくすると坂道の下から松浦陽子が自転車に乗ってくるのが見えた。白と紺のセーラー服。お下げ髪を揺らしながら立ち漕ぎでゆっくりと坂を登ってくる。やがてモリケンのところまで来て、ブレーキをかけ、彼女は額の汗を拭って笑う。白い歯が眩《まぶ》しく見える。

「森木くん、おはよう」

「おはよう」

少し赤らんでいる陽子の頬に気づいて、モリケンはあわてて目を逸らす。

「最近、どうかいのう」

「どうちゅうて?」

「ヘコらに苛められたりしちょらんか」

「ヘコ?」

モリケンはまた陽子の顔を見た。まだ、頬が赤い。

「榊原のこといや。あいつ、小学校の頃、人前で屁こいてばっかりじゃったけえ、ヘコキバラちゅう渾名じゃったんよ。最近はヘコじゃ」

陽子は吹き出した。

肩をすぼめて笑う。それを見て、モリケンも笑みを浮かべた。

「松浦も今度、あいつんが何かしてきたら、ヘコっちゅうたれや」

「うちは女子じゃけえ、さすがにそんなことはいえんいね」

陽子は笑いながらいった。「じゃけど、世話ぁないっちゃ。みんな、うちに優しいし」

「そういやぁ、昨日は立花とよう話しちょったのう」

「うん。立花さん、うちとずいぶん仲良うしてくれるんよ」

そのとき、市民球場のほうから自転車を漕いでくる学生服姿のふたりが見えた。ノッポとミッキーだった。有料道路の路肩の歩道を併走してくる。

「やば」

思わずモリケンはつぶやいた。

陽子を促そうと思ったが、目の前の信号は赤のままだ。仕方なく待っていると、ふたりが追いついてきた。

「オーッス」

ノッポが手を挙げて陽気にいった。

「おはよう！」続いてミッキーが挨拶してきた。

それぞれブレーキを握って片足を突き、モリケンと陽子の前に停まった。

「おはよう」

陽子が明るく返した。

ふいに高らかな口笛。もちろんノッポである。

「なんかお前ら、すっかりええカップルじゃのう」

彼にいわれ、陽子がまた真っ赤になった。モリケンもカッと頬が熱くなる。

「そんとなことないけえ。うちら、ふつうにここで会《お》うたばかりなんよ」

陽子がノッポの手を軽く叩きながらいった。

「でも、松浦さん。いい感じに明るくなったね」

ミッキーがそういうと、陽子は照れたように下を向いた。

モリケンは口を尖らせた。東京からの転校生だし、ハンサムボーイのミッキーにはかなうすべがない。だから、ちょっとばかり焼き餅《もち》を焼いてしまう。

「信号、青になっちょるど」

ノッポが指差し、ミッキーとふたりで自転車のペダルを漕ぎ出した。

モリケンと陽子がふたりに続いた。


一時間目から始まった授業の間、モリケンはいろんなことを考えていて集中できずにいた。

隣の席にいる陽子。モリケンは彼女を上関キャンプに誘ったことを、まだみんなにいえずにいた。

それから明日の宝探し大会のこと。今日、午後になって彼らは城山に登ることになる。キャンプの資金《し きん》繰りとはいえ、不正行為をはたらくわけだから、けっして誉められることじゃない。とはいっても罪の意識なんてなかったし、自分たちが計画していることを想像してはドキドキしていた。

ハラバカのことも考えた。

小林葵を妊娠させた隣の高校の男子に復讐するという。

彼女とは何の関係もないハラバカが、そんなことを実行するのは無意味だと思うし、それに無理やりつき合わされようとしていることに、モリケンは理不尽を感じていた。

四時間目の体育の授業は水泳だった。

モリケンはいつも仲間といっしょに川で泳いでいるので水泳は大好きだ。

ミッキーはあまり得意ではないらしく、少し泳いではすぐにプールサイドに上がっている。ノッポはクロールに平泳ぎ、背泳ぎと素晴らしい泳ぎっぷりを見せた。子供の頃から河童《カッパ》といわれるほど、泳ぎが得意だったそうだ。

気になる松浦陽子は見学だった。

プールサイドの隅っこで、体育座りをしている姿に、モリケンはしばしば気を取られてしまう。

どうしたのだろうかと心配していると、近くで泳いでいた榊原と畠田の声が聞こえた。

――バイキンは生理《せいり》なんじゃろうのう。

――プールは見学で当然っちゃ。汚いのが伝染するけえのう。

あの一件以来、榊原たちはすっかり〝少数派〟になってしまった。けれども彼らは当然のように反省も後悔もしておらず、陽子を苛めることをやめようとはしない。

しかしふたりの会話が耳に残った。

陽子のことを異性として意識しながら、モリケンはそういった女の身体《からだ》のことに関してほとんど無知だった。たしか保健体育の授業でそういった知識を教師から教えられた記憶があるが、まるで頭に入っていなかった。

十三歳といえば、子供と大人の境目だ。思春期であり、第二次性徴《せいちょう》を迎えて、ニキビが顔にできるようになったし、脇毛《わきげ》や陰毛《いんもう》が生えてきた。声変わりもした。そんな男の子の身体の変化があるとともに、女の子もそれぞれの変化が起きる。

だから胸が膨らみ、生理が来るし、無知なままで大人の真似事《まねごと》をすれば、小林葵のように妊娠だってしてしまう。

そんなことを考えているうちに、モリケンは自分の海水パンツの前が隆起していることに気づいた。あわてて手で押さえたが、容易に引っ込まなくて焦ってしまう。

——おぅい、モリケン。先生が早う上がれちゅうてゆうとるど。

プールサイドからノッポが手招きしてきた。

けれどもモリケンは水に浸《つ》かったままだ。

「どうしたんね」

ムラマサが近くにやってきて、飛び込み台の間に膝と両手を突いてモリケンを見た。

「ち、ちぃと足が攣《つ》ってのう」

そういって、わざと前を隠すように膝を持ち上げて見せた。

「先生を呼んでこようか」

今度はノッポがやってきて、そういった。

「世話ぁないっちゃ。こうやって脹《ふく》ら脛《はぎ》を揉《も》んじょったら、すぐに治《なお》るけえ」

そういいながらモリケンは苦笑い。二度、三度と深呼吸をしているうちに、何とかそれがおさまってくれた。

8

放課後、モリケンたちは急いで教室を飛び出した。

そんな彼らの姿を陽子が驚いた顔で見ていたが、かまわず校舎の外に出て、自転車置き場へ向かう。それぞれ自転車に乗って飛ばした。

「ええか。昼を食べたら、各自で横山に向かってロープウェイ乗り場に集合するんど」

立ち乗りでペダルを漕ぎながらノッポがいう。

「遅刻すんなよ」

モリケンがいって、手を振ってみんなと別れる。

家に帰ると、母の光恵が廊下で掃除機を使っているところだった。

「ただいま。すぐお昼、食べたいんじゃけど」

掃除機の騒音の中でモリケンがいうと、光恵が奇異な顔になった。

「健坊。どようし（えらく）あわてちょるけど、なんか予定でもあるんかね」

「あるある。ラーメンでもうどんでもええけえ、早《はよ》う作って」

そういって自室に飛び込み、学生鞄を放《ほう》り出し、大急ぎで着替えを始めた。

ラッパと呼ばれるベルボトムのジーパンに白いTシャツ。読売ジャイアンツのGとYが組み合わさったマークが刺繍《ししゅう》されたキャップを選んだ。小さなナップサックに小型の双眼鏡と軍手、タオルなどを入れる。喉《のど》が渇いたときのために、洗面所の蛇口から水をいっぱいに入れた水筒も用意してある。

台所に行くと、光恵が茹《ゆ》でたうどんを湯切りして、丼《どんぶり》に入れたところだった。切った蒲《かま》鉾《ぼこ》にネギ、油揚げを載せ、テーブルに向かって座ったモリケンの前に置いた。

「いただきます！」

大声でいって、うどんをすする。その姿を母が見ている。

「そんとにあわてて、どこに行くんかね」

「北山の家。いっしょに宿題をする約束なんよ」

とっさに嘘《うそ》をついてしまう。

「そういやあ、松浦さんとこの千鶴子さんから、今朝、電話があったよ。健坊のおかげで陽子ちゃんがすっかり元気になったっちゅうてゆうとったけど？」

「うん。ああ、そんとなこともあったねえ」

適当にうなずきながら、うどんをすすった。

陽子のことが母の口から出て、ちょっと嬉しくなってしまった。思わず顔がほころぶのを我慢する。

「ごちそうさま！」

箸《はし》を重ねて丼といっしょに流し台に持っていった。

そのまま玄関に向かおうとすると、母がいった。

「さっき、お父さんがお庭で呼んどったよ。出かける前に行ってみんさい」

「はあい」

いやな予感がしたけど、仕方なかった。

玄関先に自転車を立てて、サイドバスケットに荷物のナップサックを入れてから、庭先に向かった。

父の孝一郎は作業ズボンにランニングシャツ。ゴム長靴。頭に白い手ぬぐいで鉢巻《はちまき》をした恰好《かっこう》で胡座をかき、水車の修理をしていた。真新しい針金の束を近くに置いて、その先端をくわえたまま、青竹を割った本体に大きな羽根板を組み込んでいる。

「健坊。ちいと、ここんところをしっかり持っちょってくれんか」

父にいわれて躊躇《ちゅうちょ》した。

「悪いけど、今日はこれから大事な予定が入っちょるんよ」

父が振り向いた。明らかに怒った顔だ。

「何をゆうちょる。週末は親のテゴ（手伝い）をするっちゅう約束じゃったろうが」

モリケンは今になって、それを思い出した。たしか一昨日か一昨昨日《さきおととい》あたり、夕食のときに父からそういわれていた。

「ほんじゃけど、どうしても行かんといけん用事があるけぇ」

「親との約束を破ってまでして、何をしにいくんじゃ」

モリケンは唇を嚙みしめて俯いてしまった。

宝探し大会でズルをするために、友達といっしょに悪事をはたらきにいく。そんなことを堂々と親に主張できるはずがなかった。父は勘が鋭いから、ひとり息子が何か悪巧《わるだく》みをしていることを見抜いているのではないか。そう思うと、体が震えそうになった。

父は体罰に容赦がなかった。平手で頬をはたかれたり、殴られたことが何度かあった。

今日のことを白状させられたら、きっとまた――。

そのとき、父の声がした。

「まあええ。今日は行ってこい」

モリケンは顔を上げた。意外な父の反応だった。

父は胡座をかいたまま、針金を青竹に巻き付けている。

その背中を凝視した。

少し猫背気味な後ろ姿に、なぜか妙な違和感を覚えた。あれだけ厳格《げんかく》で怖かった父が、何だか別人のように見えた。俯きがちに水車を修理する姿が色褪《いろあ》せて見えた。

モリケンは途惑った。

父の寂しげな背中から、しばし目が離せずにいた。


愛宕橋で信号待ちをしているミッキーを見かけたので声をかけ、ふたりで橋を渡り、土手を自転車で走った。錦帯橋の下流にかかる臥龍《がりょう》橋を渡って川西地区へ。そこで叔母の家から出てきたムラマサと合流し、横山地区に入った。

城の形をイメージしてデザインされたロープウェイ山麓《さんろく》駅の前には、すでにノッポがいて彼らを待っていた。四人揃ったところで自転車を置き、窓口で切符を買った。

ちょうど発車時刻だったので、モリケンたちは階段を駆け登り、狭いプラットホームからロープウェイのキャビンに乗り込む。乗客は他に誰もいなかった。

係員が扉を閉めると、ブザーが鳴り、ガクンとキャビンが揺れて、ロープウェイが動き出した。

山頂まではたったの三分。

後ろ側のガラスにもたれるように立っていると、下に見える視界がグングンと低く、小さくなっていく。山肌に生えた木立が、ロープウェイのすぐ下をかすめるように流れていく。

堀割《ほりわり》や緑に恵まれた横山地区が、すでに箱庭《はこにわ》のようにちっぽけに見えている。

その先に大きく蛇行しながら流れる錦川が横たわっている。

川に渡された錦城橋、錦帯橋。さっき渡ってきた臥龍橋。岩徳線の鉄橋のずっと下流に、モリケンたちがいつも渡る愛宕橋が見える。

対岸には西岩国と呼ばれる古い町が家並みをびっしりと寄せ集めるように広がる。そして下流、川がふたつに分岐したところには井堰があり、その向こうに霞むように米軍基地のある三角州が彼方まで広がっている。

さらにその遠くには瀬戸内の海が青く光り、甲島《かぶとじま》、柱島《はしらじま》、阿多田島《あたたじま》といった小島が点々と浮かんでいる。

こうして見下ろすと、岩国というところは不思議な街だった。

いかにも地方都市然とした繁華街がある岩国駅周辺。古い街並みが残った西岩国。さらに米軍基地。それぞれが渾然《こんぜん》と入り交じっているのではなく、明確に分かれて存在するのだ。

「おお。わしの家が見えちょる。モリケンんちもあそこじゃ」

いきなりムラマサがいった。

本当だった。愛宕橋を目印に道を辿ると、自分の家の屋根が小さく見えていた。

そういえば小さい頃、あの屋根に登っては、この城山を見上げていたものだ。

「ノッポの家は市民球場の手前の団地っちゃ。ミッキーの家は平田じゃけえ、向こうの山に隠れちょるのう」

興奮気味にモリケンがいった。「あそこが幼稚園じゃろ。それからこっちが小学校じゃ。昔の通学路がよう見えちょる。あっちが遠足で登った岩国山で、椎尾神社もそこじゃのう。たぶん〈辰巳屋《たつみや》〉が、あの辺にあるっちゃ」

〈辰巳屋〉というのは、モリケンたちがいつもお好み焼きを食べにいく店のことだ。

「しかし……俺らの街っちゅうて、こうして見ると、けっこうでっかいんじゃのう」

ガラス越しに景色を見ながらノッポがつぶやいた。「自転車でどこにでも行っちょるけえ、もうちいと狭いんかと思うちょった」

「ほうじゃのう、でっかいのう」

モリケンもぼうっと街の光景に見とれていた。

このロープウェイに乗ったのは、小学四年の学校での写生《しゃせい》大会以来だった。そのときは友達とはしゃぐのに夢中で、こうしてみんなで景色を見るなんてこともなかった。考えてみると、岩国市内のほとんどを一望できるのは、この城山だけだ。

誰よりも感激しているのがミッキーだ。

ガラスに顔をへばりつかせるようにして、眼下の景色に見入っている。

「ミッキーはこれに乗るの、初めてなんか」

ムラマサに訊かれて、彼はうなずいた。

「転校してきてから、あんまり出歩いたことなかったから」

「俺ら、生まれてからずっと、この街に暮らしちょるんじゃのう」

モリケンは隣にいるノッポを見てから、また景色に目を戻した。

自分の人生の俯瞰《ふかん》をここから見下ろしているようで、何だか妙な気分だった。

「俺ら、十年したら、どこに住んどるんじゃろう。ひょっとしたらまだ、この街におるんかのう」

ノッポがそういった。

「中学を卒業して、市内のどっかの高校に入って、大学に行きゃあ、いやでも他の街に行くことになるっちゃ」と、モリケン。

「大学を卒業したら、またこっちに帰ってきて就職とかするんじゃないんか。サラリーマンになったり、学校の先生になったりしてのう」

「俺は東京の大学に入って、そのまんまあっちに残るつもりっちゃ」と、モリケン。

「ほりゃあ、お前の夢は岩国におっちゃあかなわんけえ」

ノッポが笑う。

「そうだよ。小説家になるなら東京にいなきゃ。出版社がいっぱいあるから」

ミッキーが少し上気した顔でいった。

「ほんならノッポも同じじゃ。マンガ家を目指すんなら都会に出んといけんのう」

モリケンがそういった。

「エロっぽい場面をようけえ書いてくれたら、わしゃあ、お前らの愛読者になっちゃるけえ」

ムラマサがそういって「ぎひひっ」と笑った。

「バカたれが。そんとなもん、こそばゆうて（恥ずかしくて）書けるか」

モリケンがムラマサの頭を小突いた。

顔が赤くなっているのを自覚した。

そういえば小説の平井和正もマンガの石森章太郎も、それに永井豪だって、それぞれエッチな作品があるし、好き好んで読んだものだ。しかし、自分でそういうものを書いてみようとは思わない。やっぱりどこか恥ずかしい。それとも、大人になったらそういう羞恥《しゅうち》心《しん》はなくなっていくものなのだろうか。

ふと、周囲を見渡してから、ロープウェイの中に他の客がいなくてよかったと思った。


山頂駅にロープウェイが到着すると、モリケンたちはキャビンから下りて、駅を出た。

それから長い林道を歩き始めた。

全員、口数は少なかった。ちょっとした緊張もあった。

たまにすれ違う観光客らしい人々の視線がなぜか気になる。自分たちがまだ何をしたわけでもないのに、少しばかり罪の意識に駆られているようだ。

ようやく目的地に辿り着くと、モリケンたちの目の前、岩国城が石垣の上にそびえていた。いかにも山城らしい、こぢんまりとした城だ。

もっともこれは昔からあるものではなく、昭和になって再建されたものだ。慶長《けいちょう》十三年（一六〇八年）に地元の領主、吉川広家《きつかわひろいえ》によって築城されたものの、わずか七年後に幕府の一国一城令によって廃城となってしまった。それが昭和三十七年に復元され、今は観光名所のひとつとなっている。

城の前は小さな広場になっていて、明日のイベントはここに市民が集まって開始することになっている。今は観光客が数名、城を見たり、写真を撮ったりしている。

「宝はまだ隠されちょらんかのう」

ノッポが不安げにいった。

「きっと大丈夫だよ。これから石を運んできて隠すはずだ。ぼくらはここで待っていればいい」

そういってミッキーはナップサックを下ろした。「作戦が始まったら、ぼくらは基本的に四カ所に分かれる。担当地域はあらかじめそれぞれの地図に描いたとおりだ。くれぐれも、あからさまに相手を尾行したりしないこと。それとなく、遠くから隠し場所を確認するだけにするんだ。いい？」

「まかせちょけ」

そういってモリケンが片目をつぶった。

エンジンの音がしたのは、それから三十分ぐらい経ってからだ。

彼らが歩いてきた林道を、軽トラが二台、走ってくるのが見えた。その後ろを白いワゴン車がついてくる。車体のドアに、〈岩国市商工会議所〉と文字が読めた。

モリケンたちが見ていると、三台は広場に停まった。それぞれのドアを開いて灰色の作業服姿の男たちが出てきた。どうやらイベントのスタッフらしい。リーダーとおぼしき四十代ぐらいの男性が大きな地図を広げ、全員に何かを説明している。

やがて彼らは軽トラの荷台に積まれた布袋《ぬのぶくろ》を取って、全員で重たげに地面に下ろした。別の数名がもう一台の軽トラの荷台から一輪車を二台ばかり下ろし、布袋をそれに積み込んだ。

ふたりが一輪車を押して歩き、他の男たちが紙片を手に、それに続いた。

緊張して見ているモリケンに、ノッポが小声でいった。

「いよいよ始まるど」

「作戦開始だ」

ミッキーの合図で、彼らはそっと立ち上がった。

9

どこか遠い空にポンと音がした。

モリケンはハッと目を覚ました。部屋の窓を覆ったカーテン越しに、朝の光が差し込んでいる。

また同じ音がした。

花火だった。

一瞬、モリケンは遅刻だと思って焦った。

シーツを剥《は》いでベッドから起き上がり、枕元《まくらもと》の時計を見たら、ちょうど午前七時だった。

宝探し大会は午前十時の開始だ。ホッと安心する。

三たび、花火が上がった。

合図花火のようだ。今日は晴れているから、宝探し大会を実行しますということかもしれない。それだけ大きなイベントなのだろう。

目を擦ってから欠伸《あくび》をした。そうしているうちに、記憶がよみがえってきた。

昨日は首尾良く作戦を遂行できた。

モリケンたちはミッキーの計画通りに動き、地図で分けた四つのエリアにそれぞれ分かれ、宝を隠すスタッフたちの行動を遠くから確認しながら、彼らが石を置く場所をメモしていった。

モリケンは緊張していた。ドキドキしながらも、最高に興奮していた。

まるでスパイ映画の主人公になった気分だった。

みんなでうまくやった。

ミッキーもノッポも、そしてムラマサすらも、決して近づきすぎず、あるいは離れすぎずに石の隠し場所をマークしていった。スタッフたちがみんな立ち去ってから、あらかじめ決めておいた城の裏側に四人が集合した。

お互いに記入した地図を見せ合い、明日のことを話し合った。

日曜日の午前十時。スタートとともにいっせいに宝を探す――ふりをする。あわてず、確実に石を集め、終了時間になったら集合場所に持ち帰る。

相変わらずモリケンには不正行為という自覚はなかった。むしろスリルに満ちた冒険のような気がして興奮していた。だから、昨夜はドキドキしてなかなか寝付けなかった。

トイレと洗面をすませて台所に行くと、日曜日だというのに父親はすでに出かけたようだ。

「親父はどこに行ったんね？」

「短歌会の仲間とどっかに出かけるっちゅうて、早《はよ》うから出て行ったよ」

炊事場の前で食器を洗いながら、母親の光恵がそういった。

また、何かを手伝えといわれたらどうしようかと思っていたので、モリケンは安心した。

「日曜にしちゃ、えらい早う起きたけど、どっかへ行くん？」

「ちいと友達と約束」

「宿題は？」

「戻ってやるっちゃ」

朝食を食べ終えると歯を磨き、急いで自室に戻った。

この計画の事実上のリーダーであるミッキーが、昨日と同じ服装で来ないことといっていたので、モリケンは半ズボンに縞柄《しまがら》のテニスシャツを選んだ。帽子はかぶらない予定だったが、やっぱり坊主頭には日差しがきつそうなので、色違いのキャップを選んだ。

みんなとの待ち合わせは、また横山のロープウェイ乗り場。

大会開始時刻の三十分前。つまり九時半に集合ということになっている。


自転車に乗って愛宕橋に向かった。

ペダルを漕ぎながら周囲を見るが、ミッキーやノッポの姿はない。

橋の袂《たもと》にある信号に引っかかり、歩道に片足を下ろして待っていると、右手に見える坂の下から赤い自転車を漕いで登ってくる少女の姿が小さく見えた。

松浦陽子だった。

目の前の信号が青に変わったが、モリケンはそのまま待っていた。

やがて陽子がやってきた。

自転車を立ち乗りし、近づいてくると、モリケンの前で停まった。

ハンドルに取り付けているカゴに小さなリュックサックが入っていた。

「おはよう」

額の汗を手の甲で拭いながら、陽子がいった。

白いシャツが眩しかった。膝までのスカートに、紺色の長いソックスを穿いている。

「おはよう」

モリケンは応《こた》えた。「どこに行くんか?」

「城山で宝探し大会をやるっちゅうけえ、行ってみることにしたんよ」

陽子が白い歯を見せて笑った。

「ホンマか。俺もそうなんよ」

陽子が目を大きくした。

「えーっ。そりゃあ偶然じゃねえ」

大きな声でいってから、ふいに陽子は赤くなり、肩をすぼめて周囲を見た。

近くには誰もいない。車道を通過する車が行ったり来たりしているばかりだ。

「ひとりで参加を申し込んだんか」

「うん。本当はお母さんとふたりの予定じゃったんじゃけど、急に仕事が入ってねえ。仕方ないけえ、うちひとりで行くことにしたんよ。ほんで、森木くんは？」

「いつもの面子《メンツ》っちゃ」

「よかった。なんかひとりじゃ寂しゅうて心細かったんよ」

歩道の信号がまた青に変わり、ふたりは自転車を並べて走らせた。


愛宕橋を渡りきったとき、モリケンは気づいた。

十字路の先、坂道の途中にハラバカの姿があった。自転車を押しながら〈倉重サイクル〉の前を通ってこっちに向かってくる。

「なんであいつがここにおるん……」

モリケンはつぶやいた。

坂道を下ったところを左に曲がった場所、新小路に家があるハラバカが、なぜわざわざこの愛宕橋に向かって登ってくるのかわからないが、いやな予感しかなかった。おそらく見つかったら、例のことをいいだすに決まってる。向こうが気づかないうちにさっさと逃げよう。

「森木くん、どうしたん？」

隣に自転車を停める陽子を促《うなが》そうと思ったときだった。

ふいにハラバカがこっちに気づいた。

自転車を押す足取りが速くなった。無表情に口を引き結んだままだ。そして、ふたりの前にやってきた。

「これからお前んちに行こうと思うちょったんじゃ」

だしぬけにハラバカにいわれて驚いた。

「うちに……何をしにきよったんか」

「お前を誘いにじゃ。坂本の家がわかったけえ、いっしょにつき合うてもらおうと思うての」

「バカたれ。俺はこれから大事な——」

口に出かかった言葉をモリケンは呑み込んだ。

「ええけえ。ついてこい」

そういうと問答無用とばかりにハラバカは自転車の向きを変え、サドルを跨いだ。

登ってきたばかりの坂道を自転車で下ってゆくのである。

「どういうことね？」

陽子が不安そうに訊いた。

「困ったことになったのう」

ここは無視するべきだが、それはできそうもなかった。こちらにどんな都合があるとしても、あいつは他人を自分の思い通りにしたがる奴だ。逆らえば暴力が待っている。

中学校の自転車置き場で、ハラバカに殴られたことを思い出した。

非常識で理不尽な話だったが、理由なんてものは彼にとって無意味だ。考えるよりも早く手が出てしまうようなタイプなのだ。

だが、今回だけは別だ。

みんなで計画を練って、昨日から作戦を遂行してきた。それをここであえてダメにすることはできない。しかも今回は陽子もいっしょなのだ。何としても行かねばならない。たとえハラバカに何発、殴られようとも――。

――おぅい、森木よ。何やっちょるんか。早うついてこんか!

坂道の途中で自転車を停め、ハラバカが振り向いていた。

モリケンは決意し、自転車に跨がった。

「ひとまず、ここで待っちょれ」

陽子にそういって、ペダルを漕ぎ出した。自転車を加速させながら、坂道を下ってゆく。

ハラバカに今日のことをいう。

友達との大事な約束があるから、お前につき合うわけにはいかないと主張しよう。いくらあいつでも、モリケンを殴り倒してまでして、むりに引っ張っていくようなことはできないはずだ。

そう思いながら、坂道を下るハラバカの自転車を追いかけた。

そのとき、前方の踏切の警報がけたたましく鳴り始めた。

赤い警告灯が明滅している。

ハラバカの自転車が踏切を渡ったとたん、遮断機《しやだんき》がゆっくりと下りて水平位置になった。

その前でモリケンはブレーキを使って自転車を停めた。ふたりは線路の向こうとこちらに分かれていた。

ハラバカがまた振り向いた。無表情に見ている。

――こっちで待っちょるけえ、列車が通り過ぎたら、わしについてこい。

けたたましい踏切の警報の音の中、ハラバカの声がした。

ふいに線路がギシギシと音を立て始めた。右手にある西岩国駅の方角から、オレンジと緑色の車両がゆっくりと軌道に乗ってやってくる。その姿が立ち昇る陽炎《かげろう》に揺らいで見える。岩国駅から徳山駅へと向かう岩徳線の列車だ。

目の前を轟音《ごうおん》とともに通過する。三両編成。いくつもの窓が眼前を横切っていく。

ハラバカの姿がその向こうに見えなくなった。

モリケンは決心した。

とっさに自転車の向きを変え、大急ぎで漕ぎ出した。坂道の上で見下ろしている陽子の小さな姿に合図を送り、土手道をそのまま走るように指差した。モリケンは彼女のいる土手道と平行になっている路地に自転車を乗り入れた。立ち漕ぎで必死に走らせる。

背後で踏切の警報音が途絶えた。

列車が行き過ぎたとたん、そこにいたモリケンの姿が消失しているのを見て、ハラバカはさぞかし驚いたことだろう。

追いかけてくるのは間違いない。それも相当に怒り狂ってだ。

だから、懸命《けんめい》にモリケンは自転車を飛ばした。

左に折れる細道に入り、急坂を一気に登って錦川の土手道に出た。ブレーキを握って自転車を停めると、ちょうど土手道を走ってきた陽子が追いついてきた。

かなり途惑った顔をしている。

「森木くん。さっきの何なん？」

モリケンは自分が登ってきた細道を見下ろす。今にもハラバカの姿がそこに現れる気がした。

「話はあとっちゃ。とにかくぶっ飛ばせ」

モリケンはそういうと、上流に向かって自転車を漕いだ。

陽子もすぐあとに従った。

ふたりして立ち乗りになってペダルを漕ぎ続ける。

たびたびモリケンは後ろを振り向く。陽子がついてくる。その向こうにハラバカの姿は見えない。しかし彼は自転車を飛ばした。力のかぎりペダルを漕いで土手道の路肩を走らせた。

陽子がまた追いついてきた。

前後に車がいないために、ふたりの自転車が併走になった。

「森木くん。大丈夫かね？」

陽子が汗ばんだ顔でモリケンを見る。モリケンも目を合わせる。

「おお。世話ぁないっちゃ」

思わずふたりで笑い合う。

「なんか知らんけど、ぶち楽しいねえ」

「俺もいや」

そのときになって、モリケンは初めて気づいた。

陽子が笑うとき、口元に小さな笑窪《えくぼ》ができることに。


昨日と違って、城山に登るロープウェイ乗り場の前は大混雑だった。

岩国市商工会議所などが主催する夏のイベントのひとつ、〈第三回　錦帯橋宝探し大会〉の参加者は予想外にいて、自動車やバイク、自転車が駐車場いっぱいに並んでいる。参加する人々や見物に来た人たち。老若男女が大勢、山麓駅の周辺にひしめいている。

だから、モリケンは仲間の姿を捜すのに苦労した。

群衆の向こうに手を振るノッポの姿を見て、やっと安心した。

人混みをかき分けるように、陽子といっしょに彼らのところに行った。

「お前ら、ホンマに仲がええのう」

あきれ顔でノッポがいうので、たちまちモリケンがいいかえした。

「偶然っちゃ」

隣で陽子が真っ赤になっている。

途中でハラバカに遭遇し、逃げてきた顛末を話すかどうか、モリケンは迷ったが、長くなりそうなのでやめておくことにした。

「それはそうと、この混みようじゃ、会場に着くまで一時間ぐらいかかりそうだよ」

ミッキーが焦り顔でそういった。

時刻はすでに九時半を回っている。

ロープウェイ乗り場の発券所や階段には、すでに長い行列ができていた。

「たかが宝探し大会に、なしてこんなに押しかけるんね」

モリケンがいうと、ミッキーが肩をすくめた。

「子供だけの参加っていう、前回の枠《わく》を外したからじゃないかなあ」

「ほんなら、集合時間をもうちいと早めりゃあよかったのう」

ロープウェイは行ったり来たりしているが、キャビンに乗れるのは三十名。山頂までは三分しかかからないが、運行が十五分間隔なので、思ったよりも時間がかかる。これだけの客を運ぶのだから、集合時間に遅刻する人もいっぱいいるはずだ。

「こうなったら歩いて登るど」

だしぬけにムラマサがいって、モリケンは驚く。

「そりゃあ、車で頂上までいく道があるがのう、紅葉谷《もみじだに》公園のほうから入って登っていくコースじゃけえ、今から歩いたら、ぶち時間がかかるじゃろうが」

　ノッポがそういった。

「あっちじゃない。お城までまっすぐ登る道があるっちゃ」

「ホンマにあるんか？」

　ムラマサはうなずいた。「ええけえ。わしについてこい」

　ロープウェイ乗り場山麓駅から山のほうに移動して、白山比咩《しらやまひめ》神社の近くに自転車を置いた。

　神社に向かって左側。そこから先は細く伸びた遊歩道になっている。

　モリケンたちはそれぞれの足で小径を辿り始めた。

　すぐに急峻《きゅうしゅん》な山路になり、森の中をジグザグに折れながらどんどん登っていく。

「ムラマサ。なしてこないな道を知っちょるん」

　歩きながらノッポが訊いた。

「小学四年のときに、高宮《たかみや》とふたりでここを辿って登ってみたんじゃ」

　そういわれてモリケンは思い出した。高宮というのはモリケンの家の近くに住んでいた友人で、小学六年のときに岡山に転校していった。

「あのとき、たしかお前らは遭難したんじゃろ」

「おお。遭難したいや。帰り道がわからんようになってのう。冬じゃったし、ふたりで凍《こご》えちょった。そのうち夜になって、消防団とか警官が山狩《やまが》りみたいにえっとこと来て、ようやっと見つけてもろうたんじゃ」

みんなの顔がこわばっていた。

それを見て、ムラマサが「ぎひひ」と意地悪く笑った。

「心配せんでも、世話ぁないっちゅうの。道はちゃんとわかっちょるけえ」

「ホンマにお前を信用してええんじゃのう？」

不安げにノッポがいう。

「船が乗り上げたつもりでまかせちょけ」

「それをいうなら大船に乗ったつもりじゃろ？　いきなし暗礁《あんしょう》に乗り上げてどうするんね」

「ほうじゃったかのう」

ことともなげに答えるムラマサを、モリケンは困惑の顔で見つめるばかりだ。

「それにしても、ぶちきつい登りじゃねえ」

ハンカチで汗を拭《ふ》きながら陽子がいう。さっきから、彼らの会話に笑いを堪《こら》えていたようだ。

「ホンマにきついのう。えろうてたまらんちゃ」とノッポ。

「誰がそんなに偉いの？」

不思議そうな顔でミッキーが訊《たず》ねる。

「えらいっちゅうのは、俺らの言葉でつらいっちゅうことじゃ。ほいじゃが、麓から二百メートルぐらいの高さの山じゃけえ、じきに頂上に着くじゃろうて」

「それって、遭難しなかったらの話だよね」

意地悪くミッキーがいったので、モリケンは真顔になって口を閉ざした。

今度こそ陽子が吹き出してしまった。

「とにかく急いで登るんじゃ」

ムラマサが不機嫌な声でいい、足早になった。

しばしみんなで黙って歩いた。

先頭はムラマサ。続いてモリケンと陽子。その後ろをノッポがついてくる。虚弱体質のミッキーはやっぱり少し遅れてしんがりを歩いてくる。ゼーゼーと喉を鳴らして、かなりつらそうだった。

「モリケン。俺らの計画のことを、松浦にもゆうちょるんか？」

陽子と少し距離が空いたとき、ノッポがさっとやってきて耳元でいった。

ドキッとした。

上関のキャンプの話かと思ったのだ。

しかしすぐに違うとわかった。今回の不正行為のことだ。

モリケンは小さくかぶりを振った。「いんや」

実は、さっきからずっと、そのことを考えていた。陽子に明かすべきかどうか悩んでいた。

「どうするんか。俺らがやっちょること、すぐにバレバレになるど」

「バレたら、そんときのことじゃ」

その場をごまかすしかなかった。

急登がさらにきつくなった。ハアハアといいながら、みんなでジグザグにくねった山路を辿り、登り続ける。十時のスタートまでに現場に着けるかどうか、不安でならなかった。腕時計をつけているのはミッキーだけだったから、たびたびモリケンたちは時間を彼に訊いた。

それから二十分ぐらい経った頃、ふいに林道との分岐点に到着した。

「ようやっと上に着いたっちゃ」

膝に手をつきながらノッポがいった。

ここからなら、城まで五分とかからない。とりあえずホッとする。

しんがりを登ってきたミッキーが倒木の上に座った。へたり込んだといったほうがいいだろう。

「大丈夫か?」

モリケンが声をかけると、ミッキーはうなずいた。

「ちょっとだけ休ませて。そしたら立ち直れるから」

そういってから、肩を上下させて呼吸を整えている。

昨日、モリケンたちが辿った道を、大勢の人々がぞろぞろと歩いていた。彼らはその中に混じって城に向かって歩いた。

やがて辿り着いた岩国城の前の広場には、すでに大勢が集まっていた。

小さなステージが作られていて、景品らしい段ボール箱がその隣に積み重ねてある。地元テレビ局の取材らしく、大きなカメラを担《かつ》いだ人もいて、モリケンたちは驚いた。商工会議所青年部やボーイスカウトの人たちが、拡声器を使って誘導している。モリケンたちもそっちに向かって歩く。

——宝探し大会の参加者は集合して下さい。受付はこちらです。

声に従い、長テーブルのある場所にモリケンたちは行って、名簿に自分たちの名前が記載されているのを確認して指差した。松浦陽子の名前も、少し離れた場所に書かれてあった。

受付をすませてから、それぞれ布製の手提《てさ》げ袋をもらう。隠された宝——石を入れるためのものだと説明があった。

若いスタッフが腕時計を見ながら拡声器でいった。

——えー、十時ちょうどのスタートを予定していましたが、混雑して、みなさんの到着が遅れているようなので、開始を十五分ほど遅らせます。

宝探し大会の参加者は百五十名ぐらいだった。十代の少年少女が大半で、中にはカップルらしき若い男女や中高年の姿もある。

モリケンは緊張していた。

昨日、スタッフたちが隠した宝の場所を頭の中で反芻《はんすう》していた。事前に地図に描いた地点を必死に頭に叩き込んだはずだが、それでもちゃんと覚えているかどうか自信がない。

そのとき、ノッポがやってきて、モリケンの脇を小突いた。

「どうしたん？」

ノッポは小さく顎を振って、いった。「あれ見いや」

受付のテーブル前の行列に見知った少年たちがいた。それぞれジーパンなどの私服だったが、モリケンたちと同じクラスの生徒たちだ。他のクラスや別の学年の見覚えのある生徒たちもいた。

もっともこれだけ大勢が応募して来ているのだから、西岩国中の中学生がいっぱいいても不思議ではなかった。

「ヘコが来ちょるど」

ムラマサがそういった。

まさに榊原だった。あとのふたりは、やっぱり彼らだ。

「正岡と畠田もおるっちゃ。三バカトリオが揃《そろ》うちょる」

モリケンは思わず陽子の手を引いて、自分の後ろに隠そうとした。

が、三人はこちらに気づかず、受付をすませると少し離れた場所に向かって歩き、じきに群衆の中に見えなくなった。

——ルールを説明します。

拡声器を持ったスタッフの男性がいった。

——花火を合図にスタートです。みなさんが探す宝は、裏に数字が書かれた丸い石です。ぜんぶで五十個が、お城の周囲の公園や森の中のあちこちに隠してあります。頑張って見つけて、ステージまで持ち帰って下さい。ひとりいくつ見つけてもけっこうですが、くれぐれもむりをして危険な行為をしないようにお願いします。終了時刻は十一時十五分を予定しております。花火の音がしたら、みなさん、こちらまで戻ってきて下さい。

拡声器がハウリングを起こし、スタッフがしかめ面でスイッチを切った。

「ぼくがいったことを覚えてるね。ちゃんと約束を守るんだ」

ミッキーが念押《ねんお》しにいった。

宝を取りすぎないこと。わざとらしい行為をしないこと。

「わかっちょるっちゅうの」

いちばん危なっかしいムラマサがそういった。

「約束って何なん？」

陽子が小首を傾《かし》げて訊いた。

「何でもないいや」

モリケンはそういってごまかした。

10

十時十五分。花火の音がした。

三発。連続で大きく鳴った。振り返るモリケンの目に、青空に三つ、白い煙が塊となって浮かんでいるのが見えた。

——宝探し大会、いよいよスタートです。みなさん、頑張って見つけて下さい。

拡声器の男性の声とともに、全員がいっせいに散開した。

近くの森の中に走って分け入っていく者、城の周囲で捜そうとしている者、走っている者、のんびりと歩いている者。

モリケンたちは余裕で歩き、打ち合わせ通りに四人が分散した。

昨日の地図でそれぞれの担当区分を決めておいたので、分かれてそこに向かった。

陽子はモリケンについていきた。

彼が担当する区域は城の裏側の森だった。昨日、そこでスタッフたちが十個ぐらい石を隠しているのを遠くから確認した。草の中に入れたり、木の洞《うろ》に突っ込んだりしたのを記憶していた。

今も周囲には何人かがいて、あちこちを捜索している。

森といっても木立はまばらで、下生えもほとんどなく、歩きやすかった。

セミの声があちこちから聞こえている。まだ七月なので、ほとんどがニイニイゼミだ。

――あった！

小さな女の子の声がして、ミニスカートの少女が丸い石をとって母親らしい女性に見せていた。

――むっちゃん、かしこいねえ。もう見つけたんね。

誉められて少女がはしゃいでいる。

モリケンはちょっと焦った。まさか参加人数がこんなにいるとは思わなかった。せっかく前もって隠し場所を突き止めていても、モリケンたちの優位が発揮できなくなるかもしれない。

　焦ってはいけない。自分にいいきかせた。

　記憶に残っているアカマツの枯木のところに行って、そこで立ち止まった。

　根元の草叢に丸い石が伏せてある。それを拾って、陽子に見せた。

「あったど！」

　石の裏には22と番号が書いてあった。

「森木くん。やったねえ」

　陽子が顔を赤らめて笑った。

「運がええっちゃ」わざとらしくモリケンはいった。

　一カ所で見つかると次の場所がわかる。記憶がつながるからだ。

「よっしゃ。あっちに行ってみるど」

　足早に歩くモリケンの後ろを、陽子がついてきた。

　ふたつ目の石は、〈遊歩道〉と書かれたスチール製の標識の根元に置いてあった。拾い上げると、31と書いてある。

「二個目獲得！」

　モリケンが振り返り、陽子に得意げに見せた。

「凄《すご》い！」

　手を叩いてはしゃぐ彼女の前で、ハッと気づいた。

　あまり調子に乗って宝をたくさん見つけてはいけない。ミッキーに釘《くぎ》を刺されていたことを思い出す。

「うちもあっちで捜してみるね」

陽子がいって、木立がまばらになったほうへ歩き出した。

「いけんいけん。そっちは崖《がけ》があるけえ、危ないっちゃ」

彼女の足が止まった。

「ホンマに？」

振り返ってモリケンを見つめる。「なして、そんとなことを知っちょるん？」

「い、いや。昔、ここらでよう遊んじょったけえ」

狼狽《うろた》えたまま、言葉でごまかした。

陽子が大きな目で彼を見ていたが、ふいにその視線が移ったのに気づいた。

笑顔が消失していた。

——おぅ、バイキンと仲がええのう。

声がして、モリケンは振り向いた。

榊原がすぐ近くに立っていた。その後ろに正岡と畠田もいた。

「こんげなブスじゃのうちゃ、トロい森木はモテんけえのう」

正岡がそういって、あとのふたりが大げさに笑った。

「もしかしてお前ら、もうオメコしたんか？　小林みたいに妊娠させんようにのう」

榊原がそういって下品な笑いを浴びせてきた。

モリケンは何かをいいかえそうとしたが、言葉が浮かばなかった。悔《くや》しさに体が震えた。

「森木の秘密を、俺ぁ知っちょるど。お前、外人のエロ本を売って小遣い稼いじょるんじゃろうが。あれに載っちょるようなことを、もうバイキンで試してみたんか？」

榊原の挑発の言葉に、あとのふたりがまた下卑《げび》た笑いを放った。

「お前ら、ええかげんにせんか」

モリケンがいった。声が震えていた。

「俺らに喧嘩を売るっちゅうんか」

榊原がゆっくりとやってきた。あとのふたりも続いた。

モリケンの胸の奥で心臓がドクドクと音を立てている。口から飛び出しそうだ。

喧嘩をしようにも、金縛りに遭ったみたいに体が硬直していた。ガクガクと足が震えている。

「こんなぁ、真っ青な顔になっちょる。意気地《いくじ》もないのにむりするからじゃ」

畠田がそういってまた笑う。

モリケンの後ろにいた陽子が、前に出てきた。

「あんたらね。もうそういうの、やめん？　うちと森木くんとはそんとな関係じゃないっちゃ」

毅然《きぜん》とした声だった。

モリケンは驚いた。が、榊原たちは動じなかった。

「そこをのけ、バイキン」

榊原が陽子の腕を摑んで、むりに引っ張った。

よろけた弾みに陽子が草叢に倒れた。

横倒しになったままの陽子。ハッと向き直るモリケン。

榊原の笑みが消えて真顔になっている。

「わりゃあ、ぶっさいいいいちゃるけえのう」

そういいながら近づいてきた。右手を握って拳を作っていた。

殴られると思った。そのときだった。

——ライダーキッ——ク！

素《す》っ頓狂《とんきょう》な声がして、全員が振り向いた。

木立の間を走ってきたムラマサが林床《りんしょう》を蹴ってジャンプし、榊原の顔に跳び蹴りを命中させた。

もんどり打って仰向けに倒れた榊原。畠田と正岡が、顎が外れそうなぐらいにあんぐりと口を開けて見ていた。

榊原は地べたに大の字になっていた。

その前で、ムラマサはヒーローの変身ポーズをとっていた。

完全に自己陶酔《とうすい》の世界に入っている。

榊原はよろりと草叢の中に起き上がった。その鼻から血が滴っている。右目の下に、見る見る青痣ができて腫《は》れていく。

「お前ら、何しちょる。早う、村尾をやっつけぇや」

片手で鼻を押さえながら榊原がいったが、正岡たちは明らかにひるんでいた。

「俺ぁ、こいつが苦手っちゃ」

「キ印にはかなわんけえのう」

そういって後退り、そのまま走って木立の向こうへ消えた。

ムラマサは倒れた榊原の前に立って、仮面ライダーのポーズをとりながら、こういった。

「次は、V3きりもみ反転キックじゃ！」

「頼むけえ、やめれ！」

榊原が尻餅をついた姿のままで後退り、情けなく悲鳴を放った。

鼻を押さえながら立ち上がると、あたふたと走り出す。

二度、三度と立ち木にぶつかりつつも、先に逃げたふたりのあとを追って、森の外へと出て行った。乱れた足音が遠ざかっていった。

モリケンは力が抜けて、その場にへたり込みそうになった。

陽子が立ち上がり、スカートについた泥をはたいていた。

「松浦。すまんのう。俺、何もできんで」

そういって声をかけた。

陽子が振り返る。目に少し涙が浮かんでいる。

「森木くんが謝らんでもええっちゃ」

洟《はな》をすすってから、陽子はむりに笑った。

「お前ら、大丈夫か」

ムラマサがやってきた。平然とした顔だ。

「なしてここに来てくれたんか」

「城の近くで宝を探しよったら、ヘコらぁが、森に入っていくのが見えたけえ、心配になって尾けてきたっちゃ。ほしたら、案の定じゃった」

「お前に救われたのう」

「ええけえ。ひとつ貸しっちゃ」

そういうと、ムラマサはふいに真顔になった。「ところでお前、宝をなんぼ見つけたんか」

「まだふたついや」

そういって布袋を掲げてみせた。

「わしゃぁ、三つっちゃ」

ムラマサも石を袋から取り出した。「終了までに、もうちいとぐらい取っちょかんといけんのう」

石を袋に戻した彼はモリケンたちに手を振って、軽やかな足取りで駆けていった。

〈仮面ライダーＶ３〉の歌を大声で歌っている。その声が遠ざかっていった。

陽子が溜息を洩らした。

「ぶち凄い人じゃねえ、村尾くんは」

「ホンマにぶち凄いっちゃ。あいつにゃあ誰もかなわん」

陽子は肩をすくめて笑った。

「なんか、あんたらの友情ってええねぇ」

「ほうかのう」

陽子がうなずき、その場に座った。リュックを下ろしながら、こういった。

「ね。まだ時間はあるけえ、ちいとここでお休みせん？」

モリケンはうなずき、隣に座った。

大きな柊《ひいらぎ》の木の根元に、ふたりで背中をもたせて草叢に足を伸ばした。

昼が近づき、気温は高かったが、森の中にいるおかげで少し涼しかった。どこか近くから、ヒヨドリが鳴く声がさかんに聞こえてくる。セミの声もうるさいほど重なり合っていた。

陽子がリュックの中から青い水筒を取り出した。

「麦茶じゃけど飲む？」

「ありがと」

コップに注《つ》いだのを受け取った。

魔法瓶らしく、麦茶が冷たくて美味《おい》しかった。今になって喉が渇いていたことに気づいて、モリケンは夢中でそれを飲み干した。彼もナップサックに水の入った水筒を入れていたが、魔法瓶じゃないので、きっともう温《ぬる》くなっているだろう。

「はい」

陽子はすぐに二杯目を注いでくれた。

それもあっという間に飲み干してしまった。

「お前も飲まんと」

コップを返した。

「うん。うちも飲むね」

麦茶を注いだコップを両手で持ち、陽子が飲んだ。

その横顔をモリケンが思わず凝視する。間接キスという言葉が脳裡に浮かんだ。順番が逆だったらよかったのに――。

「ところでさっきの話、ホンマなん?」

ふいにいわれ、モリケンは驚いた。「何の話っちゃ」

陽子は少しはにかんでから、こういった。

「エッチな本を売っちょるっちゅうて」

ドキッとした。

モリケンは思わず口を引き結んだ。顔がカッと熱くなっている。

「そんとなこたぁ、でたらめに決まっちょろうが」

「ほうなん?」

「ホンマにでたらめいや」

だめ押しにいって、モリケンはわざと口を尖らせた。

そんな彼を横目で見て、陽子がまた肩をすぼめて笑った。

「別にええと思うけどねえ。男の子なんじゃし」

「え」

思わず陽子を見つめてしまい、また顔が赤らんだ。

会話が中断するのが怖かったので、モリケンは何とか話の糸口をたぐろうとしていた。

「本ちゅうていやぁ、お前、いつも教室で文庫本を読んじょるのう」

陽子はうなずいた。「森木くんも小説読むん?」

「読むがのう、俺ぁ、SF小説ばっかりじゃ。松浦はどんとな小説が好きなんか」

「けっこう、うちって硬いんよ。夏目漱石《なつめそうせき》とか森鷗外《もりおうがい》みたいな古典も好きじゃし、じゃけど最近は井上《いのうえ》ひさしとか遠藤周作《えんどうしゅうさく》にはまっちょるねえ」

「松浦は大人じゃのう」

陽子はクスッと笑い、肩をすぼめた。「ほいでも、SFもけっこう読むんよ。星新一《ほししんいち》とか筒井康隆が好きじゃし、小松左京の〈日本沈没〉もこないだ読んだねえ」

「ほりゃあ意外じゃのう」

「そういや、森木くんは将来は作家になるのが夢っちゅうて、北山くんが話しよったけど?」

「おお。そうっちゃ」

「なれるとええねえ。うち、絶対に愛読者になるけえ」

モリケンは指先で鼻の下をゴシゴシと擦《こす》ってからいった。

「ほいじゃが、SFばっかり読んじょってもなれん気がするけえ、お前みたいにいろんなジャンルの小説を読んだほうがええんじゃろうのう」

「うちの貸したげようか? 森木くんなら、宮沢賢治《みやざわけんじ》なんかええと思うけど」

宮沢賢治は国語の教科書でしか知らなかった。

「それ読みたいのう」

陽子が笑った。

「今度、貸したげるね」

それからしばし、ふたりして黙ったまま、立ち木にもたれて座っていた。

太陽がほぼ真上にあるため、頭上の葉叢を透かして陽光がきらめき、周囲に斑模様の木《こ》洩《も》れ日が落ちている。木の間を抜けてくる風が心地よかった。セミの声が相変わらず喧《かまびす》しい。

モリケンはムラマサの遭難事件を思い出した。

小学四年の冬休みに、ムラマサと高宮は城山に登った。途中で道を失って彷徨《さまよ》い、日が暮れてしまったために、寒さの中で身を寄せ合って救助を待っていた。こうして陽子とふたりで森の中に座っていると、自分たちが遭難しているようなイメージが心にわいた。

陽子といっしょだったら、寒い山中に孤立していてもいい。そんな気がした。

ずっとこのままでいたかった。

ふいにガサッと草の音がして、モリケンはびっくりした。

榊原たちがまた戻ってきたのかと思ったが、違った。親子連れらしい女性と小さな男の子が木立の中を歩いていた。布袋を持っているので宝探しをしているのだろう。

「うちらもグズグズしちょったらいけんねえ」

陽子にいわれてうなずいた。

「ほうじゃのう」

仕方なく立ち上がった。

モリケンの頭の中に、宝の隠し場所がまた浮かび上がってきた。

終了の花火が三つ上がって、全員が広場に戻ってきた。

モリケンと陽子がそこに行くと、すでにノッポたちの姿があった。

「お前ら、なんぼ拾うてきたんか」

ノッポにいわれ、みんなが報告した。

「俺は六つ」と、ノッポがいった。

「わしゃ、八つ」

得意げにムラマサがいう。

最後にモリケンが途惑いながらいった。

「俺は十二個じゃ。松浦もひとつ見つけたっちゃ」

「それはとりすぎだよ」

モリケンはミッキーを見た。「ほんならお前、なんぼ拾ったんか」

「三つだけど」

「そりゃあ、しょぼいのう」

ムラマサがそういって苦笑いする。

周囲を見ると、重そうな布袋を持った者は見当たらない。「さっぱりじゃったねえ」と笑っている人もいる。石が入った布袋を持ってモリケンたちが芝生広場に立っていると、隣にいる中年の女性がしげしげとそれを見てからいった。

「凄いねえ。あんたら、どうやってそんとにようけえ見つけたん？」

モリケンが焦って答えられずにいると、隣からミッキーが助け船を出してくれた。

「ちょっとしたコツがあるんです」

「そんだけありゃあ、えっとこと賞品をもらえるじゃろうねえ」

女性がいったとき、スピーカーのハウリングの音がした。

ステージの上に商工会議所青年部の男性がマイクを持って立っていた。

その横に景品が入った段ボール箱が並べられていた。張り出された紙を見ると、一等はイタリア製チネリ社のスポーツサイクル。二等はナショナルの大型テレビ。三等はシャープの電子レンジ。四等はモンブランの万年筆——。

景品は十等まであって、ラジオや色鉛筆セットやアルバム、ノートなどもある。

さらに特別賞と記載されていて、「？.？.？.」と読めた。賞品はシークレットになっているらしい。

「自転車はわかるけど、もしテレビが当たったら、どうやってここから持って帰るの？」

ミッキーがいうので、モリケンは考えた。

「さすがに自分で運ぶのはむりっちゃ。うちまで配送してくれるんじゃろう」

群衆の中、だいぶ離れたところに榊原たちの姿があった。

「ヘコが子分らと来ちょる。あいつ、ちり紙で鼻ボッチしちょるが、どうしたんね」

ノッポがいうと、ムラマサがとぼけて答えた。

「あいつらバカじゃけえ、興奮しすぎて鼻血が出たんじゃろう」

モリケンの隣にいた陽子が、また吹き出しそうになって肩をすくめた。

——今回、特別賞として、こちらの賞品を用意しました。

司会の男性がいうと、女性スタッフがビニールに入った黄色いものを持って壇上に現れた。

思わずモリケンたちの視線がそこに集中する。

——ダンロップの登山用テント。何と、五人が入れて泊まれる大型のテントです！

モリケンたちは驚いた。

「たまげた。ありゃあ、まさしく俺らにうってつけの賞品じゃのう」

ノッポが眼鏡を押し上げながら、そういった。舌なめずりをしているからおかしい。

抽選《ちゅうせん》が始まった。

モリケンたちは芝生の上に胡座をかいて座り、自分たちが見つけてきた石を前に並べている。

——まず、十等賞から発表です。賞品は色鉛筆セットです。

司会の男性が紙箱の中からカラーボールを摑んで取り出した。

そこに書いてある番号が読み上げられるたびに、集まった人々の中から、ひとりまたひとりと手を挙げて出ていく。

仲間の中ではムラマサが最初に手を挙げた。

20という数字が書かれた石を持って立ち上がり、飛び出していった。七等のアルバムセットだったが、それを受け取り、まんざらでもない顔で壇上から降りてきた。

続いて六等のソニーのラジオを陽子が受け取った。

「凄いのう。一個しか見つけちょらんのに、よう当たったのう」

モリケンに誉められて、ラジオが入った段ボール箱を手にした彼女がちょっと照れて笑っている。

ところが五等、四等と進むにつれて、モリケンたちは焦ってきた。誰よりもいっぱい石を並べているのに、その番号がまったく読み上げられないのだ。

三等の電子レンジは森の中で出会った親子連れが獲得した。現物は大きいので、代わりに封筒を司会の男性から受け取って、ふたりははしゃぎながら戻ってきた。二等の大型テレビは小柄な中年男性が獲得。

――いよいよ一等賞の発表です。

司会の男性が箱の中からボールを取り出した。

――一等賞を獲得したのは41番の石を見つけた方です！

とたんに黄色い声が上がった。

小学三年ぐらいの小さな女の子が立ち上がった。両親らしい男女が拍手している。

たったひとつだけ持ち帰った石らしかったが、小さな片手でかざしたそれには、ちゃんと41という数字が描いてあった。

「えーっ！」

モリケンたちは、その場にひっくり返った。

いっぱい持ち帰ったはずの石のほとんどが当選を逃していたのだ。

ステージに上がった女の子は、司会の男性からマイクを向けられて恥ずかしそうに感想をいい、女性から一等と書かれた封筒を受け取って、ちょこっとお辞儀をして下りてきた。

「なんかわしら、神に見捨てられちょるのう」

疲れ切ったような表情で、ムラマサがつぶやいた。

「お前はええよ。アルバムセットが当たったじゃろうが」

ノッポに小突かれて、しきりと頭を掻いている。

「悪いことはできんのう。ズルしようとしたけえ、罰《ばち》が当たったっちゃ」

モリケンがそういったので、陽子が不思議な顔で見てきた。

「ズルって?」

「何でもないっちゃ」

そういってモリケンは芝生の上に大の字になった。

――さて、最後になりましたが、特別賞の発表です。特別賞は今回、いちばん多くの宝を見つけた人に授けられます。たくさん石を持ち帰った人は自分から手を挙げて申告して下さい。

その場に座った参加者たちの何人かが挙手し、獲得した石の数を大声で伝え始めた。

青空を見上げているモリケンの肩を、ふと陽子が叩いた。

「ねえ」

「何じゃっちゅうの」

——みなさんの中で、十個以上の宝を見つけた人はいませんか？

拡声器の声がぼんやりと聞こえている。

「森木くん、十二個も見つけちょったろ？」

「え」

ガバッと起き上がった。

目の前に並べてあった宝の石を眺めた。

——えー、いらっしゃらないようでしたら、九個と申告されたさっきの方に……。

「ここにいます！」

飛び上がるように立って、モリケンが大声で叫んだ。

それを見たノッポが、口笛で高らかにファンファーレを吹いた。しかしそんなものは耳に入らなかった。モリケンは自分の足元に並べていた石をあわてて拾い上げ、布袋に入れると、ステージに向かって走る。

一度、躓《つまず》きそうになったが、何とか体勢を立て直し、ステップを踏んでステージの上に登った。ハアハアと喘《あえ》ぎながら汗を拭い、持っていた布袋を司会者に渡す。

中身を確認して、司会者の男が驚いた。

——これは凄いなあ。ひとりで十二個も見つけた君の名前は？

マイクを差し出され、モリケンは一気に硬直した。

「も、も、森木健一、です」

——どこの学校かな？

「に、に、西岩国中学です」

——こんなにいっぱい宝を獲得できた秘訣《ひけつ》を、できたら教えてくれる？

とたんにモリケンの目が左右に泳いだ。もしや不正がバレたのかと思ったのだ。

「う、運が良かったんです」

狼狽えながら、何とかそういった。

——なるほど！　では、西岩国中学の森木くん。おめでとう。特別賞はダンロップのテントです。もうすぐ夏休みだね。友達といっしょにキャンプでぜひ使ってね。

ステージの隅にひかえていた若い女性が、大きな黄色い袋を持ってきた。それを受け取ったモリケンは茫然自失《ぼうぜんじしつ》のまま、立ち尽くすばかりだ。

——さて今回、特別賞を獲得した森木くんには、みんなの前で元気いっぱいに岩国市民憲章を朗読してもらいましょう。

先ほどのスタッフの女性が、大きな紙を持ってモリケンの斜め前に立った。

——じゃあ、森木くん。最初から朗読して！

ガチガチに上がっているモリケンは、女性が掲げる大きな紙に縦書きで記載された文字を凝視しながら、うわずった声でいった。

「わ、わたしたち岩国市民は、き、錦帯橋を始めとする、う、美しい自然と文化に囲まれて、く、暮らしています。そんな素晴らしい郷土《きょうど》を守るために、こ、ここに誓います。い、一……私たち岩国市民はきまりを守り、平和な社会を作ります……」

硬直したまま、箇条書き《かじょうが》を目で追って朗読しているうちに、モリケンの意識が真っ白になった。

ステージから見下ろすと芝生広場には大勢の人々がいる。ノッポにミッキー、ムラマサ。そして陽子の姿。その周囲にはもっと大勢の人たちがいて、その全員の視線が壇上にいるモリケンに集まっているのだ。

ノッポが愛用のミノルタをかまえ、壇上のモリケンを撮影していた。撮影といえば、群衆の中には、テレビカメラをかまえた取材スタッフの姿もあった。そのカメラのレンズがまともにこちらに向けられている。

モリケンは貧血《ひんけつ》を起こして倒れそうになった。

そのとき、ふと自分を注視する群衆の中に見知った顔を見つけた。まぎれもない、それはモリケンの父親、森木孝一郎だった。

白いワイシャツに灰色のズボン、ポマードでなでつけたオールバックの髪型で、腕組みをして立っていた。鋭い視線がこちらに向けられているのを見て、モリケンは目をしばたたいた。

(なんで親父が……?)

たしか短歌会の仲間と出かけたという話だったが、この城山に来ていたのか。

――はい、森木くん。頑張って最後まで読み上げよう!

司会者の声で我に返った。

「い、一……私たち岩国市民は、ふ、六三を許さず。う、う、美しい心を大切にします」

緊張にコチコチになってうわずった裏声で、モリケンは市民憲章を読み続けた。

11

——健坊。遅刻するけえ、早《はよ》ぅ起きんさい！

母親の声で目を覚ました。

枕元に置いた目覚まし時計を見ると、いつも起床する時間より三十分が経過している。どうして鳴らなかったのかと不思議だったが、一度、ベルが鳴って自分で止めたことを思い出した。

二度寝してしまったようだ。

起き上がったとたん、ベッドの枕元から文庫本が音を立てて床に落ちた。

宮沢賢治の〈銀河鉄道の夜〉。

あわてて拾い上げ、表紙やページが折れてないことを確かめた。昨日、帰りがけに陽子の家に寄って借りた大切な本だった。ゆうべ、すっかり遅くなるまで読んでいたのだ。

あわててパジャマを脱いで学生服に着替えた。

トイレと洗面をすませて台所に行くと、父の孝一郎が読売新聞を広げているところだった。

テーブルにつくと、母の光恵が味噌汁《みそしる》をよそって持ってきた。

「熱いけえ、気をつけんさい」

「いただきます」

「あんた、今日は終業式じゃろ。こんとなときにかぎって寝坊して」

モリケンは坊主頭に手を当てて、ポリポリと掻いた。

そうだった。

明日からは待ちに待った夏休みなのだ。

大好物の目玉焼きに醤油《しょうゆ》をかけ、ご飯の上に載せてかき込みながら、ふと父を見た。

ワイシャツにネクタイ姿で新聞を読み、ときおり漬《つ》け物を音を立てて食べている。

昨日のことを思い出した。

壇上で岩国市民憲章を読まされていたモリケンが、真正面に立っている父を見つけたこと。ゆうべの食事のときに、なぜかその話は出なかった。いつものようにテレビの前に置いたテーブルについて〈五橋《ごきょう》〉を飲み、刺身をつまみながら、NHK大河ドラマ〈国盗《くにと》り物語〉に見入っていた。

今朝も父は新聞の後ろにいて、顔を合わせずにすむと思っていた。

「健一」

ふいに名を呼ばれてびっくりした。

健坊じゃなく、健一と呼ばれるときには、ろくなことがない。

鬱々《うつうつ》として返事をせずにいると、こういわれた。

「昨日は手柄《てがら》じゃったのう。テレビで観《み》たっちゅうて、さっき静子《しずこ》から電話があった」

静子というのは近所に住む従姉妹《いとこ》の名だ。

テレビカメラが自分を撮影していたのを思い出した。ローカルのニュース番組あたりできっと放送されたのだろう。モリケンはまた顔から火が出るような気がして、父から目を逸らした。

思い切って、こう訊いてみた。

「親父は、なしてあそこに来ちょったん?」

「横山で短歌会の集まりがあってのう。会が終わってから、みんなで久しぶりに城山に登ってみようちゅうことになった。ほしたら、お前があそこにおってたまげた」

やはり偶然だったのだと、モリケンは思った。

ところが安心するのは早かった。

「土曜日の午後に、どようし(とても)焦って出かけたちゅうて思うたら、そういうことじゃったんか」

だしぬけにそういわれ、父とまた視線が合ってしまった。

「何のこと?」

「とぼけんでもええ。ズルをしにいっとったんじゃろうが」

硬直するモリケンをふたたび一瞥《いちべつ》してから、父はまた漬け物を箸でつまんで口に放《ほう》り込み、湯呑みの茶をすすってから、新聞紙に目を戻した。

「まあ、ええ。世の中にゃあのう、真っ正直に生きちょると損をすることがようけいある。悪いことをするのはいけんが、たまにはズルいこともやらんといけん。それでええんじゃ」

モリケンは茫然としていた。

まさか、父親からそんなことをいわれるとは。ショックだった。

若い頃は海軍の軍人として、文字通りにまっすぐ生きてきた人だとばかり思っていた。

それきり、父は何もいわなかった。新聞がガサガサと鳴る音を聞きながら、モリケンは黙って朝食を食べ続けた。

それから小さな声で「ごちそうさま」といい、茶碗《ちゃわん》や皿を重ねて立ち上がる。

父はまだ新聞を読んでいる。

後ろに撫でつけられた髪の毛に、少し白髪が交じっていることに気づいた。


時間が遅かったためか、通学路では誰にも会わなかった。

モリケンは急いで自転車を飛ばし、中学へ向かった。自転車置き場から校舎に向かって走り、予鈴のチャイムを聞きながら、下駄箱で上履きに履き替えていると、表からハラバカが入ってくるのが見えた。

モリケンはハッと動きを止めた。

下駄箱の前の簀《す》の子《こ》の上で硬直し、冷や汗を掻いていた。

宝探し大会の朝、小林葵の仇討《かたきう》ちにつき合わされそうになって、踏切の遮断機が下りたのをいいことに逃げ出した。彼が怒っていないわけがなかった。それどころか、半殺しにされるかもしれない。

校舎に入ってきたハラバカは、モリケンの近くで靴を脱いだ。そして彼のところにやってきた。蒼白になって立ち尽くすモリケンの前で、いつものように無表情のまま、ハラバカはいった。

「お前……昨日、テレビのニュースに出ちょったろ。凄いのう。わしゃ、ぶったまげたいや」

狭い簀《す》の子《こ》の上ですれ違うようにして、ハラバカは教室のほうへと急ぎ足になった。

モリケンは狐《きつね》につままれたような顔で、肩越しにそれを見ていた。

今日は何だか変だ。

父親といい、ハラバカといい——いったいどうなっているのだろう。


二組の教室に鞄を置いて、廊下を急ぐ他の生徒たちとともに講堂に向かった。朝日が差し込む暑い講堂に五百名あまりの生徒たちが集まって、空気がむんむんとしていた。

明日から夏休みになるためか、多くの生徒たちの顔が明るい。

松浦陽子や立花智恵子ら女子たちが、アイドルや流行歌をネタにはしゃぎながらしゃべり合っていた。苛められていたあの頃のことがまるで嘘のようだ。急ぎ足に講堂に入ってきたモリケンをちらと見て、陽子が小さく手を挙げた。

モリケンはうなずき、列の自分の場所に向かった。

ノッポとミッキーと視線を交わした。ムラマサは夜更《よふ》かしでもしたのか、眠たげな顔をしていた。後列にいる榊原たちは不機嫌な顔でモリケンを睨んだが、すぐに視線を逸らした。

小林葵の姿は相変わらずなかった。

間もなく教師たちが入ってきて、終業式が始まった。

まず、校長の挨拶があり、次に県大会優勝など、優秀な成績を収めた卓球部《たっきゅうぶ》とバスケット部への表彰式《ひょうしょうしき》。そして教頭の、一学期を振り返っての話が延々と続いた。

最後に全校生徒による校歌斉唱《せいしょう》でしめくくりだ。

式が終了してからは、生徒たちがそれぞれの教室に戻り、大掃除のあとで学活となる。

二組の生徒ひとりひとりの名が呼ばれ、担任教師の菅川から通知表を渡される。一喜一憂の顔で席に戻る生徒たち。モリケンは成績優秀なほうではないが、思った以上に4や5がついた課目があって安心する。

「通知表の泣き笑いはともかく、お前らにとって今日は一年でいちばん幸せな日じゃのう」

教卓に手をついて菅川がいった。

――えー？

――幸せなのは明日からじゃないんですか。

生徒たちの声が上がった。菅川は笑いながらいった。

「明日になりゃあ、夏休みは一日一日と減っていくばかりじゃけえのう」

何だそういうことかと、生徒たちは安堵《あんど》の声を洩らす。

「それから森木」

ふいに名を呼ばれて、モリケンはびっくりした。

菅川はニヤッと笑った。「お前、昨日のテレビのニュースに出ちょったろうが」

「あ……は、はい」

狼狽えながら彼は返事をした。きっと顔が真っ赤になってる。

「どうやって、あんとな特別賞を獲《と》ったんか」

「いや……たまたま、ようけえこと見つけたんです」

しどろもどろのモリケンの様子に、クラスのみんながドッと笑う。とりわけ受けているのが隣の席にいる陽子だった。昨日のモリケンの壇上での様子を思い出したに違いない。

「ほいで、お前らはあのテントで、どっかでキャンプでもするんか？」

「み、未定です」

硬直したまま、モリケンがいった。

「とにかく無茶せんようにやれや。みんなも長い休みじゃけえ、しっかり遊べ。ほいじゃが遊んでばっかりじゃいけんけえ、たまには勉強もちゃんとやれ。わかったのう？」

生徒たちが「はーい」と声を合わせた。

12

下校時間になって、モリケンたちは下駄箱の前で靴に履き替え、校庭に出た。

「ハゲ川の奴、いったい何をいいだすかと思うた」

ゆっくりと歩きながらモリケンがいった。

「まあ、たしかに今日という日がぼくらにはいちばん幸せなのかもしれないね」

ミッキーは本当に嬉しそうだ。

東京からこっちに転校してきて、最初の夏休みがやってくる。モリケンたちともすっかり気の置けない仲間になって、きっと幸せを満喫《まんきつ》しているのだろう。

ところが、いくらも歩かないうちだった。

彼らは足を止めた。

校門のすぐ手前にハラバカが立っていた。

まるで大きな障害物がそこにあるみたいだ。いや、まるで仁王《におう》像が目の前に立ちはだかっているような気がした。おかげで、それまでの溌剌《はつらつ》とした気分が一転し、どんよりとした暗雲に包まれた気持ちになった。

「お前、どうしたんか」

おそるおそるモリケンが訊くと、ハラバカは学生帽のツバを少し上げ、無表情のままでいった。

「今日こそ坂本の家に行ってあいつをしばくけえ、つきあえ」

「いきなし何をゆうとるんか」

ノッポがあきれた顔で声をかける。しかしハラバカは耳を貸さない。

「先週、お前らの組の榊原に調べてもろうたんじゃ」

睨みつけるようにモリケンを見たまま、ゆっくりと背後を指差した。「あいつの家に行こう、すぐそこじゃ」

宝探し大会の朝、ハラバカに出会ったとき、そんなことをいっていたのをモリケンは思い出した。憎い相手の家を捜し出したはいいが、なぜかひとりでは復讐に行けないハラバカ。どんな理由か知らないが、どうしてもモリケンにつき合わせたいらしい。

ふいに踵を返すと、ハラバカは左手の学生鞄を肩に担《かつ》ぎながら歩き出した。

立ち尽くすモリケン。

ハラバカは足を止めて、一度、振り返った。

「早《はよ》う来んか」

また校門の外に歩き出す。

ついてきて当然といわんばかりの態度だ。

モリケンは吐息を洩らした。

仕方がなかった。ハラバカが怖くないといえば嘘になるが、一方で好奇心もある。彼が本当に〝仇討ち〟を決行するのだろうか。あるいは——ひとりじゃどうしてもできず、こうしてモリケンを巻き込もうとするぐらいだから、もしや本人に会ったら怒りがおさまるのではないか。

それを見届けようと思った。

モリケンはハラバカを追った。

ノッポとミッキー、それにムラマサまでついてきた。

全員が黙って、前をゆくハラバカの後ろ姿に従った。

一年でいちばん幸せな日だといった担任の菅川の声が、なぜか頭の中に何度もよみがえっている。幸せなんてとんでもない。これはとんだ番狂《ばんくる》わせではないか。

――森木くんらぁ、どこに向こうちょるん？

ふいに女子の声がしてモリケンは驚いた。立ち止まり、振り向いた。

少し離れた路上に、松浦陽子が自転車に跨がって停まっていた。まっすぐ彼らを見ている。

「何でもないいっちゃ。先に帰っちょれ」

モリケンはそういったが、陽子は自転車を降りるとそれを押しながらやってきた。

真顔である。彼らのただならぬ様子に気づいたらしい。

「ええけえ、帰れっちゃ」

モリケンがいったが、陽子はなおも近づいてきた。

「原島くん、なんかやるつもりなんかね？」

陽子の問いに何と答えようかと躊躇していたら、またハラバカが立ち止まって呼んだ。

――何をグズグズしちょるんか。早うついてこいっちゅうの。

また歩き出すハラバカのあとを、彼らは追った。

陽子も自転車を押しながらついてきた。口を引き結んだままだ。

ゆいいつ楽しそうなのがムラマサだった。

重い足取りのモリケンたちに比べ、なぜか軽やかにステップを刻みながら、ときおり口笛を吹いている。少々、音程《おんてい》が外れているが映画〈大脱走〉のマーチだった。

それに合わせて、ノッポが自分の口笛で加勢《かせい》した。

当然、彼のほうが見事な音色だ。たちまちムラマサが場を奪われてしまう。

道路を挟んだ向こうに中学の広いグラウンドがある。ふだんなら野球部やテニス部などが練習をやっている時間だが、今日は一学期最後の日で部活は休止だから、運動場は閑散として、夏の日差しがまぶしく照りつけるばかりだ。

ノッポが吹く〈大脱走〉のマーチをBGMに、その傍の道を全員が歩き続ける。

やがてグラウンドを回り込んでから、さらに西側の山のほうへ向かった。道がだんだんと狭くなってくる。アスファルトの舗装路だったが、中央が暗渠《あんきょ》になっていて、そこを踏むたびにコンクリの蓋がカタカタと音を立てて、いやな感じがした。

さらに山懐《やまふところ》に近づくと、大きな寺の山門が見えてきた。手前には墓地があって、いろんな形の墓石が不規則に並び、何だかちょっと不気味だった。

空を何匹かのトンボが行ったり来たりしながら飛んでいた。

墓地の向かい側は住宅地となって、古びた民家がずっと並んでいる。

沈黙を保ったまま歩き続けるみんなの中、ノッポが吹く口笛のメロディだけが高らかに聞こえている。曲はいつしか、〈夕陽のガンマン〉になっていた。

ふいにハラバカが立ち止まった。

狭い道沿いにいくつか並んだ家。そのひとつの前に、彼は立っていた。

とても古くてどっしりとした感じの民家だった。周囲は生け垣で囲われていて、二階建ての家屋の上に灰色の瓦《かわら》屋根が重たげにのしかかっている。

鉄の門が閉じた玄関があった。門柱の前に〈坂本〉と表札がかかっている。それを見て、モリケンはドキリとした。本当にあいつは本人の家を突き止めていたのだ。

ハラバカはひとり、モリケンたちから離れて立っていた。

その後ろ姿をモリケンは凝視した。

いっさい迷わずにここまで辿り着けたということは、あらかじめ足を運んでいたのかもしれない。

何度もここに来ては復讐を決行しようとして、あきらめ、戻ってきたのかもしれない。

一匹のシオカラトンボが飛んできて、ハラバカの学生帽に留まった。アクセサリーのように、そこにくっついているのに、本人はそのことにまったく気づかないようだった。

目の前にある家そのものを睨みつけているように思えた。

「あいつ、何しちょるんか。ただ、ぼうっと立っちょるっきりじゃ」

あきれた顔でノッポがいった。「チャイムでも鳴らしゃええのに」

しかしハラバカは、くだんの家の前に仁王立ちになったまま、まるで動かなかった。

緊張しているせいかと思ったが、そうでもなさそうだ。

突然の、クラクションの音に気づいて振り向くと、狭い道を後ろから白い軽トラックがやってくるところだった。

仕方なくモリケンたちは避《よ》けて道を空《あ》けた。陽子も自転車を抱えて路肩まで寄せた。軽トラが彼らの前を通過した。下ろされた車窓から灰色のキャップをかぶったしわくちゃ顔の老人が見えた。くわえ煙草《タバコ》のまま、訝《いぶか》しげな顔で彼らを睨みながら、ゆっくりと軽トラを走らせていく。

わだかまる排ガスに少しむせながら、モリケンは見た。

家の二階の窓に、顔が見えた。ベージュのカーテンを少し開けて、誰かがこちらを見下ろしている。そのカーテンがふいに乱暴に閉ざされた。

ハラバカはさっきと変わらぬ場所で同じように立っていた。

生け垣に囲まれた門の向こう、その家の玄関の扉がだしぬけに開いた。

白いシャツに学生ズボンの若者が中から出てきた。白いスニーカーを履いていた。モリケンたち中学生の男子みたいに短く刈り上げた坊主頭だが、ずいぶんと背丈がある。今し方、二階の窓からこっちを見下ろしていた当人に違いなかった。

家の前に立つハラバカを黙って凝視している。

あの小林葵の彼氏だというから、さぞかしハンサムな高校生だろうと、モリケンは想像していた。ところが、そこに立っているのは、ハンサムどころかブサイクをまんま絵に描いたような顔だった。奥まった目は小さく、顔全体が月面か、八朔《はっさく》の皮のように痘痕《あばた》でデコボコしていた。しかも唇がやたらと分厚《ぶあつ》い。

肩幅が広く、体がガッシリとしていた。柔道をやっているせいだろう。

両者は門扉越しに睨み合っている。

ふいにハラバカがゆっくりと歩き出した。

それまで学生帽にずっと留まっていたシオカラトンボが、驚いて飛び去った。

彼は門の手前まで行くと、そこでまた立ち止まった。モリケンは自分も呼びつけられるのではないかとハラハラしたが、それはなかった。

「俺に何か用か」

門扉の向こうにいる彼がそういった。

ハラバカは足を開いて立ったまま、こう訊いた。

「西岩国工二年の坂本淳一か」

相手が黙ってうなずく。

「こっちへ出てこい」と、ハラバカがいった。

憎い相手とはいえ、向こうは高校生である。なのに、まるで目下《めした》を叱るような口調だ。しかし独特の高いトーンの声なので、まるで迫力がない。

「お前、誰なんか」

坂本が訝しげな顔でいった。大人のような低い声だ。

「わしゃ、西中二年の原島っちゅう者じゃ」

「西中二年……」

「小林葵ちゃんと同じ学校の者じゃ。ちいと話がある」

坂本が眉根を寄せたのが見えた。「葵の、何なんか？」

「ただの友達っちゃ」

友達どころじゃない。ハラバカは彼女とは一度だって言葉を交わしたこともないはずだ。

しかしモリケンはそんなことを口にせず、あわてて呑み込んだ。

「おら。こっちぃ出てこんか。葵ちゃんのことで決着をつけたるけえの」

ハラバカにまたいわれ、さすがに坂本は躊躇していたが、のろのろとした仕種《しぐさ》で門扉を開いて外に出てきた。仏頂面《ぶっちょうづら》という言葉がいかにも似合う顔だ。

「ちいと近くまでつきあわんか」

「近くっちゅうて？」

「ええけえ、来いや」

そういってハラバカは、いつものように返事も聞かずに歩き出した。

坂本が少し遅れて続く。

モリケンたちは緊張したまま、怖々《こわごわ》とふたりの後ろからついていった。陽子も自転車を押しながら続いた。ノッポがまた何かを口笛で吹こうとしたので、モリケンはあわてて止めた。

ハラバカは来た道を戻りながら少し歩き、さっきの寺の山門前まで行った。

そこで墓地の中に足を踏み入れた。

坂本も黙って従った。

ふたりだけで墓地に入っていくのを、モリケンたちは道路から見ていた。

墓場の間を通り、少し行ったところで足を止めた。

ハラバカと坂本淳一が向かい合っていた。お互いの距離は四メートルぐらいだ。

いよいよ始まるのかとモリケンは思った。

ハラバカは喧嘩馴れしているが、何しろ相手は高校生で、しかも柔道部だという。それに見合うように体軀《たいく》も大きい。が、ハラバカも体の大きさは相手に負けないほどだった。

もしかすると坂本は、目の前にいるハラバカを中学生だと信じていないのかもしれない。

風が少し吹き、頭上をまた無数のトンボがかすめて飛んだ。

少し離れた墓石の上に、真っ黒なカラスが一羽、留まっていた。太い嘴《くちばし》を閉じ、黒曜石みたいな目をギラギラさせながら、墓地で睨み合う彼らを見ている。

ハラバカは腰の辺りで拳を握っていた。

対する坂本は、両手をだらんと垂らしたままだ。

「なんか知らんが、ええ感じじゃ。マカロニウエスタンみたいな雰囲気じゃのう」

ムラマサが可笑《おか》しげにそういった。

まさに一触即発。

もしや、あのカラスが翼を広げて飛び立ったとたん、果たし合いが始まるのではないか。

そう思うと、何だか心臓がドキドキしてきた。

「ね、森木くん。何とかふたりをやめさせられんの?」

モリケンの隣で陽子がいった。

「もうむりっちゃ」

そう答えるしかなかった。

長い沈黙だった。

緊張の時間が過ぎていく。

モリケンたちは、睨み合うハラバカと坂本を交互に見ていた。

日差しのせいか、やたらと汗が流れる。それを手の甲で拭った。喉がカラカラに渇いていたことに気づいた。けれどもどうしようもなかった。

カラスがひと声、啼《な》いた。

野太い声だった。

大きな黒い翼を左右に広げて、はでな羽音を立てて飛び去っていった。

思ったとおりだった。

それが合図となったように、ハラバカが坂本に向かって足を踏み出した。

「お」

隣でノッポが小さく声を洩らすのが聞こえた。

ついに火ぶたが切られた――モリケンは、そう思った。

ところが予想外の出来事が起こった。

突然、坂本が俯き、両手で顔を覆った。

そのまましばし硬直していた。

だしぬけに糸が切れた操《あやつ》り人形みたいに膝を落とし、地面に両手を突いた。

モリケンは驚いた。

坂本は体をわずかに震わせていた。

一歩、踏み出したハラバカ。それきり足を停めていた。腰の辺りで硬く握っていた拳が、
ゆっくりと解《ほど》かれた。

「お前……何のつもりなんか」

ハラバカが訊いた。拍子抜けしたためか、あんぐりと口を開けている。

坂本は泣いていた。

洟をすすりながら、掌でしきりに涙や鼻水を拭い、墓石の間に這《は》いつくばっていた。

「俺は……」

そういって、いきなりむせた。咳き込んでから、またいった。

「俺は、葵のことがホンマに好きなんじゃ」

ふいにギュッと肘《ひじ》を摑まれた。

モリケンは驚いて振り向いた。

松浦陽子だった。思いつめたような目で、坂本を凝視している。

「お前のう。なんぼ好きでも、葵ちゃんとオメコやってはらませて、それでええと思うちょるんか。あれから葵ちゃんはずっと学校を休んじょるんど」

ハラバカがそういった。意外に落ち着いた声だった。

「ぶち悪いことをしたちゅうて思うちょる」

坂本の声が震えた。「俺ぁ、いけんことをした。葵に迷惑をかけてしもうた。葵の家族にもっちゃ」

「お前……」

ハラバカが狼狽えていた。

明らかに、彼の顔からは憤怒が消え失せ、途惑った様子だった。

「ほんなら責任とれるんか、お前は」

ハラバカがそういった。

「責任なんかとれん」

「とれんなら、どうするんじゃ」

「来学期から高校をやめることにした」

坂本がそういった。「未成年じゃし、子供は堕《お》ろさんといけんけえ、えっとこと金がかかる。相手に慰謝料《いしゃ》も払わにゃならんけど、親父はぜんぶ俺の責任じゃっちゅうてのう。ほいじゃけえ、秋から大竹《おおたけ》にある親戚の自動車工場で働くことにした」

ハラバカはそんな彼を見つめていた。

まるで呼吸が苦しいといわんばかりに、息を吸ったり吐いたりしている。大柄な体が揺れている。

「葵ちゃんは何ちゅうとるんか?」

坂本は墓石の間に両手を突いたまま、俯いていた。

ふいに顔を上げて、また鼻水を手の甲で拭った。

「俺は葵のことが好きじゃ。葵も俺のことを好いちょってくれる。ホンマは子供を堕ろしとうないっちゅうてゆうてくれたんじゃ。じゃけえ、早う手に職つけて、葵を食わせていけるぐらいにならんといけん思うとる」

坂本は膝をついたまま、ハラバカを見ていった。

「お前が葵の何か知らんけど、殴って気がすむんじゃったら、ナンボでも殴れ」

ハラバカは黙って肩を上下させていた。

おもむろに相手から視線を逸らすと、惚けたような表情になった。

「もう殴りとうのうなった」

力の抜けた声で、そういった。

「ええけえ、遠慮せんと殴れ」

「殴らん」

怒鳴りざま、ふいにハラバカは踵を返した。

地面に膝をついている坂本に背を向けると、全身を硬直させたまま、まるでロボットのようにぎこちない動きで墓石の間を通り抜け、モリケンたちがいる道路に戻ってきた。

「ハラバカ……お前？」

モリケンが声をかけたが、聞こえていないようだった。

片手で自転車のハンドルを摑んだままの陽子。ノッポ、ミッキー、ムラマサたちのすぐ前を、猫背気味にうなだれながら歩き、そのまま遠ざかっていく。

足取りが怪しかった。まるで千鳥《ちどり》足の酔っ払いのようだった。

そんな彼の上を、シオカラトンボの群れが右に左に舞い飛んでいた。

坂本淳一はまだ墓石の間に膝を落とし、俯いていた。

一度、目をやってから、モリケンは視線を戻し、陽子を見た。それからノッポたちにいった。

「俺らもいぬるか」

「ほうじゃのう」

ノッポが眼鏡を押し上げてから、歩き出した。

ミッキーとムラマサが続く。
最後にモリケンと、自転車を押した陽子があとを追った。
狭い路地を歩きながら、一度だけ、モリケンは振り返った。
坂本淳一はまだ墓地に膝をつけてうなだれていた。
どこか遠くでカラスの声が聞こえた。

第三部

1

川風に対岸のクスノキの並木が揺れている。

その葉叢《はむら》の向こうに、大きな入道雲がむくむくとわき上がっていた。

遠くの米軍基地のほうから、ジェット機がエンジンを吹かすゴウッという重低音がときおり聞こえている。

錦川が門前川と名を変える場所に渡された井堰《いせき》の下流側に、コンクリートでできた消波《しょうは》ブロックが並べられている。そのひとつの上で胡座《あぐら》をかき、ノッポと向かい合わせになって、モリケンはコンクリの隙間《すきま》に釣り糸を垂らしていた。

ふたりとも小さなプラスチック製の仕掛巻《しかけま》きを右手に持ち、水面下の当たりを待っている。

もともとこの井堰は錦川の水を今津川に流《せ》すための流量調節が目的で作られたようだが、門前川の河口から登ってくる海水を堰き止めるという意味もあったらしい。だから、井堰の上流側は真水で、下流側はややしょっぱい潮水《しおみず》となっている。チヌと呼ばれる黒鯛《くろだい》や、大きなボラがここまで遡《さかのぼ》ってくることもあった。

潮の満ち引きの影響もあって、井堰の下は水位が変化する。満潮になればコンクリが完全に水没するが、今は干潮だった。そしてこの消波ブロックの隙間には、ハゼ科のゴリと呼ばれる魚が棲《す》んでいた。モリケンたちはそれを狙《ねら》っている。

子供たちの歓声が喧《かまびす》しい。

八月に入って、井堰には大勢の家族がやってきて、水着になって泳いでいる。

上流は水が冷たいので、もっぱら下流側で遊んでいる子供たちが多い。そのはしゃぐ声がよく聞こえていた。

モリケンたちも夏休みに突入して以来、ここですでに数回、泳いでいた。

錦帯橋の上流にある鳴子岩で遊ぶこともあったが、やはり自分の家から近いここによく来た。泳ぎ疲れると水から上がり、海水パンツのまま半裸でコンクリートの上に横になって甲羅《こうら》干《ぼ》しをした。だから、ノッポともども顔も手足も真っ黒に日焼けしている。

実のところ、井堰での遊泳は遠浅《とおあさ》になっている上流側と決められているのだが、モリケンたちは断然、〝下流派〟だった。水が多少しょっぱいし、かなり深いところもあるが、魚がいっぱいいたからだ。

「モリケン、知っちょるか」

ふいにいわれて、彼はノッポを見た。「何なんか」

「御庄川《みしょうがわ》ダムの上流側のたまったところにのう、ぶちでかいコイがえっとことおるらしいど」

「おお。噂《うわさ》は聞いたことがあるのう」

「夏が終わるまでにいっぺん行ってみんか」

「ええのう。頑丈《がんじょう》な仕掛けを持っていかんにゃあいけんのう」

捕らぬ狸《たぬき》ではないが、そんな大きな魚を釣り上げる想像にニヤニヤしているときだった。

「ほい来たど」

ノッポがいって人差し指にかけていたテグスを引き上げた。

ガン玉と呼ばれる小さな鉛《なまり》のオモリの下に、鉤《はり》にかかった十センチぐらいの魚がピチピチと尾ビレを振って暴れている。仕掛けから外し、半ばまで水を入れた虫かごにポチョンと放《ほう》り込む。

単調な小物釣りだ。でも、モリケンたちは飽きない。

ふたりともすでに十四以上は釣っていて、それぞれの傍らに置かれた虫かごの中に入れていた。ゴリは腹ビレが吸盤《きゅうばん》の役割をしていて、それで岩に張り付き、流れに逆らって棲《せい》息《そく》している。だから、虫かごの中でも透明プラスチックに張り付いてじっとしている。

ゴリ釣りのエサはゴリだ。

最初はタニシを石で割ったものを鉤につけて釣り、釣り上げたゴリの肉を石で砕いてエサにする。大人の目線で見ると残酷なようだが、子供たちはそんな行為が平気だ。小学校の頃《ころ》はアマガエルやバッタを爆竹で殺したり、セミをとっては公園の猿山のサルたちに手渡しで食べさせたりしていた。

次にモリケンの仕掛けにかかった。

浮きを使わず、魚の動きを見て合わせるのである。エサが白身だから視認しやすく、水中でゴリが接近し、飛びつくのがよく見える。くわえた瞬間、サッとテグスを上げると、プルプルという独特の震動が人差し指に伝わり、思わずニヤッとしてしまう。

「十二匹目じゃ」

そういってゴリを虫かごの水中に放った。

傍らのコンクリの上でつぶれている別のゴリから白身をとって、鉤先につけ、またブロックの隙間に沈めた。

「ダムのコイ釣りもええが、キャンプはいよいよ明後日《あさって》じゃのう」

向かい合って座るノッポがいった。「俺は準備万端じゃが、お前は？」

「食料や道具はオーケーなんじゃけど、あとは親の許可だけっちゃ」

「なんじゃ、モリケンとこはまだ許可をとっちょらんのか」

「今日にでもゆうてみるいや。何ちゅうても、親父《おやじ》がいちばんの関門じゃけえのう」

「ムラマサんところはどうなんかのう。あいつのお袋、なかなか退院できんけえ、息子がキャンプなんかで遊んじょられんじゃろう？」

「あいつんところはお袋さんも叔母さんも、キャンプの許可は取ったちゅうとったよ」

「ホンマにか。ほいじゃあ、問題なかろうのう」

じっとノッポがこっちを見ていることに気づいた。

「どうしたん？」

「なんかしらんが、さっきから冴《さ》えん顔しちょるけえ」

モリケンは少し悩んでから、ノッポの顔を見た。

「実は……松浦をキャンプに誘っちょるんよ。まだ、みんなにはゆうとらんし」

おそるおそるそう口にしてみた。そしてノッポの表情をうかがった。

モリケンを見返していたノッポがいきなり吹き出した。

「お前のう、知っちょらんのか」

「何をじゃ」

「とっくにみんな、わかっちょるっちゅうに。松浦が日程とか持ち物とかを俺とかミッキーに訊《き》いてきたけえ、俺はいっしょに行くんじゃと思うちょった」

モリケンがあんぐりと口を開けた。

「それ、ホンマか？」

「ホンマいや」

ノッポはきれいな口笛でファンファーレを吹いてから、こういった。

「ムラマサもええちゅうとるんか」

「いんや」ふと、ノッポが真顔になる。「まだ、ゆうちょらんが、きっと反対はせんじゃろうて」

胸のつかえが取れたような気がして、モリケンは安堵《あんど》した。

ノッポが眼鏡を押し上げ、肩を揺らして笑い始めた。

「お前、今まで自分からいえんかったんじゃろう？　ちいたあ、俺らのことを信用せえ。仲間じゃろうが」

「ほうじゃのう。仲間っちゃ」

そういってモリケンが、ギュッと唇を噛《か》んだ。

何だか嬉《うれ》しかった。本当に。

「ほんじゃが、女の子ひとりじゃけえ、何かあったら、俺らでしっかり守っちゃらんとのう」

「そうじゃのう。守っちゃらんと」

モリケンは恥ずかしくなって俯《うつむ》く。

「そういやぁ、昨日、ミッキーと電話をしちょって聞いたんじゃが、あの小林葵を見かけたそうじゃ」

「どこで？」

そういって顔を上げた。

「駅前の中通り商店街っちゃ。あの坂本淳一と仲良う手ぇつないで歩いちょったらしい」

「お腹《なか》は膨《ふく》れちょったか？」

「バカたれ。とっくに中絶《ちゅうぜつ》しちょるに決まっちょろうが」

そういってノッポが愉快そうに笑った。

笑っているうちに、それが別の記憶を呼び寄せ、エスカレートしてきた。

「いけん。ハラバカのことを思い出してしもうた」

「俺もいや。あんときは可笑《おか》しかったのう」

モリケンも腹を抱えて笑い始めた。

家の門を抜けて玄関脇《わき》に自転車を立てていると、庭のほうから薪《まき》割りの音が聞こえてきた。

モリケンが行ってみると、小さな温室の傍《そば》で父の孝一郎が斧《おの》をふるっていた。よれよれの灰色のクルーハットをかぶり、ランニングシャツから剝《む》き出した腕に汗をかいている。傍らには割られた薪が山積みになっていた。

「健坊。どうしたんか」

傍に立っている息子に気づいて、父がいった。額の汗を拳《こぶし》で拭《ぬぐ》っている。

モリケンは少し躊躇《ちゅうちょ》したが、思い切って口にしてみた。

「実は……明後日から二日ほど、友達と上関でキャンプする予定なんじゃけど」

父はじっと息子を見た。

しばし沈黙。モリケンは緊張していた。

ふいに息子から視線を外し、父はまた斧を振り上げて玉切り《たまぎ》の上に振り下ろした。

ガツッという音とともに刃先が刺さる。しかし割れない。長靴の靴底を玉切りに当て、斧をこねて外し、また振り下ろす。今度は見事にふたつに割れた。

二分の一になった片方を立てて、無造作に斧をふるった。

タンという音とともに、薪が左右に飛んだ。

不安になって声をかけようとしたとき、父が振り向いた。

「母さんは何ちゅうちょる」

なぜか目を合わさずに、そう訊いてきた。

「まあ、ええっちゅうて……」

「ほんじゃあ、行ってこい」

「え」

硬直したまま、モリケンが声を洩《も》らした。

斧を左手に持ち替え、残りの片側を薪台に立てて父は斧を振りかざした。

また、タンという音がした。細割りになった薪が飛んだ。

「上関っちゃあ、だいぶ遠かろう。気ぃつけて行ってこい」

地面に落ちた四つを拾い、薪の山に放ってから、こういった。「楽しんでくりゃあええ」

モリケンは自分の耳を疑った。

てっきり叱《しか》られるとばかり思っていたのだ。

父の頭髪に白髪をいくつか見つけたことを、モリケンはふと思い出した。

そういえばランニングシャツから剝き出した両手が、少し細くなっているような気がした。昔はもっと筋肉質だったはずだ。

去年の夏休み、家族で岩国の沖合にある阿多田島に行った。親子で釣りをしたり、泳いだりした。父は若い頃に海軍にいたためか、水泳が上手だった。見事なクロールを見せてくれたものだ。

あれからたった一年しか経《た》っていない。

なのに、父は衰《おとろ》えていた。

「薪割り、やるか」

ふいにいわれ、モリケンはうなずいた。

り上げた。

手垢《てあかえ》で柄が黒ずんだ斧を受け取った。台の上にヒノキの玉切りを立てて、両手で斧を振

「柄に当てんようにせえよ」

「わかっちょる」

昔、斧の付け根を薪にぶつけて柄を折ってしまったことがあった。

思い切り、振り下ろした。ガツッと音がして玉切りに先が刺さる。ズックの底を当てて踏ん張り、斧をこねて抜き、また打ち下ろす。二度、三度とやるうちに、ようやく割れた。

ふたつ割りをさらに四つ割りにする。

いつの間にか、額から頬《ほお》にかけて汗だくになっていた。それを手の甲で拭った。

振り向くと、父親が腕組みをして見ている。

「上手《うも》うなったのう」

誉められたのが素直に嬉しかった。

「そこにある玉切りを、夕方までにぜんぶ割っちょっといてくれるか」

「ええけど、親父は？」

「四時から病院の予約があるけえのう」

モリケンは驚いた。「どっか悪いん？」

「定期健診じゃ」

そういうと、長靴を鳴らしながら歩いていく。

モリケンは片手に斧を持ったまま、裏口に向かっていく父の後ろ姿を見ていた。

湯船の中でウトウトしていた。

夕方に薪割りをやった疲れがあって、ぬるま湯に浸《つ》かっているうちに眠気が襲ってきたのだ。

コックリコックリとうなだれては顔を上げ、両手で湯をすくって顔にかけた。

明後日からのキャンプのことを考えた。

わくわくしていたが、まだ現実感がなかった。愛読書である〈冒険手帳〉でキャンプのやり方は知っていたが、何しろすべてがまったくの未経験だった。

それでも松浦陽子の前で、かっこいいところを見せたい。

だから、この何日かは、テントの立て方をマスターするためにまた本を読み、頭の中でくり返した。〈宝探し大会〉の特別賞でもらったテントは、彼らの秘密基地に隠してあるが、あのバスの前で何度か設営したりして、やり方はすっかり身についたはずだった。

あとは食料の調達と料理だ。

米はそれぞれが二日分を持っていき、飯盒炊《はんごうすい》さんをする。おかずのメインはレトルトカレーやクリームシチュー、それと缶詰《かんづめ》。当然、釣り道具は持っていくので、魚が釣れたら焚火《たきび》で焼いたり、煮魚《にざかな》にする。

そんなことを考えているうちに空腹感が増してきた。

お腹がキュルルッと音を立てた。

——健坊。ぬるぅないかね。

風呂場《ふろば》の外から母の光恵の声が聞こえた。

「ちいとぬるいかのう」

――ほんなら、また焚いちゃげるけえね。

竈《かまど》の蓋《ふた》を開ける音が、外から聞こえた。

モリケンは風呂釜《ふろがま》にもたれていたが、背中を離して湯船に沈めた底板の上で体育座りの姿勢になる。五右衛門風呂は火を熾《おこ》すと風呂釜が熱くなるからだ。

――明後日の朝は何時に出かけるんかね。

また、外から母の声がした。

「六時に愛宕橋のところに集合っちゃ」

――ほんなら、いつもよりだいぶ早う起きんといけんね。

「ひとりで起きれるけえ」

――松浦さんとこの陽子ちゃんもいっしょじゃっちゅうとったけど、あんたらだけで大丈夫なんね。

「ええっちゃ。心配せんでも」

竈の中で火が燃えさかってきたらしく、風呂釜の湯が少しずつ熱くなってきた。モリケンは水泳のときみたいに、掌《てのひら》で湯をゆっくりとかき回した。そうしているうちに、ふと父のことが思い出された。

「親父……いま、病院じゃっちゅうとったが?」

――できりゃあ毎週、来るようにっちゅうて、安田《やすだ》先生にいわれちょるけえね。

安田先生というのは町医者で父の主治医である。

「どこが悪いんね」

――お父さん、昔から心臓がちいと悪いんよ。若い頃、海軍で水兵やっちょったとき、カッターを漕《こ》いどって、だいぶむりをしたっちゅうてゆうとったけえ。

「なんか病気なんね」

――とくに病気っちゅうことはないけど、心臓肥大《ひだい》じゃって安田先生はゆうちょられたねえ。ふつうの人よりだいぶ大きゅうなっちょるって。じゃけど、すぐに何かの病気になるっちゅう話じゃないちゅうことじゃったよ。

「ふうん」

モリケンはそういって、また父の姿を思い出した。

痩せた腕。白髪の目立つ髪。

それにあれだけ居丈高《いたけだか》で怖かった父が、最近はとんと角《かど》が取れて穏やかになった気がする。のみならず、どこか精気《せいき》を欠いているような印象まである。それはたんに歳《とし》をとったということなのだろうか。まだ五十代なのに。

――お父さん、あと二年で五十五になって今の会社を定年になるけえ、次の仕事を探さんといけんちゅうとったねえ。

「定年になったら、うちで隠居《いんきょ》でもするんかと思うとったけど」

――バカいいなさんな。健坊が大学を卒業するまでは、お父さんには何とか働いてもらわんといけんけえね。

そうかと、モリケンは思った。

二年後といえば高校一年だ。それから大学に入るとして、卒業までずいぶんと金がかかるんだろうと思った。

——あんたがもうちいと早うに生まれちょったらえかったんじゃけどねえ。

「俺は本当は三番目の子じゃったんじゃろ?」

——ほういね。上はふたりとも死産《しざん》じゃったけえ、あんたはひとりっ子になってしもうた。

モリケンは父が四十歳、母が三十七歳のときの子だから、ふつうの家庭に比べてやや遅生まれだ。授業参観のときは、学校に来る他の親たちがやけに若く見えたものだ。それでも父や母が歳をとって衰えたという印象はいままでなかった。

——あんただけは、ちゃんと生まれて健康に育ってほしいちゅうて思うて、ほいじゃけえ、〝健一〟ちゅう名前をつけたんよ。

名の由来は、何度か聞かされたことがあった。

「親父は最近、どっか丸うなっちょらん?」

すると外からクスクスと笑い声がした。

——丸うなったっちゅうて性格の話かいね。

「うん。近頃はあんましカリカリ怒らんようになった気がしちょる」

——ほりゃあ、いつまでも若い頃みたいにカリカリしちょったらダメじゃけえ、歳相応《そうおう》でちょうどええんじゃないかね。昔ゃあ、お父さんも海軍じゃったし、怖い人じゃったけえね。お母さんも体に痣《あざ》ができるぐらい殴られたこともあったし、何回、里に帰ろうと思うたかわからんよ。

モリケンも憶《おぼ》えていた。小さな頃、父が母を殴るところを見た記憶がある。目の前で、母の上に馬乗《うまの》りになって平手で頬を叩《たた》いていたこともあった。モリケンはショックを受けたが、黙っていられず、「代わりに俺を殴れ！」と父親に向かって叫んでいた。

まさか息子の口からそんな言葉が出るとは思わなかったのだろう。それきり父は立ち上がり、なぜか寂しげな背中を見せて自室に入っていった。

父からの暴力を受けると、母は泣きながら雪駄《せった》を突っかけ、裏口から家を飛び出していった。そのたびにもう帰ってこないのかとモリケンは心配になったが、いつも一時間と経たないうちに家に戻っていた。台所に物音がして行ってみると、洟《はな》をすすりながら洗い物をしている母の寂しげな後ろ姿があった。

その光景をモリケンは忘れることができない。

風呂の小さな窓を見上げた。

いつしか外にいるはずの母の気配をさぐろうとしていた。

「お袋は、なして親父と結婚したん？」

しばらくして、母の声がした。

――あの頃はほとんどが見合《みあ》いじゃったけえね。相手の写真だけ見せられて、あとは親同士が勝手に決めたみたいなもんじゃったんよ。

「お袋はそれでよかったんか」

――そういうもんじゃと思うちょったし。周りもみんなそうじゃったけえねえ。

「好きな人はおらんかったん？」

しばし沈黙があった。

――ほりゃあ、おったいね。

モリケンは驚いた。

「そうなん？」

――じゃけど、今と違《ちご》うてね。そんとなこと、恥ずかしゅうて口にも出せんかったんよ。

そうなのかと、風呂に顔まで浸かりながら思った。

街を歩けば、ごくふつうにカップルで歩く若い男女を見かける。

モリケンもそういうものにあこがれたりする。

けれども、思春期が始まったばかりの中学二年生にとって、まだ恋愛はピンと来ない。どこか現実感がなかった。

二組のクラスでおおっぴらにつき合っているカップルは、自分で知るかぎりいない。公然と恋愛関係になっている男子と女子の話なんて聞いたことがない。

自分だってあの陽子に対し、はっきりと告白をしたわけではない。ただ自然の流れのまとというか、なし崩し的にお互いが意識し合っているだけだ。

けれどもいつかは大人の付き合いになるのだろうか。

あの、小林葵のように。

ふいに頭の中がクラッと来た。

いつの間にか風呂釜の湯が耐えられないほど熱くなっていた。のぼせかかっていたらしい。

モリケンは湯の中から立ち上がった。

「お袋。もう、上がるど。今夜のご飯は何?」

――またカレーライス。

「やった!」

――お風呂から出たら、お父さんが戻るまで勉強しちょりんさい。

「はーい」

外に声をかけ、ドアを開いて棚のバスタオルをとって体を拭《ふ》き始めた。

2

夏が深まるにつれ、セミの声がいっそう喧しくなっていた。

ニイニイゼミよりもアブラゼミの「ジー」という声がよく聞こえ、まれに「シャンシャン」とうるさいクマゼミの声も混じるようになっていた。モリケンたちの秘密基地がある森のあちこちでセミの大合唱が続いている。

朽ちたバスの前に青と水色の大きなテントが立てられていた。

モリケンが〈宝探し大会〉の特別賞でもらったダンロップの大型テントだ。明日からのキャンプの本番に備えて、彼は今日もテントの設営をしてみた。ポールを立て、いくつかのコードを引っ張って地面に斜めに差したペグに引っかけた。それぞれを強く、ピンと張ってテントを頑丈に固定する。

最初の頃は全体の形が歪《ゆが》んでいたり、ペグが抜けて倒れたこともある。けれども今は馴れて、てきぱきとテントの設営ができるようになった。

バスの前にはモリケンがひとり。

午前十時に集合という打ち合わせだったが、彼はその三十分前に来ていた。

おっつけ仲間たちがやってくるだろう。

明日からのキャンプ計画の最終打ち合わせのためである。

出入口のジッパーを開けて、モリケンはナップサックを持ってテントの中にもぐり込んだ。

五人用だから内部はかなり広い。その真ん中に仰向けになって寝転んでみた。

薄い生地を透《す》かして、地面のデコボコと草の感触が背中に伝わってくる。それが心地よかった。

窓のようなものはないが、テントの前と後ろ側にメッシュになった三角の空気孔があって、そこから少し風が入ってくる。それがなければ中は蒸《む》し蒸しして、五分といられないだろう。

ナップサックから小型ラジオと折りたたんだ銀マットを取り出した。ラジオをつけ、AM波のバンドに切り替え、RCC（中国放送）の周波数に合わせる。

男のアナウンサーの声が流れていた。韓国の政治家、金大中《きんだいちゅう》が東京都内のホテルから何者かに拉致《らち》されたというニュース。

テントの中にマットを敷きながら、寝袋を横たえる。ジッパーを開いて寝袋に入ってみたが、やっぱり真夏のせいで暑かった。すぐに寝袋から抜け出し、銀マットの上に直に仰向けになった。

風の音。セミの声。

明日の夜は、みんないっしょにこのテントで寝るのだ。そう思うと、またわくわくしてきた。

ラジオはニュースから天気予報に変わっていた。

山口県東部の明日の天気は晴れ。明後日も快晴だそうだ。やがて音楽番組になった。青い三角定規《さんかくじょうぎ》の〈太陽がくれた季節〉が流れ出す。人気の青春ドラマの主題歌で、去年、大ヒットした。モリケンも毎週のように観《み》ていた番組だった。

歌を聴きながら、傍らに置いたナップサックから、文庫本を引っ張り出す。

陽子に借りていた〈銀河鉄道の夜〉はとっくに読み終えたので、彼女に返していた。次に図書館から〈セロ弾《ひ》きのゴーシュ〉を借りて読み終え、今は叔父の和也の家から借りてきた〈グスコーブドリの伝記〉を読んでいるところだった。

正直いって難解なところがあったが、それでも宮沢賢治の作品は面白かった。内外のSF小説ばかり読んでいたモリケンにとって、それは新鮮な体験だった。これをきっかけに、いろんな文学に触れてみるのもいいなと思った。何よりもそのことで陽子と共通の話題ができるのだから。

仰向けの姿勢で文庫本を開いたため、栞《しおり》代わりにしていた小さなカラー写真がはらりと顔に落ちてきた。それを拾って見つめる。

陽子の家、〈松浦商店〉の前で撮ったふたりの写真。

モリケンは自転車に跨《また》がり、荷台に陽子が横座りをしている。撮影してくれたのはノッポだった。同じ写真がバスの後部座席の上、コルクボードにも留められているが、モリケンは焼き増ししてもらったこの一枚をお守りのように持ち歩いていた。

もう何度となく見ているのに、またじっと見入っている。

ジーパンに黒のTシャツ姿のモリケンは、明らかに照れて情けない顔をしている。一方、陽子は水色のブラウスにオレンジの肩紐《かたひも》スカート。白い歯を見せ、屈託《くったく》のない笑顔だ。しかも細い彼女の両手はモリケンの腰に回されている。

見ていると、胸の奥から幸せがこみ上げてくる。

ひとりでニヤニヤ、いやニコニコと笑っている。

——おうい、モリケン。そん中におるんか？

外からノッポの声がして、我に返った。

あわてて写真を文庫本に挟み、ページを閉じて起き上がる。

ラジオのスイッチを切ってテントから這《は》い出すと、ちょうどノッポが自転車を立てているところだった。ミッキーがその隣に到着していて、さらに——。

驚いた。

松浦陽子が赤い自転車に乗って、そこにいた。

麦わら帽子をかぶり、ベージュのワンピースを着ている。

「あ……」

声を失っていると、ミッキーが笑っていった。

「ここに来るとき、ちょうど市民球場の近くで会ったんだよ。だからここに来てもらった」

「そうっちゃ」ノッポが当然のようにこういう。「明日から俺らといっしょに行くんじゃけ、松浦ももう仲間っちゃ。モリケンもええじゃろ？」

「あ。うん」

しどろもどろに返事をした。

陽子は自転車のスタンドを立てると、バスを見て驚いた顔をした。

「ふたりで先にどんどん森ん中に入っていくけえ、どんとなところに連れていかれるかちゅうて思うちょったら、もう、びっくりしたわあ」

麦わら帽子を脱いで、自転車のハンドルにひっかけた。

ゆっくりと歩き、バスの正面に立ち止まった。「ここって何なん？」

「俺らの秘密基地っちゃ」

ノッポが説明しても、まだポカンとしている。

「つまり、ぼくらのアジトってこと」

ミッキーがいったので、陽子はようやく納得したような顔になった。「へー、そうなん」

「ムラマサは?」

モリケンが訊くと、ノッポが振り向く。

「今日も国病のお袋さんのところにおるっちゃ。なかなか火傷《やけど》が治らんけえ、まだ退院はむりらしいのう。いちおう今日はここに顔を出すっちゅうとったが」

「そうかあ」

「ところで〈ジェットマン〉の続きを描《か》いてきたど。読むか?」

「おう」

返事をしたモリケンにノッポが大学ノートを渡す。

「お前のほうは、まだ脱稿《だっこう》せんのかのう」

「小説の執筆《しっぴつ》は苦行《くぎょう》じゃけえ」

モリケンは草叢に座り込み、ノートをパラパラとめくりながら苦笑い。

「あのオートバイみたいなの、何?」

陽子がバスの傍にあるホンダのバイクを指差した。

「俺らが愛宕橋の下から拾ってきたガラクタっちゃ。少しずつ直しちょるんじゃが、なかなか完成せんでのう」

ノッポが説明した。

「あんたらはまだバイクに乗れん年齢じゃろう?」

陽子の疑問は当然である。

「ほいじゃけえ、誰《だれ》にも秘密っちゃ」

モリケンが笑った。

バイクはともかくとして、これで無謀な冒険をしようとしているムラマサのことは、さすがに口に出せなかった。

無謀といえば、いつだったか、ムラマサはあやうくここで火災を起こしかけたことがある。

ポリタンクのガソリンをバイクに補給していて、どれだけ入ったかと燃料タンクの中をライターの火の明かりで確かめようとしたのだ。あわててモリケンとノッポが飛びついて防いだが、下手をすると爆発して全員が火だるまになるところだった。

そんなことを思い出すたび、ムラマサの無軌道ぶりにハラハラしてしまう。

「松浦に俺らの秘密基地を案内しちゃろうや」

ノッポに促され、モリケンはノッポのマンガを手にしたまま、立ち上がった。

「ところで、松浦さんもせっかく仲間に加わったんだからさ」

「うん？」

モリケンとノッポが、ミッキーの顔を見た。

「ひとりだけ本名で呼ぶのも何だか妙だしね」

「え？」

陽子が目をしばたたいた。「そういやぁ、みんなは渾名《あだな》で呼び合《お》うちょるねえ」

「まあ。渾名っちゅうよりも、暗号名みたいなもんっちゃ」と、ノッポ。

とたんに陽子が破顔した。

「なんかそれ、ぶちええねえ。スパイ映画みたいで」

「つまりそういうことだから、何か考えようよ」

ミッキーがいったが、さすがにすぐには思いつかない。モリケンは坊主頭をポリポリと掻いた。

「オサゲっちゅうのはどうかのう」

突如、ノッポがそういった。

「え?」

陽子が自分を指差し、次の瞬間、真っ赤になった。

「ぼくは賛成。トレードマークみたいな髪型だし、何だか可愛《かわい》い名前じゃない」

ミッキーのそんな太鼓判《たいこばん》に、陽子は俯く顔を赤らめたまま、もじもじした様子でそのお下げ髪をしきりにいじっている。

「松浦。ええんか、そんとな呼び名で」

モリケンが訊くと、陽子はコクリとうなずく。

まだ頬が赤く染まっている。

「おっしゃ。オサゲが仲間入りしたところで、さっそく俺らの基地を案内するっちゃ」

ノッポがいって、バスのドアを開いた。

「モリケン、ガイドをよろしくっ!」

「え。俺がか?」

思わず自分を指差すと、ノッポがニヤッと笑う。

「バカたれが、エスコートするのはお前しかおらんじゃろう?」

モリケンは赤くなった自分を意識して、わざとらしく咳払《せきばら》い。

「ほんなら入るど」

そういってバスのステップを踏んで車内に入った。

最初、おっかなびっくりな様子でバスに入った陽子――オサゲは、すぐに好奇心の塊みたいにそこらじゅうを歩き回り、いろんなものを見て回った。モリケンたちが持ち込んでいたボードゲームやマンガ本などを見つけては、大げさに感嘆の声を上げている。

彼女が何かを発見するたび、モリケンはヒヤヒヤする。例のエロ本はすべて売りさばいていたが、他に女の子に見られてまずいものがないかと、あれこれと考えてしまう。

さいわい彼女の興味がバスのいちばん奥に飾ったコルクボードの複数の写真に向いたため、とりあえずホッとする。

学校や外の遊び場、それぞれの家の部屋など、あちこちで撮影したカラーや白黒の写真を、彼女は目を輝かせて、一枚また一枚とじっと見入っている。

「あんたら、ホンマになんかええ感じじゃねえ」

「おお、最高いや。それにお前も、今日から仲間入りっちゃ」

そういって、後ろにいるモリケンが笑う。

彼女の後ろ姿を見ているうちに、ふと腰の辺りに下げられた白い手に目が行った。周囲に他人の目がないのを確かめてから、オサゲの手首を握ろうと、そっと手を伸ばす。

あと、一センチというところだった。

「これ、誰か弾《ひ》けるんね？」

モリケンはあわてて手を引っ込めた。

向き直ったオサゲが、座席に置いてあったギターを指差した。

「こ、これのう。ミッキーが持ち込んだんよ」

狼狽《うろた》えて答える。

「へえ、ホンマに弾けるの？」

「弾けるも何も、あいつ、ぶち上手っちゃ」

「聴きたいねえ」

夢見るような表情でオサゲがいう。

仕方なくモリケンは窓越しに彼を呼んだ。

「ミッキー。ちいとこっちに来て、ギターを弾いてみせちゃれ」

車内に入ってくるなり、彼はふたりのいる最後尾にやってきた。

オサゲからギターを受け取り、座席に座った。

長く伸びた前髪をかき上げると、彼はペグを回して音の調節をしながらいった。

「松浦さん……オサゲは、どんな歌が好きなの？」

向かい合って座る彼女が、少し顔を赤らめて自分の髪をいじっている。

「うん。えっとね。サイモンとガーファンクルの〈明日に架《か》ける橋〉とか……カーペンターズの〈イエスタデイ・ワンス・モア〉とか……」

「それって、いい趣味だね」

そういいながら、ミッキーが膝《ひざ》に載せたギターでそれらしい旋律を奏でている。向かいの座席に座ったオサゲが、小首を傾《かし》げてうっとりした表情で、その音色に聴き惚《ほ》れている。モリケンは気が気ではなかった。東京からの転校生。髪の毛の長い美少年を前に、もしや彼女は心が移ったのではないか。

「嘘《うそ》っちゃ」

ショックに打ちひしがれて、モリケンが小声でつぶやく。「俺には西城秀樹っちゅうとったのに」

3

朝霧が立ちこめる錦川に古い愛宕橋と、それに隣り合う新愛宕橋の高架が霞《かす》んで見えている。

モリケンは信号の手前に自転車を立てて、ひとり大きな欠伸《あくび》をしてから目を擦《こす》った。家を出たのが午前五時半だから、六時の集合時間にはちょっと早いはずだ。だから、そこにいるのはモリケンただひとりだった。

ゴウッと音を立てながら、大型トラックが橋を渡って向こう岸に向かっていく。

愛宕橋にはいろんな思い出があった。

幼稚園や小学校、そして今の中学校に行くときは、必ずこの橋を渡った。夏は川風を受け、冬は寒風に吹かれてここを歩いた。欄干に体を預け、身を乗り出しながら、眼下を流れる錦川の水面を、飽きずにいつまでも見ていたこともある。

小学校低学年のとき、モリケンは病弱でしょっちゅう風邪《かぜ》を引いて熱を出していた。そんなときは、父親のスーパーカブの後ろに乗せられ、川向こうにある安田医院まで連れて行かれた。

その頃はまだ新愛宕橋がなくて、古い橋をカブで走った。父はいつもせっかちにスピードを出すので、傍らを流れて行く欄干に反響するエンジン音が、シュンシュンと断続的な音を立てていた。

父親といえば、この愛宕橋の袂《たもと》には昔、モリケンが住む牛野谷地区の大きな絵地図の看板があって、市民球場の近くに〈森木バラ園〉と書かれ、拙《つたな》い花のイラストが描かれていた。モリケンの父は気性の激しい人だが、一方でバラなどの花を愛する穏やかな一面もあった。けっしてただ乱暴で自己中心的な人間ではなかった。

今はそこをつぶして畑と借家にしているが、当時はかなり大きなバラ園だったのを憶えている。

無数の花に埋もれるように、父と母、そしてまだ幼い頃のモリケンが立っている写真がアルバムに貼《は》られていた。みんな幸せそうな笑顔だった。

そんなことを考えていると、坂の下から赤い自転車に乗ったオサゲがやってくる姿が見えた。

モリケンは思わず微笑《ほほえ》んだ。

立ち乗りをしながら坂道を自転車で登りつつ、モリケンの姿を見つけると元気よく右手を挙げて振ってきた。モリケンもそれに応えた。オサゲの天真爛漫な笑顔がとても眩しく見える。

長い時間をかけて坂道を自転車で登ってくると、オサゲは片足をついて、また笑った。

「おはよう」

「おはよう」

「森木くん、いちばんじゃね」

「うん」

みんな渾名で呼び合う仲になっても、やっぱりオサゲは森木くんと呼ぶ。

それでもよかった。彼女から名を呼ばれるのは嬉しい。

白に青のチェック柄の半袖《はんそで》シャツにジーンズのホットパンツ。白の真新しいスニーカーを履いている。昨日もかぶっていた大きな麦わら帽子は、紐で背中に垂らしていた。

「せっかくオサゲっちゅう名前になったのに、髪型を変えたんか?」

すると彼女は少し頬を赤く染め、短く切った髪をつまんだ。額の上に赤いカチューシャを巻いている。

「ごめんね。昨日、あれから床屋に行ったんよ」

「ほいでも、ええっちゃ。その髪型、よう似合うとる」

「ホンマに?」

「おお。ホンマいや」

オサゲはまた笑った。口の横に小さな笑窪《えくぼ》ができた。

彼女の自転車はＦＵＪＩ製の女性用。後ろの荷台には大きな赤色のリュックが括《くく》りつけてあった。モリケンの丸石の自転車にも、荷台に大きなリュック、さらに左右に振り分けるかたちでキャンバス地のバッグが固定されている。

最初はリュックを背負って自転車を漕《こ》いでいこうと思ったのだが、今朝、そのスタイルで乗ってみて、思ったよりも疲れてたいへんなことに気づいた。だから荷物は背負わず、自転車に積むことにした。

「どようし荷物が多いねえ」

オサゲにいわれて苦笑いした。

「何を持っていくか、夜中まであれこれやっちょってのう。すっかり寝不足っちゃ」

昨夜は持ち物のことでいろいろと悩んでいた。

いちばん重たいものは、モリケンが担当する五人用テントだった。他に水や食料は当然として、釣り具に水着、それに本やゲームなどの遊び道具もいるのではないか。しかも何かあったときのために薬とかも。そんなことを考えながら、いろいろなものをリュックに詰め込んでいると、あっという間に重さが二十キロを超してしまってびっくりした。

それで仕方なく荷物を少しずつ減らしていくうちに、夜遅くになってしまい、結果として睡眠不足のまま朝を迎えたのだった。

大きな欠伸をするモリケンを見て、オサゲが肩をすくめて笑った。

「実はうちも、興奮してなかなか眠れんかったんよ」

「オサゲもか？」

「キャンプなんて初めてじゃもん」

「俺もっちゃ」

ふたりで笑い合ったとき、遠くから「おーい」と声がした。

見れば市民球場のほうからノッポとミッキーが自転車で走ってくる。モリケンたちは大きく手を振った。やがて彼らはモリケンたちのところに到着した。

どちらもベルボトムのジーパンにTシャツ。野球帽をかぶっていた。モリケンもほぼ同じ恰好《かっこう》だ。

ところが、ふたりとも山に担いでいくような大きなリュックを背負ったままだった。おかげで満面汗だくで、ハアハアといっている。

「ふたりとももうバテちょるが、大丈夫かあ？」

モリケンが訊くと、ノッポたちが困った顔で笑う。

「これでも荷物を選んだつもりなんじゃがのう」

「ぼくだってずいぶん減らしたんだよ」

ハンカチやタオルで額の汗を拭きながらふたりがいう。

「荷物を背負うけえ、バテるんよ。俺らみたいに自転車に括りつけたらええんじゃ」

「そうかあ」

ノッポがリュックを下ろし、自転車の荷台にゴムバンドで縛り始めた。ミッキーもそれに倣《なら》う。

「ところでオサゲって髪型を変えたんか」

初めて気づいたように、ノッポがいった。「なんか……ぶち可愛いのう」

「本当だ。素敵だね。とっても似合ってる」

ふたりに誉められてオサゲがまた赤くなった。

いつもの癖でお下げ髪をいじろうとして、それがないのに気づいたらしく、さらに真っ赤になってしまう。少し焼き餅《もち》を焼いたモリケンだが、さすがに何もいえず、ちょっと口を尖《とが》らせただけだ。

「ところでムラマサはまだなんか？」

ノッポがいうのでモリケンは振り向いた。

川西の叔母の家からなら、きっと川を渡らずにノッポたちと同じ市民球場のほうからやってくるに違いない。しばらく彼らは待ったが、それらしい姿は見えなかった。

「今、何時なん？」

モリケンにいわれてミッキーが腕時計を見た。

「六時を、十五分過ぎてる」

「あいつ、遅刻魔じゃけえのう」

ノッポがそうつぶやく。

たしかに昔からそうだったが、別の不安もある。入院中の彼の母親に何かあったのではないか。

近くに公衆電話でもあればいいのだが、あいにくと周囲にはなかった。

「どうするん？」

オサゲにいわれてモリケンは考えた。

「あんまし長いこと待って、出発が遅うなっちゃあいけんけえのう。あと十分ほど待とうや」

あれこれとみんなでしゃべっているうちに、その十分があっという間に過ぎてしまった。

さらに少し待ったが、ムラマサは現れない。

モリケンは弱った顔で市民球場のほうを見て、反対側の愛宕橋を振り返った。

やはりそれらしい人影はない。

「ミッキー、時間は？」

「もうじき六時半だよ」

出発の予定よりも三十分が経過していた。

ふうっとモリケンは吐息をつく。「仕方ないのう。出発するっちゃ」

「大丈夫。きっとあとから追いかけてくるよ」

ミッキーが笑いながらいった。「場所はちゃんとわかってるんだから」

「あいつの母親が入院しちょる藤生を通るけえ、途中で寄ってみてもええっちゃ」

ノッポがいったので、モリケンはなるほどと思った。

「ほれじゃあ、行こうか」

モリケンの合図で全員が自転車を跨いだ。

国道一八八号線の路肩を、四台の自転車が縦並びになって走る。

南岩国《みなみいわくに》の市街地を出ると、じきに左手に海が見えるようになった。瀬戸内の美しい海原がどこまでも広がり、遠くに青く霞みながら島影がいくつか浮いている。空は雲ひとつなく青一色だ。

ペダルを漕ぐモリケンたちは快調に飛ばす。

先頭がモリケン、その後ろにオサゲ。ノッポとミッキーが続く。

全員で南を目指して進む。

道路はどこまでも平坦《へいたん》で、自転車を走らせていると本当に気持ちがよかった。ときおり真横から吹いてくる海風が涼しく、汗を引かせてくれる。

途中、藤生で釣具店に寄ったあと、高台にある国立病院に向かった。

ムラマサの母親の病室を訪れたが、やはり彼の姿はなかった。

あの火災からすでに一カ月が経過していた。村尾良子はまだ痛ましい包帯姿のまま、病床で寝息を立てていて、さすがに声をかけることができなかった。ちょうど病室にやってきた看護婦に訊《たず》ねると、「今日はまだ息子さんは面会にいらしてないですよ」といわれてしまった。

受付ロビーに公衆電話があったので、モリケンはムラマサが厄介になっている彼の叔母の家にかけてみた。電話口に出た叔母は、ムラマサが朝寝坊したことを伝え、しきりと詫《わ》びた。

ゆうべは遅くまでひとりで酒を飲んでいたらしい。

「何じゃ、仕方ないのう」

受話器を置いて、モリケンは苦笑い。「起きたのが七時半じゃったそうじゃ。この様子じゃあ、宿酔《ふつかよい》じゃのう」

でも、みんなのホッとした顔を見て、自然と笑みがこぼれる。

「あいつ。いつもみたいに自転車をかっ飛ばしてくるけえ、そのうちに俺らに追いつくかもしれんど」と、ノッポ。

「だけど宿酔っていうし、あんまり焦って事故でも起こされちゃ困るけど」

ミッキーがそういった。

病院の建物の前。芝生に座ってしばしの休憩をとったあと、全員で自転車に乗り、また国道に戻った。


海に沿って低い堤防が続く路肩を、一列になって走る。

南へ、南へと向かう。

すぐ傍らを、ひっきりなしに車が追い上げてゆく。

街中だと排ガスが不快なのだけど、ここは海風のおかげかまったく気にならない。

左手には相変わらず瀬戸内海が広がり、白い海鳥《うみどり》が数羽、めいっぱいに広げた翼に風をはらませて舞っている。

通津《つづ》、由宇《ゆう》とふたつの街中を抜けると、また海沿いの道となる。

道を挟む海の反対側には、山陽本線の軌道が併走している。貨物列車が轟然《ごうぜん》と音を立てて、彼らの傍を追い抜いていく。

やがて左手、コンクリの堤防の下に砂浜があったので、彼らは自転車を停《と》めた。

二度目の休憩だった。

白砂の上に敷物を広げ、そこに四人で座り、麦《むぎ》チョコを分け合って食べたり、お茶やジュースなどを飲んだ。

眼前に広がる海は青く、澄み切っていた。遠く、水平線の上に船が浮かび、島影が点々と見えている。そのずっと向こうに真っ白な入道雲がわき始めている。風は穏やかで、潮の香りがとても心地よかった。

モリケンの隣でオサゲが後ろに両手を突き、気持ちよさそうに胸を反らして空を見上げている。

彼もそれに倣って上を見た。

カモメが一羽、ちょうど彼らの真上に浮かんでいた。

それがまるで風に流されるように、さっと斜めに滑っていった。

ゆっくりと視線を下ろしたモリケンは、隣に座るオサゲの横顔をそっと見つめる。

赤いカチューシャを巻いた短い髪が本当に似合っている。ブスと呼ばれて苛《いじ》められていたときの松浦陽子とは、まるで別人のようだ。

まるで気配を感じたように、ふいにオサゲが振り向く。モリケンはあわてて目を逸《そ》らす。

隣でクスッと笑われた。

「何をいちゃついちょるんじゃ、この幸せもんのカップルが」

そういって反対隣に座っていたノッポが、モリケンの頭を小突いた。「そろそろ行くど」

「ムラマサ、なかなか追いついてこないね」

ミッキーがいうので、モリケンは振り向く。

堤防の上の国道一八八号線を車がひっきりなしに行き交うばかりだ。

「大丈夫っちゃ。きっとのんびり来ちょるんじゃろう」

そういってノッポが歩き出す。

みんなで国道に戻り、自転車に跨がった。

神代《こうじろ》を過ぎてしばらく走ると、やがて道路がゆるやかな上り坂になり、カーブしながら線路を跨いでふたたび下りにさしかかる。気がつけば山陽本線のレールが海側——さっきまでとは逆の左手に見えている。

オレンジと緑のツートンになった普通列車が、ガタゴトと音を立ててモリケンたちを追い抜いていった。

海の向こうに周防大島《すおうおおしま》が見えていた。

屋代島《やしろじま》とも呼ばれ、瀬戸内では淡路島《あわじしま》、小豆島《しょうどしま》に次いで三番目に大きな島だ。人口もそれなりにある。

「たしかノッポの親戚《しんせき》があの大島におるっちゅうとったのう」

モリケンが後ろを向いて大声でいった。

オサゲの後ろを走っているノッポがうなずいた。

「そのうち、あそこに渡る大きな橋ができるちゅう話じゃけえ、便利になるっちゃ」

「そりゃあ楽しみじゃのう。大島でもキャンプがやれるど」

モリケンがいったとき、轟然と音を立てて後ろから大型トラックが追い上げてきた。路肩から少し車道にはみ出すように自転車を走らせていた四人は、コンクリの堤防ギリギリまで寄った。排気音を放ちながらトラックが彼らを追い抜かしていく。

——頑張れよ～ッ、若者たち！

ふいに野太い声が放たれて、モリケンはびっくりした。

見れば、トラックの助手席。開け放たれた車窓から、白いタオルで鉢巻をした髭面《ひげづら》の中年男が、拳を見せて笑っている。

ノッポがハンドルから片手を離し、手を挙げた。

続いてモリケン。そしてオサゲ、さらにミッキーも倣った。

——頑張れぇぇよ～っ。

また助手席の男が叫んだ。

ゴウゴウとエンジンを唸《うな》らせつつ、トラックがゆっくりと前方に抜けていく。コンテナ側面に書かれた〈山陽運送〉の文字が大きく目立っている。遠ざかっていくトラックに向かって、モリケンたちはいつまでも手を振り続けた。

トラックが長くホーンを鳴らして、それに応えた。

しばらく彼らは国道の堤防に沿って走り続けた。

左は線路と海。右手はポツポツと民家や店が連なり、森や林が行き過ぎる。単調な景色だが、なぜか見ていて飽きない。空に相変わらず抜けるように青く、中天に太陽が眩しくかかっている。

「ここはどの辺りなん？」

後ろからオサゲが訊いた。

「そろそろ大畠《おおばたけ》っちゃ」

モリケンが答えた。

出発から三時間以上が経過していた。すでに全行程の半分をとうに過ぎている。

「思ったよりも早いねえ」

「そりゃあ、何ちゅうても楽しいけえのう」

モリケンはまた振り向いて、いった。「ミッキーは大丈夫か。疲れちょらん？」

最後尾を走っているミッキーが手を振ってきた。

——平気だよ。

あれだけマラソンなどが苦手だった虚弱な少年が、このときばかりは人一倍元気なのだから不思議だ。

「ほうじゃが、あんましむりすんなよ」

——わかってる！

元気な声が返ってくる。

4

大畠の市街地を抜け、やがて柳井市に入った。

いったんルートを外れ、山陽本線の柳井駅近くにあるスーパーマーケットに寄った。そこでジュースなどの飲料や追加の食料を買い込んだ。それから店の出入口脇にあったベンチでしばし休憩をとった。

愛宕橋の交差点を出発して以来、四時間近くが経過していた。

それでもまだ午前十時を少し回った時刻だ。

このまま順調に行けば、昼過ぎには上関の目的地に到着するだろう。

みんなはもちろん出発前に朝ごはんを食べてきていたが、今まで自転車を漕いで体力を使ったため、すでにお腹《なか》が空いていた。

みんなでベンチに座りながら、それぞれ家から持ってきたおにぎりやサンドイッチを口にした。

その間、スーパーに買い物客がひっきりなしに出入りしている。

夏休みの最中だから子供たちの姿も目立つ。

店内に流れる音楽が外まで洩れて聞こえていた。曲はいま大ヒット中のチェリッシュ〈てんとう虫のサンバ〉だった。

モリケンは地図を開き、膝の上に載せている。隣に座るオサゲが覗《のぞ》き込んだ。

「うちら、ここをずっと走ってきたんじゃねえ」

国道一八八号線を細長い指先で辿《たど》っていった。

「おお、そういや。これから先は、この道を行くことになるんよ」

上関までのルートを指で示したときだった。

――おぅい。お前ら、そんとなところで何をしちょるんか。

聞き覚えのある声がした。

とびきり、いやな予感を抱きながら、モリケンが振り向いた。

自分の目を疑った。

ハラバカがスーパーの出入口に立っていた。

テニスシャツに半ズボン。

ずんぐりむっくりな体型にまったく似合っていない。似合っていないといえば、店内から流れ続ける〈てんとう虫のサンバ〉が、まるで彼には不似合いのＢＧＭとなってしまっている。

隣には、はでに染めた髪が目立つハラバカの太った母親と、彼の弟たちがいた。たしか、マコトとカツキという名だ。ふたりとも、ポカンと惚《ほう》けたような顔で口を開けて立っている。カツキのほうは夏風邪なのか、青っ洟《ぱな》を垂らしていた。

モリケンの家の前で、ふたり水車にしがみついて回転しながら泣き叫んでいたのを思い出した。

「なしてここにハラバカがおるん？」

茫然《ぼうぜん》とした顔でノッポがつぶやいた。

ハラバカの家族は店に入っていき、彼ひとりがモリケンたちのところへやってきた。のっしのっしと歩いてくる。まるで怪獣が近づいてくるような気分で、モリケンはそれを見つめた。

「偶然じゃのう。柳井に親戚がおるけえ、お袋の車で来たところなんじゃ」

モリケンたちの自転車を見て、荷台に大きなリュックなどが括りつけられているのに気づいたらしい。

「お前ら、ええのう。どっかに遊びにいくんか?」

「俺ら……」

どう、答えようかと迷った。「ちいと海水浴っちゃ」

「おお。どこ行くんね」

「光《ひかり》の先の虹《にじ》ケ浜《はま》海水浴場っちゃ」

嘘《うそ》をついた。

ハラバカはじっとモリケンの顔を見ていたが、ふいにニタリと笑った。

「俺もいっしょに行ってええかのう。親につきあわされて退屈しちょったんじゃ」

「じゃが、お前は自転車がなかろうが?」

ハラバカが無表情のまま、モリケンの自転車を指差す。

「後ろに乗してくれんか? なんじゃったら、わしが漕いでもええど」

相変わらず自己中心な押しつけである。

啞然《あぜん》としていると、ふいに小脇を小突かれた。

見れば、神妙な表情のノッポが黙って顔を小さく振っている。モリケンはうなずく。

そのとき悪知恵が閃《ひらめ》いた。

「ところで、お前。海《かい》パンは持っちょるんか？」

ハラバカがポカンと口を開けた。

「持っちょらん」

「ほいじゃあ、パンツかフリチンで泳ぐつもりか？」

目をパチパチさせたハラバカが、狼狽えた声《こ》でこういった。

「ちいと待っちょってくれ。すぐに海パンを買うてくるけえ」

そういいざま、素早く踵《きびす》を返し、家族が入っていったスーパーの中に消えた。

モリケンはみんなと目を合わせた。

ノッポがうなずき、ミッキーが同意した。

オサゲが愉快そうに笑う。なぜだかひとり目を輝かせている。

「今のうちっちゃ。行くど！」

モリケンの声で、全員が自転車に跨がった。

川にかかる橋の歩道を自転車で渡った。

先頭はモリケン、続いてオサゲ。そしてノッポとミッキーが続く。

みんな立ち乗りで自転車を飛ばしている。

ときおりモリケンが振り返る。怒り狂ったハラバカが走って追いかけてくるのではないか。そんな想像をしながら、何度となく後ろを見る。けれども、そんなはずがない。あいつは今頃、スーパーの店内で、中学生にしては特大すぎる海パンを買っているだろう。

ふいにオサゲが笑い始めた。見れば片手で口を覆いながら、もうたまらないという様子。

自転車が蛇行している。

続いてノッポが吹き出した。それがミッキーにも伝染《でんせん》する。

最後にモリケンが声を出して笑い始めた。笑いすぎて、涙が出てくるほどだ。

橋を渡りきり、左に曲がって、やがて県道七二号線に入った。

左手に川を見ながら南へ向かった。

市街地をひとつ過ぎると、いつの間にか川が大きな海になっているのに気づいた。

ここから先は室津半島だ。

その突端に彼らの目的地である上関がある。

潮風を顔に受けながら、四人は自転車のペダルを漕いだ。

「ところでうちら、上関っちゅうてもどこまで行くん？　大橋の辺りかいね」

ペダルを漕ぎながらオサゲが訊いてきた。

「上関大橋を渡って、もっと先じゃ」

「ほいじゃあ、長島《ながしま》の辺かねえ」

「もっともっとっちゃ。半島のいちばん先っぽまで行くんよ」

「たまげた。えらいまた遠いねえ」

「遠いけえ、ええんじゃ。そこまで自分の力で辿り着くことに意義があるんじゃ」

得意げにモリケンがいうと、またオサゲが笑う。

「あんたら、ホンマに男の子じゃねえ」

ノッポが機嫌良く口笛を吹いている。

彼の口笛はとても澄んだ音で大きいから、風の中でもよく聞こえる。

曲は〈ハチのムサシは死んだのさ〉。去年、ヒットしていた平田隆夫《ひらたたかお》とセルスターズの歌だ。それに合わせてオサゲが唄《うた》った。モリケンもミッキーも大きな声で唄いながらペダルを漕いだ。

続いて浅田美代子《あさだみよこ》の〈赤い風船〉。きれいなノッポの口笛に合わせ、みんなで歌った。

三曲目。カーペンターズの〈イエスタデイ・ワンス・モア〉のイントロをノッポが吹き始める。これはオサゲのリクエストだ。ただし誰もが歌詞をほとんど知らないから、サビの部分以外はスキャットで口ずさんでいる。

やがてまた道路の左右は宅地が続く単調な景色となった。

車の通行は少ないので、ときおり彼らは横並びとなって自転車を走らせている。

「こうやって、みんなで歌うっちゅうのはええのう」

モリケンがそういった。「キャンプのときも唄おうやあ」

「そういやぁ、ミッキーはギターを持ってこんかったんか？」

ノッポにいわれて彼は笑った。

「大きいから自転車に積めないし、肩に担ぐのだって大変だよ」

「ほりゃあほうじゃのう」

「その代わり、あっちに着いたらやることがえっとことあるど。テントを立てて焚火を熾《おこ》して、食事もみんなで作らんにゃあいけんし」

ノッポの言葉にモリケンが追加した。

「それに海で泳いだり、釣りをやったりといろいろっちゃ」

「なんか楽しみじゃねえ、どれも」

オサゲが風に黒髪を揺らしている。

道は登りになったり下り坂になったり、一車線の細い道路になったかと思えば、いつの間にかまた二車線に戻ったりする。いくつかの集落や住宅地を抜けて、また左手に海が広がる気持ちのいい景色となった。

相変わらず波は穏やかで、頭上にかかった太陽を受けてキラキラと輝いていた。

海岸のかたちに沿って、道は大きく曲がりくねってはずっと続いている。

このまま永遠にみんなで自転車を走らせていたい。

どこまでも。

モリケンは心の底からそう思った。

そして、ムラマサがひとりだけいないことを、とても寂しく思った。


上関大橋を渡った。

長い橋だった。

遥《はる》か下の群青の海を見下ろしながら、一列になって自転車を走らせる。

ここから先、県道は二三号となる。

橋を渡りきった先、小高い丘の上にある展望台でモリケンたちは休憩をとった。

さすがに疲れていた。四阿《あずまや》のベンチに座り、汗を拭きながらジュースやコーラを飲んだ。

柳井のスーパーで買ってきたお総菜《そうざい》のおにぎりを、みんなで食べた。

眼下には、さっき渡ってきた上関大橋が見下ろせた。小さな漁船が一艘《そう》、白い航跡を引きながら、橋の下をゆっくりとくぐっている。

「遠くまで来たねえ」

赤いカチューシャを解いて結び直しながら、オサゲがいった。

「俺らも自転車をよう漕いであちこち行くけど、こんとに遠くまで来たのは、さすがに初めてっちゃ」

モリケンがそういって、水筒のお茶を飲んだ。

「疲れとるけど、やっぱし気持ちええね。なんか旅をしちょるっちゅう感じがするし」

「じゃけど、あと、もうちいとでゴールっちゃ」

シャッターの音がして、ハッと気づいた。

ノッポがミノルタをかまえ、モリケンとオサゲを撮影したところだった。

「こんとな調子じゃったら、俺らの秘密基地のボードはお前らの写真ばっかしになるのう」

カメラを下ろしてノッポがいうと、オサゲがまた赤くなった。

「バカたれが。カメラ、貸してみいや。俺もお前らを撮っちゃるっちゅうの」

そういって立ち上がるモリケン。

ノッポが奇声を放ちながら、おどけた仕種《しぐさ》で逃げ出した。


県道二三号線をそのまま辿ると遠回りになるため、いったん県道を外れ、上関町を迂回《うかい》した。

左手に海を見下ろしながら走り続けると、ふたたび同じ県道に合流する。

相変わらず左に海を眺めながら、狭い道を辿ってゆく。

アップダウンが続く。

登りの坂道は立ち乗りをしてジグザグ走行でこなし、下り坂になるとペダルを漕ぐ足を止め、気持ちよく風を真正面に受けながら、慣性《かんせい》で走り下りてゆく。

それをいったい何度、くり返しただろうか。

「ええかげんに坂が終わらんかのう。さすがにぶちえらいど」

汗を拭いながらノッポがいった。

「ホンマにえらいのう」と、モリケン。

今ではミッキーも〝えらい〟が〝偉い〟ではなく、つらいという意味の方言だということは知っている。

室津半島がくびれた場所で、ルートは二手に分かれた。

モリケンは自転車を停め、地図を引っ張り出す。目的地への道はふたつ。どちらでも同じぐらいの距離だが、左のルートを選んだ。

小さな漁港がある集落を通り抜けると、いよいよ道は狭くなり、海から離れてクネクネと折れ曲がる羊腸路《ようちょうろ》となる。

深い森や竹藪《たけやぶ》を抜けて、さらに道は登り続けた。

不気味な廃屋が木立に埋もれていたり、投棄されて真っ赤に錆《さ》びた自動車の残骸《ざんがい》があったりして、ちょっと怖い感じのする場所だった。彼らは会話もなく、ひたすらに自転車を走らせている。

忽然《こつぜん》と目の前に、また海が見えてきた。

段々畑《だんだんばたけ》が連なって下っていくそのずっと先に、真っ青な海原がどこまでも広がっている。その手前、大きく湾曲《わんきょく》した白浜が、三日月型に長く横たわっていた。

モリケンは自転車を停めて指差した。

「あれが――俺らの目的地、田ノ浦《たうら》海岸じゃ」

そういったとたん、ノッポとミッキーが「おーっ」と声を上げた。

「なぁんか、きれいな海の色じゃねえ。まるでハワイとかの外国みたい」

すぐ後ろにいるオサゲがいった。

本当にそうだった。

眼下の海はまさに鮮やかなコバルトブルー。南の島に来ているようだ。

「おっしゃ、一気にあそこまで行くど！」

モリケンがペダルを漕いだ。

みんながそれに続いた。

5

海水は温かかった。

八月もそろそろ半ばにさしかかり、お盆が近い。

モリケンがこの時期を選んだのは、やはり海で気持ちよく、めいっぱいに泳ぎたいからだ。お盆を過ぎても瀬戸内の海はまだ温かだが、困ったことにクラゲが大量に発生するのだ。

彼らはさんざん水飛沫《みずしぶき》を散らして岩場から飛び込み、クロールや平泳ぎに背泳ぎ、そして水中眼鏡にシュノーケル、足ヒレをつけて深みに潜り、ヤスで魚を狙ったりした。そんな水遊びに飽きると、モリケンは持ってきたゴムボートを膨らませ、それに乗って午後の日差しを浴びながら波に揺られていた。

風もなく、気持ちのいい日だった。

空はあくまでも澄み切った青色。水平線の向こうにはいくつかの島影が浮かぶ。

持参した地図によれば、向かって左に見える小さな島は鼻繰島《はなぐりしま》で、そのずっと向こうに、まんじゅうのような形をしたのが祝島《いわいしま》。その海岸に沿って島民が暮らす集落が小さく見えている。

後ろを振り返ると、砂浜のいちばん南側の突端には、半島から突き出したかたちでタマゴを半分にしたような小島が突き立っていた。その付近は浅くなっていて、魚がずいぶんと泳いでいるのが水面から見下ろせた。

岸から少し高台になった場所に彼らの青いテントがあり、近くで焚火の煙がたなびいている。その手前、水着姿のミッキーとオサゲがビーチボールをトスしながら、浅瀬で遊んでいる。ふたりの笑い声がよく聞こえてくる。

彼らはここに到着すると、すぐにテントを設営し、火を熾した。

どちらもモリケンが主導した。テントはともかく、焚火は日常の五右衛門風呂の焚き付けのおかげで得意だった。

レトルトカレーを鍋《なべ》で茹《ゆ》でて皿に出すと、フランスパンをナイフで切っては、カレーをつけて食べて、それを昼食にした。食後にインスタントコーヒーを飲み、それからみんなで水着になって遊び始めた。以来、もう二時間になる。

ノッポの姿がないと思っていると、すぐ近くにシュノーケルと水中眼鏡の顔が浮かび上がった。

筒の先端から水を噴き出し、ノッポがゴムボートに向かって泳いできた。

摑《つか》まって上がろうとしたので、モリケンは手助けしてやる。

「悪いのう」

そういいながら、ノッポが水中眼鏡とシュノーケルを顔からとり外し、足ヒレを脱いだ。ゴムボートの上に瘦《や》せた足を伸ばし、気持ちよさそうに仰向けになった。

「せっかくのカップルが、なしてひとりでこんとなところにおるんか」

濡《ぬ》れた顔を両手でしごきながら、ノッポがいう。「ミッキーはええ男じゃけえ、彼女をとられるど」

野暮ったい学帽、学生服を脱ぎ、トレードマークの黒縁眼鏡をかけてない彼は、彫りが深く、意外にハンサムな顔だ。そう、ミッキーにも決して負けないぐらい。

ここで何時間か泳いでいるうちに、海辺の強烈な紫外線《しがいせん》で真っ黒になっている。

それはモリケンも同じだ。オサゲはさすがに女の子だけあって、日焼け止めのクリームをしきりに塗っていたし、皮膚《ひふ》が弱いというミッキーも彼女に借りて全身に塗りたくっていた。

「勝手にカップルっちゅうなよ」

そういってモリケンが苦笑い。

けれども、ついつい浅瀬にいるふたりを見てしまう。

「ほいじゃが、お前らはホンマにお似合いなんど。大きゅうなって結婚するまでつき合え」

「何ゆうちょるんか」

頬が赤くなりそうだったので、ボートから手を出して海水をすくって顔にかけた。

オサゲの水着は真っ赤なワンピースだった。

テントの中で着替えて、その姿で彼女が出てきたとき、モリケンはドキッとして目を逸らしてしまった。オサゲの胸は少し膨らみ、くびれた腰と丸みを帯びた下半身は、まさに大人の女のそれのようだった。小さな頃、遊園地のプールなどでオサゲとはよく遊んだし、学校のプールでもスクール水着を何度となく見ているはずだった。

それなのに――。

「何をぼうっと見惚《みと》れちょるんか」

ふいにノッポにいわれて我に返った。

「いや……ムラマサはまだかのうと思うて」

とっさにごまかした。

「そういやあ、もう昼をだいぶ過ぎちょるのにのう。そろそろ到着してもええ頃じゃが」

ノッポは心配そうな顔でいった。「まあ、あいつんことじゃけえ、遊び半分でこっちに来よるんじゃろうのう」

「ムラマサもキ印じゃが、ええところもえっとあるけえのう」

「まあ、愚直《ぐちょく》っちゅう奴っちゃ」

「そうかのう」

母親のことで学校の便所の中で彼がひとり泣いていたことを、ふいにモリケンは思い出した。

そのことをノッポにいおうと思ったが、やっぱりやめた。

たとえ親友相手でも、いわないほうがいいこともある。

だから話題を変えてみた。

「ところでハラバカはあれからどうなったかのう」

「俺らがおらんようになったけえ、あきらめたじゃろ。あいつ、ワルじゃし、どうしようもないぐらいアホじゃが、何となく憎む気になれんのう」

ノッポの言葉にモリケンはうなずき、こういった。

「もしかして、あいつも俺らの仲間に入りたかったのかもしれん」

「なしてそう思うんね」

「あいつはいつもひとりぼっちじゃけえのう。いくら番長みたいに威張っちょっても、誰も味方をしてくれん。孤独なヒーローになりそこのうた奴なんじゃろうのう」

ハラバカは迷惑な奴だが、ノッポがいうようになぜか心底嫌いではなかった。ムラマサを愚直だといったように、ハラバカもまた同じなのかもしれないと思った。

モリケンはふと、友の横顔を見ていった。

「ヒーローっちゅうたら、お前の〈ジェットマン〉の新作もぶちおもろかったのう」

「ほうか？」

ノッポが上機嫌に笑う。

「ヒロインの〝ひかるちゃん〟がどんどん可愛《かわ》ゆうなってきちょる」

「お前の興味は、つまりはそこかい！」

ノッポにいわれ、モリケンが肩をすぼめた。

「敵のロボットが原子力エネルギーを動力源としちょって、それを逆手《さかて》にとって攻撃するっちゅうのがえかったど。ほんじゃが、ホンマにあんとに核爆発が起こるんか？」

「作り話じゃけえ、何でもありっちゃ」

「東海村《とうかいむら》の原子力発電所がミサイルで攻撃されたらどうなるん？」

「日本の原発は二重、三重の安全になっちょるっちゅうて、理科の早坂《はやさか》先生がゆうとったじゃろう。たとえソ連からミサイルが飛んできても、広島みたいなことにゃあならんっちゃ。何ちゅうても日本の科学技術は世界一じゃけえ」

それを聞きながら、モリケンはゴムボートの上で腕枕《うでまくら》をし、青い空を見上げていた。

小学校の頃、小説家ではなく、科学者になりたかったことを思い出した。

漠然とそう思っていただけだったが。

「そういやぁ、たしかノッポが小学五年のとき、原子力をテーマにした文部省の標語《ひょうご》募集で何等かで表彰されちょったろうが」

「おー。二等っちゃ。あとにも先にも賞状なんちゅうてそれきりじゃけえ、親父が額《がく》に入れて居間に飾っちょる」

「なんちゅうて書いたんじゃったっけ」

「憶えちょるよ。――〝この日本、輝く未来は原子力〟！」

ノッポはわざとらしく胸を叩いていった。

モリケンは笑おうとしたが、何か胸に引っかかるものがあった。

「ホンマに原子力で輝く未来になるんかのう」

「原爆と違《ちご》うて、今は平和利用をしちょるんじゃけえ、間違いないじゃろう。俺が描いちょるマンガだけじゃのうて、〈鉄腕《てつわん》アトム〉とか〈エイトマン〉とか、原子炉を動力源にしちょるロボットとかサイボーグはえっとことおるど」

ノッポは空に浮かぶ白い雲を見ながらいった。「あと三十年もせんうちに、一家に一台、小型原子炉を持つ時代が来るかもしれんのう」

「それこそ、ＳＦの世界じゃのう」

モリケンは中天にある、そのまん丸な雲を見上げつつ、母が若い頃に見たという原爆のキノコ雲を連想していた。そしてなぜか、門前川の向こう、米軍基地の堤防に沿って走る米兵たちと、その向こうにたなびく白い煙を思い出した。

――モリケーン。沖に流されてるよ！

ミッキーの声だ。

それが、やけに遠いことに気づいた。

ふと気づくと、岸がずいぶんと離れて見えている。そこにいるミッキーとオサゲが芥子《けし》粒《つぶ》のように小さい。

いつの間にか潮に捉《つか》まって、沖へと運ばれていたらしい。

「こりゃあいけん。急いで戻るど」

ノッポがいって俯《うつぶ》せになると、手をオールにしてゴムボートを漕ぎ始めた。

モリケンも隣でそれに倣った。


午後四時近くになって、モリケンたちは水着から普段着に着替えて砂浜からの投げ釣りを楽しんでいた。

潮は引き始めていたが、まだ魚の食いつきがよかった。カワハギやコチ、ここらでギザミと呼ばれるキュウセンベラなどだ。海水を充たしたポリバケツに入っていた。

いちばんがノッポで四匹。次にモリケンの三匹。子供の頃に父親とよく釣りをしたというオサゲはメバルを一匹。釣りがまったくの初体験のミッキーはまだボウズだった。

釣果のある三人のはしゃぎっぷりをよそに、ミッキーはひとり、さっきからむくれて無言だ。

「そんとに、はぶてんでもええじゃろうが。そのうちにいやでも釣れるっちゃ」

そういいながら、モリケンは巻きとったテグスの先の鉤にエサのゴカイをひっかけ、思い切り遠投《えんとう》した。シュルシュルと音を立てて飛んでいった仕掛けが、遠い波間に飛沫を上げる。

「どうやったら、そんなに遠くまで飛ばせるの？」

モリケンはミッキーを見て笑う。

「腕の力だけじゃのうて、竿《さお》をしならせるのがコツっちゃ」

ミッキーはしきりと首を傾げながら、巻きとったリールのベールを倒し、剣道の上段がまえのように両手で頭上にかざし、勢いよく振りかぶって投擲《とうてき》した。

「うわっ。今度はぶち飛んだ！」

ミッキーが叫ぶ。

モリケンの投げた場所までは届かないが、すぐ近くに小さな飛沫が見えた。

「お前もようやっと岩国弁をマスターしてきたのう」

そういってモリケンが笑ったとき、テントのほうからノッポの声がした。

――ムラマサが来た～！

彼らは振り返った。

見れば段々畑が重なる急斜面のジグザグ道を、自転車に乗った人影が下りてくるところだった。

赤い帽子をかぶり、えらく大きなリュックを背負っているようだ。

モリケンたちはリールを巻きとってから、砂浜にそれぞれの竿を横たえ、駆け出した。

ちょうど坂道が浜に至るところに立ち止まっていると、ムラマサの声がはっきりと聞こえて来た。

〈仮面ライダーV3〉の主題歌を大声で歌っている。

危なっかしくブレーキをかけながら蛇行しつつ、ムラマサはモリケンたちの前にやってきて、自転車を停めた。赤い帽子はどう見ても不似合いなチューリップハットだ。しかも上はランニングシャツ一枚、ズボンは白いラインが入った青のジャージ、履き物はビーチサンダルと来た。

「よっ」

おどけた様子で敬礼の真似《まね》をする。その顔が真っ赤なのは、どうやら日焼けではなさそうだ。

「お前……また酔っ払っちょるんか」

あきれた声でノッポが訊いた。

自転車を降りようとしたとたん、ムラマサはよろけていっしょに倒れてしまう。それをあきれ顔でモリケンたちが見下ろしている。

「悪い悪い。ビールを飲みながら走っちょったら、ええ気持ちになってのう。ちいと遅れてしもうた」

言葉とは裏腹に悪びれもせずにいうと、ムラマサは立ち上がり、ジャージのズボンの砂を払った。

「バカじゃのう。早う来んけえ、もうじき夕方になるど」

そういったノッポを見て、ムラマサはいった。

「狭い日本、そんなに急いでどこへ行くっちゅうじゃろう?」

「ところで、そのでかいリュックの中は何なの?」

ミッキーに指差されて、彼はニヤッと笑う。「酒っちゃ」

そういって砂地に背負っていた荷物を下ろし、蓋を開いた。缶ビールに日本酒、ワイン。次々と出てくるからモリケンたちはあきれかえった。

「俺ら、宴会《えんかい》やりにきたんじゃないっちゅうの」

モリケンが怒るが、ムラマサはあの「ぎひひっ」という笑いを返しただけだ。

「だいいち、お前のう。自分が中学生じゃっちゅう自覚はあるんか」

ノッポにいわれて彼は鼻の下を擦った。「あるある。ほいじゃけえ、節制《せっせい》して飲むっちゃ」

「とことんアホじゃのう」

モリケンがあきれていったとき、ムラマサは初めて気づいたらしい。

「うおー。松浦も来ちょるんか!」

「俺らの間じゃ、オサゲっちゅう名前っちゃ」と、ノッポ。

ムラマサはかまわずオサゲの前に歩いて行き、強引に彼女の片手を握った。

「お前、えらい別嬪《べっぴん》になっちょるのう」

オサゲがパッと頬を染めて目を逸らした。

「ちいとチューしてええか？」

「この、くそバカたれ！」

ノッポが怒鳴る。

「たちの悪いスケベジジイみたいなことすんなっちゅうの」

モリケンがムラマサを羽交《はが》い締《じ》めにした。

「酒乱《しゅらん》野郎！」

次にノッポが飛びかかり、ミッキーも続いた。

もちろんおふざけだ。

四人は真夏の日差しを浴びて暑い砂地の上で、組んずほぐれつ暴れ回る。

少し離れたところから、オサゲが掌で口を覆ったまま、唖然《あぜん》と見つめている。

6

夕刻、みんなが焚火の周りに集まっていた。

潮風に炎が揺らぎ、青い煙が流れている。

明るいうちにかなりの量の流木を拾ったり、引きずってきていたが、ほとんど燃やしてしまったため、全員でライトを持ってあちこちに探しにいき、追加分を焚火の傍にたくさん積み上げていた。

水で研《と》いだ米が入った飯盒を火にかけた。やがてブクブクと隙間から白泡《しろあわ》を吹いて沸騰《ふっとう》したところで、火勢の弱い熾《おき》の上に置いて十分ほど待ち、さらに砂地の上に逆さにして蒸《む》らす。その間に、みんなで釣った魚を焼いたり、出汁醤油《だしじょうゆ》で煮込んだりする。

愛読書の〈冒険手帳〉で何度も読み込んできたが、実地でやるのは初めてだった。魚のウロコ取りや捌《さば》きはミッキーが意外な才能を発揮した。もともと料理が得意なのだとか。

オサゲは傍らにまな板を置き、ナイフで野菜を器用に切ってサラダを作っている。

ムラマサはひとり離れた砂浜に胡座をかき、海を見ながら日本酒をあおっている。

「あいつの後ろ姿はオッサン臭《くさ》いのう」

ノッポが笑いながらいった。「まさにアル中のオッサンじゃ」

この田ノ浦の海岸が真西に向いているため、ちょうど海の彼方――祝島の後ろに陽《ひ》が没し始めていた。空が毒々しいまでに真っ赤に染まり、大きく膨らんだ太陽がゆっくりと沈んでゆく。

みんなは料理の手を止めて、それに見入った。

モリケン、オサゲ、ノッポ、そしてミッキー。

それぞれの顔が夕陽を正面に受けて朱色に輝いている。

「きれいじゃねえ……」

オサゲがつぶやく声を聞いて、モリケンは振り向く。水色のワンピース姿の彼女に思わず見惚れた。

「ホンマにきれいじゃのう」

そういってみたが、オサゲは気づかなかったようだ。

「いつまでも、ここにいたいね」

ミッキーがいうと、モリケンは同意した。

「この夏がずっと終わらんかったらええのに」

「時よ、止まれ！」

そういって沈む太陽に指先を向けたノッポの眼鏡に、オレンジ色の夕陽がふたつ、キラキラと輝きながら映り込んでいる。

海の上をかすめて吹いてきた夕風が、ミッキーとオサゲの髪を揺らした。

ひとり波打ち際近くで酒を飲んでいるムラマサが、突如、コップを掲《かか》げて奇声《きせい》を発した。

――アイ・アム・ナンバーワーン！

モリケンたちが笑い転げた。

やがて夕陽が完全に没して、赤とオレンジが入り交じった残照《ざんしょう》が空を染め上げるばかりとなった。それでもモリケンたちはいつまでも西の空を見つめていた。

本当に今という時間が永遠に続けばいいのにと、モリケンは思った。

すっかり暗くなった空の下、無数の星々が美しくきらめき、水平線上に浮かぶ祝島の街明かりが点々と灯《とも》って、蛍《ほたる》の群れのように海に映り込んでいる。

そんな景色を見ながら、モリケンたちは浜辺で焚火を囲んでいる。

流木を重ねて燃やした火床《ひどこ》に重なる熾が、赤々と輝いては黒ずんでいる。まるで複雑なネオンサインの重なりのように、かたちを変え、明暗を変化させながら光っている。

それをじっと見つめていると、まるで催眠術《さいみんじゅつ》にかかっているみたいに不思議な気持ちになる。

火の番は主にノッポがやった。

ときおり流木を火床に横たえ、かがみ込んでふうっと息を吹き付けて火勢を増す。

夕食が終わって後片付けをし、みんなすっかりくつろいでいた。

ムラマサは相変わらず日本酒を手酌でコップに注《つ》いでは飲んでいる。

焚火の前でくつろいで横になったノッポも、彼のワインをもらってチビチビとやっていた。おかげで眼鏡の下の辺りがほんのりと朱色に染まっている。ミッキーは疲れのせいか、胡座をかいたまま、ウトウトと舟を漕いでいる。

モリケンはオサゲと隣り合い、ファンタ・オレンジをふたりで飲んでいた。

ミッキーがラジオを持ってきていたので、しばしみんなで放送を聴いていた。

知っている歌が流れるたびに、誰からともなく唄った。

歌謡曲にフォークソング。外国の曲もたくさん。

ミッキーお気に入りのボブ・ディランの歌〈風に吹かれて〉が流れたので、モリケンとふたりで唄った。オサゲとノッポがスキャットで唱和した。

ムラマサだけはひとり、黙々と酒を飲み続けている。

そのうちにどこを選曲してもニュースや野球中継ばかりとなった。

「ラジオはやめて、なんか話をしようっちゃ」

ノッポがそういった。

「怪談話なら、ようけえ知っちょるど」と、モリケン。

「お化けは苦手じゃけえ、やめてえや」

オサゲが悲鳴混じりに手を振った。

ノッポが隣のムラマサの足を小突いた。「例の米軍機の話、オサゲにしちゃれや」

「もう話し飽《あ》いたっちゃ」

気持ちよさそうに体を揺らしながらムラマサがいう。

「何なんね、それ」

興味深そうにオサゲがいうから、モリケンが少し説明した。

ファントムが墜落したところまで話したが、パイロットたち二名が死亡したということはいわなかった。さすがにオサゲが驚いている。

「それ、ホンマなん?」

「いやぁ、話半分に聞いちょけっちゅうの」と、ノッポ。

「例の鳴子岩のナンバーワンの話は?」

モリケンに誘いかけられて、ムラマサがそっぽを向く。「もうええっちゃ」

「なんかあんたら、いろいろあるんじゃねえ」

オサゲが膝を抱えながら笑った。

「お袋さん、早《はよ》う元気になれりゃあええのう」

ムラマサの機嫌が直らないので、モリケンがそういった。「退院したら、いつかきっと店をまたやれるっちゃ。そのうちに生活も元通りに戻るじゃろう」

「そんとなことはない。わしとお袋にはもうこの先、不幸しか待っちょらんけえ」

むくれたままムラマサがいい、またコップをあおった。

「世の中、捨てたもんじゃないいっちゅうの。社会的弱者にも救済《きゅうさい》の道があるっちゅうて、道徳の授業でゆうちょったろうが。この国の社会の仕組みは、他の国に比べて完璧《かんぺき》なんじゃ。失業率は低いし、飢《う》え死にする者もおらんっちゃ。ルールに従って生きちょったら、幸せに寿命《じゅみょう》をまっとうできるようになっちょるんよ」

ノッポがそういったとたん、焚火の反対側に座るムラマサは目の据わった顔で彼を睨《にら》んだ。

「違うど。わしゃ、知っちょる」

「何を知っちょるんか」と、モリケンがいった。

「この国はのう、ちいとも完璧じゃないいっちゅうの。ふつうは知らんところで、いろんないやなことがあるんよ。お前らみたいなええ家庭持って、平凡に生きちょる奴らには、そういうことはちいとも見えてこん」

歯を食いしばった顔でムラマサがいい、またコップをあおった。さらに酒を注ぐ。

「もうやめちょけ。お前、飲み過ぎっちゃ」

ノッポが身を起こして、そういった。

「わしの酒じゃけえ、わしが勝手に飲むんじゃ」

「ムラマサ……」

ただならぬ雰囲気にモリケンが狼狽えた。

隣に座るオサゲが、つらそうな顔でムラマサを見つめている。

「お前、どうしたんか」と、ノッポ。

ムラマサはしばしそっぽを向いていた。

ふいに前を向いた。眦《まなじり》に光るものがあって、モリケンは驚いた。

「お袋はのう、この国とアメリカの犠牲者なんじゃ」

「それって……どういうこと？」

話し声に目を覚ましたらしく、ミッキーがそういった。

「わしの親父が夜逃げしてから、お袋は基地の若いアメリカ兵とつき合《お》うちょった。いつかわしら家族をアメリカに連れて行くっちゅうていわれたそうじゃ。ほいじゃが、えらい大金を騙《だま》し取って、アメ公はひとりでこそっと国に帰ってしもうた。お袋はあちこちに頭下げてえらいこと借金したが、どうしても返せんでのう。そのうち、ヤクザにまで目ぇつけられて、仕方のう、ああいう悪いことに手ぇ出したんじゃ」

ムラマサは拳を握った腕で目を擦った。

何度も執拗《しつよう》に擦った。

「この国がわしらに何の手助けをしてくれたんか？　何にもせんかったっちゃ。警察に相談しても知らんぷりっちゃ。ようやっと稼《かせ》いでためた金も、税務署のくそバカたれどもが容赦のう持っていってしもうた。わしが病気になってえらい熱を出しても、医者にも行けんかった。この国はのう、恵まれた奴らばっかし助けて、わしらみたいなのはケツの毛までむしり取りよる」

しばし歯を食いしばって嗚咽《おえつ》を堪《こら》え、ムラマサはいった。「日本が戦争に勝っちょったらえかったのに。わしゃ、ホンマにアメリカが憎いんじゃ。アメリカにへイコラしちょるこの国も憎いんじゃ。お前らみたいなボンボンな奴らにゃ、わしらの苦労はわからん」

「なして、もっと早うそれをいわんかった？」

ふいにノッポがいったので、モリケンは驚いた。

ノッポは真顔だった。眼鏡の奥で目を細めてムラマサを睨んでいた。

「俺らはたしかに、お前からすりゃあボンボンかもしれんが、それでも精いっぱいに生きちょるし、お前のために何かできたかもしれん。それなのに、ひとりでそうやって悩んで、勝手に酒に溺《おぼ》れちょる。自暴自棄《じぼうじき》になって無茶ばかりしちょる」

「ほいじゃけえ、何っちゅうんじゃ」

するとムラマサが血走った目をノッポに向けた。「何をいいたいんじゃ」

「ほりゃあのう、お前の甘《あま》えっちゃ」

「何？」

「現実に甘えちょるっちゅうとるんよ」

突如、ムラマサがコップを真横に放って立ち上がった。

少し遅れてノッポが勢いよく立った。

「お前にのう、そんとなことをいわれとうないど」

「何回でもゆうちゃる。くそ甘ったれが」

突然、ムラマサが焚火を飛び越して、ノッポに飛びかかった。ノッポがムラマサのランニングシャツの胸ぐらを摑《つか》んだ。ビリッとはでな音がして白いシャツが破れた。

「お前ら、やめんか！」

モリケンが叫んだ。

ムラマサがノッポの顔を殴った。眼鏡がすっ飛ぶのが見えた。

とっさにモリケンはムラマサに後ろから飛びついた。羽交い締めにした。

「こんなぁ、くそったれが！」

眼鏡をなくしたノッポがムラマサに摑みかかろうとした。

すかさずミッキーが前に回って、ノッポに組み付いた。そのまま、必死に押し戻す。

「ノッポ。わりゃあ、偉そうに、何様のつもりじゃあ！」

モリケンに後ろから抱き止められながら、ムラマサが絶叫した。

「お前こそ、ええかげんにせいや！」

ノッポがミッキーを押しのけようとしながら叫んだ。「なして俺らのことを信じんのか」

「どうせのう。わしゃあ、世間のはぐれ者なんじゃ。お前らとは違うんじゃ！」

「そんとなことはない！」

ノッポが叫んだ。「絶対にそんなことはないど！」

ふいにムラマサが暴れるのをやめた。

後ろから羽交い締めにしていたモリケンは驚いた。ムラマサは真正面からミッキーに組み付かれているノッポを見つめている。

「お前はのう、ムラマサ。俺らの仲間なんよ。何よりも大切な仲間じゃろうが」

ノッポの声に、ムラマサの体が震えた。

モリケンはゆっくりと手を離した。とたんにムラマサはその場に膝を落とした。

「お前に何があっても、俺はお前のことを絶対に守っちゃる。たとえ遠くに離れることがあっても、お前を絶対に忘れんっちゃ。お前もそうじゃろうが、同じ気持ちじゃろうが――」

ノッポが泣き声になっていた。

モリケンはそれを知って、胸が詰まった。

ミッキーも泣いていた。

そしてオサゲも、砂の上に両膝を立てて座ったまま、膝頭《ひざがしら》にじっと顔を押し当てている。

ムラマサは砂地に膝を落としたまま、両手を前に突いた。そして砂だらけの拳で自分の頬の涙を拭っている。洟《はな》をすすりながら、しゃくり上げていた。

ノッポも掌でしきりに頬の辺りを擦っている。

しばらくすると、ムラマサはまた胡座をかく姿勢になった。そのまま、力なくうなだれている。

ミッキーがゆっくりと腰をかがめて、足元近くに落ちていたノッポの眼鏡を拾った。黙ってそれをノッポに差し出す。右側のレンズに斜めにヒビが走っているのが見えた。が、ノッポはかまわず、それをかけた。

それからノッポは焚火のところに戻り、消えかけていた熾の上に細枝を載せた。身をかがめて何度も息を吹きかけながら、少しずつ炎を復活させる。

棒で熾をかき回し、少し太い枝を横たえた。

そうして、じっと焚火を見ている。

砂に汚れ、ヒビの走った黒縁眼鏡に、ふたつの炎が映って揺らいでいた。

眼鏡の下の頬に、涙の痕《あと》がくっきりと残っている。

7

モリケンはゆっくりと目を開いた。

寝袋に下半身だけを突っ込んだかたちで仰向けになっていた。

外で風が吹くたびに、テントの生地がパタパタと音を立てて揺れていた。どこか遠くから海鳥の声が聞こえる。

テントの天井部分に電池式の小さなカンテラをぶら下げていた。それがユラユラと揺れている。電池が切れかかって光量がずいぶん落ちているが、オレンジ色の淡い光が、さざ波のように揺らいでテントの中を照らし続けていた。手を伸ばして光を消そうと思って、モリケンはやめた。

すぐ傍にオサゲが眠っていた。横向きになってこっちに顔を向けている。

カンテラの淡い光の中、しばしその寝顔に見入っていた。

赤いカチューシャを解いているので、前髪が目の辺りにかかっていた。モリケンはちょっと躊躇したが、その髪をそっとかき上げてやった。

オサゲの向こうにミッキーが眠っている。こっちに背中を向けていた。

いちばん奥にはムラマサ。ミッキーの腹の上に片足を乗せて、大の字になっていた。しかもすさまじい鼾《いびき》をかいている。

昨夜、モリケンはこの鼾の音でほとんど眠れなかった。

それはきっと他の仲間も同じだろう。

ノッポがいないことに気づいた。

モリケンは身を起こし、電池式のカンテラに手を伸ばし、スイッチを切った。寝袋から這い出すと、出入口のジッパーを開いた。

砂地に置いてあるサンダルをつっかけると立ち上がった。

思い切り伸びをする。馴れぬ恰好で寝ていたせいか、背骨がボキボキと音を立てた。

少し離れた場所にある焚火場で、薄紫《うすむらさき》色の煙が立ち昇っているのが見えた。

そこにノッポの影があった。

火に向かって胡座をかきながら、猫背気味にじっとしている。

モリケンが歩いて行くと、ノッポが顔を上げた。眼鏡は相変わらず片側がひび割れている。

「どうも寝られんでのう」

ノッポがそういってニヤッと笑った。

モリケンは彼の真正面に座り、欠伸をした。「俺はちぃと眠ったっちゃ」

空を見上げると、東は白々と明るくなりかけているが、西のほうにはまだいくつかの星が残っていた。海はまだ暗く、ずっと向こうの水平線上には祝島の明かりが小さく点々と光っている。

寄せては返す波の音が静かだった。

「飲むか?」

ふいにいわれ、振り向いた。

ノッポが缶ビールを差し出していた。

「ムラマサが持ってきちょった奴じゃ。温《ぬる》うなっちょるがどうじゃ」

モリケンに渡すと、ノッポは缶ビールのプルトップを開けた。ブシュッと音がして白い泡が散った。ノッポはあわてて濡れた手を振り、ジーパンの膝の辺りに擦りつけた。

それを見て笑いながらモリケンもプルトップを引っ張った。

「あらためて乾杯《かんぱい》しようや」

「じゃが、何に乾杯するんか」

ノッポにそう訊いた。彼は少し考えてから、こういった。

「俺らの仲間と、みんなの未来に」

モリケンはうなずいた。

「仲間と未来に乾杯!」

モリケンはノッポの缶ビールに自分のを重ねた。

ひと口飲むと、苦い感触が喉《のど》を這い下りた。

意外に美味《うま》かったのでびっくりする。喉が渇いていたせいだろうか。

昔、父親が飲み残していたジョッキのビールを、おそるおそる少し飲んでみたことがある。だが、あのときはただ苦いだけだった。

「それにしても、さんざんな夜じゃったのう」

モリケンがいうと、ノッポが笑ってうなずいた。

「ほいじゃが、いかにも俺らにふさわしい出来事じゃった気がするんよ」

「ほうかのう」

「俺ら、やっぱし、いつまでも子供でいられんのじゃのう」

「なしてそんとなことをいう?」

「人間っちゅうのは、ああやって傷ついたり、血を流したり、泣いたりして、少しずつ大人になっていくんと違うかのう。うんにゃ。大人になっても、きっと同じことを何べんも何べんもくり返し続けるんじゃろうと思うんよ」

「今から人生がいやんなるのう」

「いやんなることがあるけえ、それだけ幸せもあるんじゃろ?」

「何の話っちゃ」

「オサゲを大事にしちゃれ。あの子はホンマにええ子っちゃ」

モリケンはハッとしたあと、口を引き結んで、目をしばたたいた。

目の前でノッポが微笑んでいた。ひび割れた眼鏡の奥の目がやけに優しかった。

「何をゆうちょるんか。まだ、俺らつきおうとりもせんのに」

そういって、またモリケンは温いビールをちょっと飲んだ。

「お盆が過ぎたら、夏休みも後半じゃのう」

ノッポがそうつぶやく。「早いもんじゃ。宿題がたんまり溜《た》まっちょるし、いろいろとやらんといけんことがある」

「ムラマサは本気でバイクで井堰を渡るつもりじゃろうか」

ノッポはじっと焚火の炎を見つめていたが、ふいにこういった。

「あいつがやるっちゅうたら、是《ぜ》が非《ひ》でもやるんじゃろう」

「俺らで何とか止めんと、あのバカたれ、ホントに死ぬど」

「わかっちょる」

思いつめたような目で、ノッポはいった。「俺が絶対に止めちゃる」

「それにしても変わり者ばかりじゃのう。俺らのまわりは」

「ほいじゃけえ、おもろいんと違うか」

ノッポの声に、モリケンは満足げにうなずいた。

「お前、小説家になったら、いつか俺らのことを書くんか」

「書くかもしれんのう」

「ゆうちょくが、ムラマサは主人公にせんほうがええど。支離滅裂な小説になるけえ」

「そらそうじゃ」

ふたりで大笑いした。

「ノッポも絶対にマンガ家になれよ。石森章太郎や永井豪ぐらいの人気者になれ」

「おう。なるっちゃ。お互いに夢をかなえようのう」

ノッポが突き出してきた拳に、モリケンも拳を軽くぶつけた。

それからふたり、テントを振り返った。

相変わらず鼾が聞こえていた。

あの中でオサゲとミッキーがまだ眠っているのだろうか。

ふと、ノッポが海を見つめた。

空がいつの間にかすっかり明るくなっていた。

「そろそろみんなを起こすか。出発前に朝飯を作って食わんといけんけえ」

「ほうじゃのう」

ふたりは立ち上がった。

8

朝日を受けて輝く海辺の道を、モリケンたちが自転車で走っている。

来たときに辿って来たルートを戻り、五人は自分たちの故郷をめざしている。

昨日とは雰囲気がまるで変わっていた。

モリケンは防波堤の向こうに広がる瀬戸内の海を見ながら思った。同じ太陽を浴びた同じ海のはずなのに、なぜかまったく違って見えた。

きっと疲れているためだ。

しかし、それだけではない気がした。

体ばかりか、こんなに心が重たいのは、いったいどうしてなのだろうか。

みんなで楽しく、和気藹々《わきあいあい》とキャンプをして、海辺で遊び、素晴らしい思い出をいっぱい作り、幸せを満喫しながら帰宅するつもりだった。

ムラマサは昨日、飲み過ぎて、当然のように宿酔状態で今日という日を迎えた。フラフラと自転車を走らせる彼の姿は、あまりにも情けなかった。それでも置いていくわけにはゆかず、後ろにノッポとミッキーがついて見守りながら、ゆっくりと自転車のペダルを漕いでいる。

全員がろくすっぽ会話もしなかった。

ノッポの口笛もない。

モリケンの後ろにいるオサゲも、口を引き結んだまま、ただペダルを漕ぎ続けていた。

五人、沈黙のうちにひたすら走った。

上り坂は立ち漕ぎなどせず、自転車を押して歩いた。下りもさっそうと滑るというより、ただ重力にまかせて惰性《だせい》で自転車を走らせるだけだった。砂浜を見つけて休憩するときも、水やジュースなどを飲み、ただぼうっとみんなで海を見つめていた。

——俺ら、やっぱし、いつまでも子供でいられんのじゃのう。

ノッポがポツリとつぶやいた言葉が、いつまでもモリケンの心に残った。

ひび割れた眼鏡の奥で、ノッポは目を細めて海を見ていた。

その口の周囲に無精髭《ぶしょうひげ》みたいなものが生えているのに、モリケンは気づいた。

そうなのかと思った。

彼がいったように、この旅は自分たちが大人になるための通過儀礼《ぎれい》みたいなものだったのかもしれない。

だからこんなにつらいのだ。心のどこかがしくしくと疼《うず》くのだ。

その心の痛みを抱えながら、自分たちは大人になる。

しかしモリケンには夢があった。ノッポにも。

それは、いつまでも子供のままではかなえることができない。

モリケンはそのことを充分にわかっていた。


室津半島を離れて柳井の市街を過ぎた。

海沿いの国道一八八号線を辿って、ひたすら故郷の岩国を目指した。

傍らを走りすぎる車の量が増えていた。

ムラマサのことが心配だったが、それまで長時間、自転車を走らせてたっぷり汗をかいたおかげか、その頃にはかなり元気になっていた。

神代の市街地を過ぎた頃、後ろから大音量のホーンを鳴らされてびっくりした。

モリケンたちが振り返ると、見覚えのある大型トラックが轟然とやってくるところだった。

間違いない。

彼らが行きの道路で出会ったトラックだ。

――若者たち。頑張れよ～！

あの声がした。

助手席からタオルで鉢巻をした髭面の中年男が、大きく上半身を乗り出すようにして、モリケンたちに手を振っている。

モリケンも、みんなも、手を振り返した。

トラックが彼らをゆっくりと追い抜かした。

髭面の助手席の男。

その向こうに運転手も見えた。野球帽をかぶった丸顔の男性だった。

〈山陽運送〉と書かれたコンテナが、すぐ傍を前方に通り抜けた。

――お前ら、最後まで頑張れ～！

髭面の男が濁声《だみごえ》を放った。

そしてまた、長々とホーンを鳴らし、加速していった。

モリケンたちはいつまでも手を振りながら、前方に小さくなってゆくトラックを見送った。

何だか嬉しかった。

こうした偶然の出会いが、つかの間の幸せをもたらしてくれるのだと思った。

昨日の朝と同じ、愛宕橋の袂で全員が自転車を停めた。

時刻は午後二時を回ったところだった。

のろのろとしたスピードで帰ったので、七時間近くかかってしまった。

さすがにみんなバテていた。

それぞれの表情に疲労が色濃く現れていた。誰もが汗だくの顔で唇はバリバリに乾き、そろって虚ろな目をしていた。

日焼け止めを塗らなかったモリケンは、顔や手などが真っ黒だった。

オサゲは麦わら帽子をかぶっていたが、ワンピースから剝き出しの肩や腕が日焼けしている。

ミッキーは皮膚が弱いので、黒いというよりも赤くなって、早くも首筋の皮が剝けた斑《まだら》模様になっていて、ずいぶんと痛そうに顔をしかめている。今夜は風呂に入れないだろう。

ムラマサは不似合いな赤いチューリップハットをかぶり、昨夜の顚末《てんまつ》でビリビリに破れたランニングシャツ。よれよれになったビーチサンダル。依然、表情は冴えず、むっつりとした顔をしていた。しかし酒が抜けたおかげか、比較的、元気そうだ。

「モリケン。オサゲを家まで送っちゃれ」

ノッポにいわれて、彼女を見た。

オサゲは少し恥ずかしげな表情で俯いていた。

「わかった。お前ら、明日はどうするん？」

モリケンが訊くと、ノッポが眉根《まゆね》を寄せた。

「こんだけ疲れ切っちょるけえ、きっと明日は一日中寝倒しちょるっちゃ」

「ぼくもだよ」と、ミッキーがいった。

「ムラマサは？」

「わしゃあ、秘密基地でバイクの修理じゃ」

こともなげにいうので、モリケンは驚いた。

「大丈夫なんか？」

「わしゃあ、タフじゃけえのう」

むっつりとしたまま、自分からいうので、何だか可笑しかった。哀《かな》しみも少し感じた。

ムラマサの言葉の裏に本能的に何かを探ろうとしていた。

「ほいじゃあ、ここで解散じゃのう」

ノッポが自転車に跨がった。ミッキーとムラマサが続いた。

「また会おうや」

モリケンに手を振って、ノッポたちが市民球場のほうへと走り去っていく。一列になって自転車が遠ざかってゆく。

彼らの姿は、やっぱり何だか寂しげに見えた。

しばし見送ってから、モリケンはオサゲと目を合わせた。

「行こうか」

「うん」

ふたりで自転車に乗り、坂道を下り始めた。

やがて赤い郵便ポストがあるオサゲの家、〈松浦商店〉の前にやってきた。

自転車から下りて、オサゲは向き直った。

「いろいろあったけど、楽しかったねえ」

「ホンマに楽しかったのう」

モリケンはうなずいた。

「森木くん。うちを誘うてくれて、ありがとうね」

ふいにいわれ、うなずいた。「おう。ええっちゃ」

とたんにオサゲがぷっと吹いた。

「どうしたんね」

「森木くんの顔、ぶち真っ黒！」

「あ……」

頬に指先を当てると、ヒリヒリと痛かった。

ミッキーの心配をするどころか、自分だって今夜の風呂はむりかもしれない。

「クロンボ大会で優勝できるのう」

「ホンマじゃねえ」

オサゲが肩を少しすぼめていった。

「また、会《お》うてくれるか」

「もちろん。夏休みの宿題、いっしょに図書館でやろうかね」

「おお。やろうやあ」

オサゲは自転車の荷台に固定していたリュックをとって、店のガラス戸に手をかけた。

「ほいじゃあ」

「また」

そういって自転車に跨がり、ペダルに片足をかけてから、モリケンはいった。

「えっとのう、オサゲ」

「何なん？」

「お前のその髪型、ぶち似合《にお》うちょるど」

オサゲは少し頬を染めて、赤いカチューシャを巻いた髪を指先でいじった。

「何回、同じことをいうんね。じゃけど、ありがとう」

モリケンは笑い、自転車を走らせた。

背中に視線を感じたが、振り返らなかった。

9

畑を突っ切る細道を自転車で走り、宅地を抜けると、モリケンの家が見える。

ようやく我が家に戻ってきたと安堵したのもつかの間だった。

家の前に赤い光が明滅しているのを遠くから見て、彼はびっくりした。

急いで自転車を飛ばし、家に近づくと、庭先に救急車が停まっている。その屋根のランプが赤く光っているのだった。

白いヘルメットの救急隊員が二名、家の玄関から担架《たんか》を運び出していた。

モリケンは自宅前で自転車を倒して走った。

いったい何があったのか？

ちょうど救急隊員の後ろからエプロン姿の母、光恵が出てくるところだった。

「お袋。どうしたん！」

大声で叫んだ。

担架を担ぐ隊員たちが足を止めた。

見ればそこに横たわっているのは父、孝一郎だった。

「親父ッ！」

モリケンは担架の傍に駆け寄った。

父は蒼白《そうはく》な顔だった。意識はあるようで、目を開いているが、虚ろな表情だった。口を開いたり、閉じたりしている。白シャツに灰色のズボン。足元は黒の靴下だ。

「何があったんか！」と、母に訊いた。

光恵は顔を歪《ゆが》めて口を引き結んでいたが、こういった。

「お父さん、さっき廊下で急に倒れたんよ。それきり、わけわからんことゆうて」

「わけわからんって……」

「どっちの方角が南じゃろうかっちゅうて、それぱっかり私に訊きよる」

「南……？」

救急隊員たちはリアゲートを開いた救急車に担架を運び込んだ。

「健一、あんたも疲れちょるじゃろうけど、私らといっしょに行きんさい」

モリケンはうなずいた。

緊張というよりも恐怖に顔がこわばっていた。動きもガチガチで、何とかリアゲートから車内に乗り込んだ。窓際にあるシートに座らされた。旅の疲れなどすっかり吹っ飛んでいた。

母も続いて入ってきた。モリケンの隣に座った。

「なして急に倒れたんか？」

そう訊くと、母は泣きながらいった。「救急の人が脳梗塞《のうこうそく》かもしれんっちゅうて」

「脳梗塞……って？」

「頭の血管に血が詰まる病気なんよ」

母の顔も蒼白だった。手が小刻みに震えているのに気づいた。

リアゲートの扉が閉められ、やがて救急車が走り出した。

はでなサイレンの音が車内にまで響いて聞こえる。

モリケンはもちろん救急車に乗るなんて初めてだ。それも倒れた父の付き添いで乗るなんて思ってもみなかった。

ふいに哀しみがこみ上げてきた。

厳格で、頑固で、怖かった父。でも、モリケンにとっては大きな山のような存在だった。どんなに叱られても、母に対して暴力をふるうのを見ても、父はゆいいつの父だった。ずっとずっと先まで、モリケンが大人になるまで、大黒柱《だいこくばしら》として我が家の中心にいてくれるものだと思っていた。

「健一……」

しゃがれた声に気づいた。

担架に仰向けに横たわる父が、充血した目でモリケンを見ていた。

「何じゃ、親父?」身を乗り出していった。

「わしゃ、ようわからんのじゃ。たしかこっち側が南のはずなんじゃがのう」

別人のように枯れた声でそういって、片手を車窓のほうに伸ばした。

「親父。そんなこと、どうでもええじゃろう?」

「南はこっちのはずなんじゃ」

「しっかりせんといけんっちゃ!」

モリケンは父の腕を取って叫んだ。

涙が流れていた。それを拭おうともせずに、モリケンは父にとりすがった。

いつもの男臭さに混じって、なぜだか老人臭が感じられた。

藤生の国立病院に救急車が到着して、三時間が経過していた。

モリケンと母の光恵は、クーラーがよく効いてひんやりとした通路の片隅で、長椅子《ながいす》に並んで座っていた。父の病名はやはり脳梗塞で、緊急手術となった。ストレッチャーが手術室に消えて以来、ふたりはずっとここに座り続けている。

ときおり足音を響かせて、白衣の看護婦や医師たちが目の前を行き交っていく。

モリケンは昨日、上関キャンプへの行きがけに、ここに来たばかりだった。ムラマサの母親、村尾良子の病室だ。まさか今度は自分の父が担ぎ込まれることになるとは、予想もしていなかった。

母はうなだれ、ずっと洟をすすり続けていた。

そのほつれた髪をモリケンは見つめた。

白髪が目立っていた。

昔は頼まれて、よく母の白髪を毛抜きで抜いたものだった。それがいつしかきりがなくなり、頼まれることもなくなった。気がつけば、母の髪はずいぶんと白くなり、おまけに薄毛になっていた。

「お父さんがこのまま死んでしもうたら、どうしようかねえ」

ふいにいわれ、モリケンは眉根《まゆね》を寄せた。

「そんとなこと、考えんでもええじゃろう?」

「ほいじゃけど……」

青ざめた母の横顔を見つめた。

その眦からポロッと大きな涙の粒がこぼれた。

「なしてお袋はそうなん?」

「うん？」

母は涙を手の甲で拭い、モリケンを見た。

「あんとに親父から、はたかれたり殴られたりしちょったのに、なして泣くんか」

しばし虚ろな目で足元を見ていた母が、ぽつりとこういった。

「ほれでも、お父さんはお父さんなんよ。たったひとりしかおらんけえ」

たったひとり。

そうだった。

モリケンはまたあふれてくる涙を堪えた。

殴られ蹴《け》られで家を飛び出し、戻ってきていた母。そんなくり返しを続けながらも、母はどこか父にすがりついて生きてきたのだろう。そしておそらく——そんな父も、母を罵《ば》倒《とう》し、殴りながらも、母を頼っていた。母がいなければ生きていけないちっぽけな人間だった。あの自慢や誇りは、自分の弱さの裏返しだったのではなかろうか。

そうして両親は知らず歳をとっていった。

モリケンが成長してゆく代わりに、少しずつ衰えていったのだ。

昨今、父が息子に見せた優しさや弱気は、そんな衰えのしるしだったに違いない。

さらに一時間が経過して、ようやく父の手術が終わった。

外科手術を担当した中年男性の医師の部屋に呼ばれて、母とふたりでレントゲン写真を前に説明を受けた。

「今、お父さんは薬でよう眠っとられます」

医師はまず、そう切り出した。

脳梗塞を発症してすぐに救急搬送《はんそう》、手術となったおかげで経過は比較的、良好。ただし、重症だったために、何らかの後遺症《こういしょう》が残る可能性は否定できないと、彼はいう。

もともとの心臓肥大が原因だろうと推測されるようだ。つまり心臓の機能が正常に働かなかったため、血液が塊となって流れ、それが脳内の血管に詰まって血栓《けっせん》ができたらしい。

「後遺症っちゅうて、どんとなことがあるんですか」

母が訊ねると、医師はこういった。

「術後の経過を見てみないと何ともいえんのですが、軽くてすむ場合は手足の痺《しび》れなどです。が、半身不随《はんしんふずい》や視覚、聴覚の障害なども起こりうるし、言語《げんご》障害や悪ければ認知《にんち》障害みたいな症状が出る可能性もあります」

「何とか無事にすむ方法はないんですかね」

医師は渋い顔で父の脳を写したレントゲンを見つめていた。

「とにかく最善を尽くすだけです」

何度もいい馴れたように医師はそう語り、レントゲンのバックライトを消した。


帰りのタクシーを呼ぶ前に、モリケンは母を待合室で待たせ、ムラマサの母親、良子が入院している病室を見舞った。

昨日と違って、村尾良子は目を覚ましていて、包帯姿で小さなテレビを観《み》ていた。

モリケンとはたびたび会っているので顔なじみだ。

「あら。森木くんじゃないかね」

ベッドに身を起こして、良子がそういった。

水色の病衣の胸元や腕に白い包帯が痛ましかった。

「ムラマサ……将人くん、今日、無事に岩国に戻りましたけえ」

「ほうかね。わざわざそれを報《しら》せにきてくれたんね？」

「いいえ」

モリケンは唇を軽く嚙んだ。「父が今日、脳梗塞で倒れまして、救急車でここに来ちょるんです」

良子は驚いた顔になった。

「ほりゃあ、大変じゃったねえ。それでお父さんはご無事なん？」

「手術が終わりましたけえ、あとは経過しだいっちゅうてお医者さんがゆうとりました」

「何にもなきゃあええがねえ」

モリケンはうなずき、彼女に背を向けた。

「おばさんも、はよう元気になって下さい。将人くんが待っちょりますけえ。ほいじゃあ、うちに戻ります」

「森木くん……」

名を呼ばれ、肩越しに振り向く。

良子が切なそうな顔で見ている。

「いつもありがとうねえ。将人のことで、いろいろとようしちょってくれて、ホンマにありがとうねえ」

そういいながら、彼女ははらはらと落涙《らくるい》した。

モリケンは何もいえず、また深々とお辞儀《じぎ》をしてから、病室を出た。

猫背気味にうなだれて、ゆっくりと通路を歩いた。

10

八月も下旬になれば、セミの声が一変する。

あれだけ喧しかったニイニイゼミやアブラゼミ、クマゼミなどの声がいつしかなくなり、ツクツクボウシが寂しげに鳴き始め、竹藪からはヒグラシのけたたましい声が聞こえてくるようになった。

雨が三日ばかりまとまって降ったかと思うと、またカラリと晴れた。

気温は相変わらず高く、街のいたるところが湿気で蒸し蒸ししていた。けれども空が霞んで、雲が少し高く感じられ、夏がゆっくりと過ぎ去る気配はそこここにあった。

モリケンは毎朝、十時に愛宕橋の袂でオサゲと待ち合わせをし、ふたりで自転車を走らせる。ちょうどこの年、ふたりが通う中学校からさほど遠くない場所に図書館を併設した岩国市中央公民館が完成し、多くの市民に利用されていた。

夏休みの宿題をふたりでやるというのは名目で、モリケンたちは図書館の本を閲覧《えつらん》室で読んでいた。昼時になると、ふたりで近くの店に行ってお好み焼きやラーメンなどを食べ、午後にはまた図書館に戻って、夕方の閉館時間までそこで過ごした。晴れの日は自転車だったが、雨が降った日は、いっしょに傘を差し、時間をかけて図書館まで歩いた。

モリケンは幸せだった。オサゲとふたりでいられる時間が嬉しかった。

市民球場の後ろの森にある秘密基地には上関のキャンプ以来、とんと足を運ばなかった。ノッポやミッキーからたまに電話がかかってくることもあったが、いつものようにあのバスに集まろうという誘いは、なぜかなかった。彼らも、あそこにはあまり足が向かなくなったようだった。

ムラマサだけが例外だろう。ひとりでコツコツとバイクの修理をしているに違いない。

あんなにもわくわくした秘密基地――古いバスの中で仲間と過ごしてきた時間の記憶が、なぜだか妙に霞んでいた。古い過去のイメージのようにおぼろげに思えてきた。

モリケンの父、孝一郎は、やはり後遺症が残った。

半身不随である。

体の中心から右半分が麻痺《まひ》し、とりわけ右足があまり動かなくなっていた。さいわい認知障害や言語障害などは出ておらず、意識もはっきりして比較的元気だったから、モリケンも母の光恵も少しは安心した。見舞いにいくたびに、父は明るい表情でふたりと話し、食欲も旺盛《おうせい》だった。酒が飲めないのが何よりもつらいと冗談もいった。

「親父は救急車の中で、南はどっちかっちゅうてやたら訊いとったが、憶えちょる？」

ベッドの傍で丸椅子に座り、モリケンがいうと、父は奇異な顔をした。

「わしゃあ、そんとなことをいうちょったんか」

「しつこいぐらいに南はどっちじゃっちゅうとった」

「戦争中に海軍で南方《なんぽう》におったけえかのう」

そういってから、父はふと遠くを見るような表情になった。「そういや、ちいとだけ憶えちょるんじゃが、あんときは健坊の顔が何べんも見えちょった気がするんじゃ」

「俺の顔？」

「お前、上関から帰ってくるところじゃったろう。魂《たましい》がそっちに飛んじょったんかもしれんのう」

モリケンは少し驚いた。

父がそんな幻想じみたことをいった記憶はない。いつだって頑《かたく》なまでに現実主義だったし、ひとり息子を突き放すような物言いしかしなかった。だから、父がまるで別人になったような気がした。

「どっか痛かったり、苦しかったりするとこはないんね？」

母にいわれ、父はすっかり老け込んだ顔で目尻《めじり》に皺《しわ》を刻んだ。

「痛うも苦しゅうもないが、病院の食事が不味《まず》うてかなわんのう。早《はよ》う、ここを退院したいのう」

「そら、お父さん。しっかりリハビリゆうのをやらんといけんけえ、頑張りんさい」

「せめて杖《つえ》突いてでも、自分で歩けるようにならんにゃあいけんのう」

父はそういって、すっかり白くなった無精髭を乾いた掌でザラリと撫《な》でた。

モリケンは悲しかった。

父も母も、息子である自分の成長とは裏腹に、どんどん老いていく。

きっと、いつか別れのときが来るのだろう。それは止めることのできない時間の流れなのだ。

11

とうとう夏休みの最終日となった。

八月三十一日。

夏休みが始まる前の日は、子供たちにとって最高の日だと担任教師の菅川がいったが、だとすれば、この日は日本じゅうの子供たちにとって最悪の日ではなかろうか。

朝、起きるなり、モリケンはそんなことを考えた。

中学二年。十三歳の夏休みは、もう二度と来ない。

上関の美しい海を見ながら、この時間が永遠に続けばと思ったのに、けっきょくは過ぎてしまう。

けれども今日という日はモリケンにとって、わくわくする一日でもあった。

昨日、オサゲから電話がかかってきて、いっしょに映画を観ないかと誘われたのだ。岩国国際劇場で上映している〈スヌーピーの大冒険〉というマンガ映画のチケットが、ちょうど二枚ばかり手に入ったそうだ。

モリケンはふたつ返事でＯＫを伝えた。

それまでオサゲとふたりで図書館に行ったり、外食をすることはあったが、映画を観るなんて初めてのことだった。頭の中にデートという言葉が浮かんでくる。

「健坊。何、あんたニヤニヤしとるんかね」

朝食のときにそんなことを考えていると、母親の光恵にいわれてハッと気づいた。

「いんや。何でもないっちゃ」

あわててそう答えたとき、玄関のほうから電話のベルが聞こえ始めた。

母が行こうとしたので、モリケンが椅子を引いて立ち上がる。

「俺が出るけえ、ええよ」

急いで台所を出て、玄関の棚に置かれた電話の受話器を取った。

――北山ともうしますが、健一くんはいますか？

ノッポの声が耳に飛び込んできた。

「おお。俺っちゃ。どうしたん？」

――夏休みも今日で最後じゃけえ、釣りにいこうと思うちょるんよ。柱野《はしらの》の御庄川ダムまで自転車を飛ばして行ってみようや。

「あっこのぶちでかいコイか」

モリケンはびっくりした。

上関キャンプの前、井堰でノッポとふたりしてゴリ釣りをしていてその話が出てきた。大きなコイを釣り上げることを想像するとわくわくしたが、あいにくとモリケンには今日、もっと大切なことがあった。

——何、黙っちょるんか。夕方頃からまとまった雨が降るっちゅうし、早いところ行かんか？

「それが悪いのう。今日はちいと別件があるっちゃ」

——オサゲとデートか？

ふいに的《まと》を射《い》られてギクッとした。

「ま、まあ……そんなところっちゃ」

——ほりゃあ、お前にゃあ優先順位があるじゃろうのう。俺らだけで行くけえ、ええっちゃ。

「ミッキーとふたりか？」

——ムラマサも行くっちゅうとる。あいつもだいぶ元気になったけえのう。

「そうか。気をつけて行ってこいや。大物を釣ったら、持って帰って見せてくれ」

——おお、見せちゃるど。

電話が切れた。

モリケンはクスッと笑い、台所に戻った。

モリケンとオサゲはいつものように愛宕橋の袂で待ち合わせをし、ふたり自転車を漕いで岩国駅前に向かった。

八月も終わりになったが、まだ日差しは強く、真っ黒に日焼けしたモリケンはいつもの野球帽をかぶり、オサゲは水色のワンピースに麦わら帽子だった。空は晴れ渡っていて、海のほうに大きな入道雲がわき上がっている。

夕方から雨だという天気予報がまるで嘘のように思える。

午前十時過ぎの上映に間に合って、モリケンたちは中通り商店街にある映画館に入った。人気キャラクターのスヌーピーのマンガ映画ということで話題になっていたのか、けっこう場内は混み合っていた。

オサゲと隣り合って映画を観始めたが、モリケンは何だかドキドキして、なかなか映画に集中できなかった。手ぐらいつないだほうがいいのだろうかと考えたり、途中でトイレに行きたくなったらどうしようかと心配になったりした。

オサゲは可笑《おか》しい場面になるたび、クスクスと笑いながらスクリーンに見入っていた。モリケンもそれにつられるように笑った。まれにちらっとオサゲの横顔を見て、また映画に目を戻した。そんなわけで一時間半近い上映時間があっという間に過ぎていた。

映画館前に自転車を置きっぱなしにし、ふたり並んで商店街を歩き、喫茶店を見つけて入った。本当は親の同伴《どうはん》なしでこういう店に入るのは学校で禁止されているのだが、ちょっと大人っぽい雰囲気を味わいたかったのだ。

窓際のテーブルでオサゲと向き合いながら、スパゲティを食べ、〝冷コー〟と呼ぶアイスコーヒーをストローで飲んでいると、何だか大人になったような気分だった。

映画の話もしたが、話題はいろいろだった。

とくにノッポ、ミッキー、ムラマサら仲間のこと。上関のキャンプでの話もいっぱい語り合った。

ハラバカの決闘《けっとう》話や柳井のスーパーで置き去りにしたときのことも。

「俺は明日、学校であいつに殴られるんとちがうかのう」

そういうと、オサゲが少し肩をすくめた。

「もう半月も前のことじゃけえ、忘れちょるんじゃない？」

「ほれじゃったらええがのう」

「あの人はねえ、たぶんかまってほしいんと思うんよ。ホンマはみんなと友達になりたいんじゃないんかねえ」

「それは俺も思うちょるが、やっぱしあの性格じゃけえのう」

「そうじゃねえ」

ふたりして笑い合い、頬杖を突きながらアイスコーヒーを飲んだ。

それから同じルートを辿って、ふたり自転車のペダルを漕ぎながら帰途についた。

空はいつしかどんよりと曇っていたが、錦川から吹いてくる川風が心地よかった。モリケンの自転車の前をゆくオサゲの黒髪が揺れるのを見ていると、また幸せな気持ちになった。

夏休みは今日で終わる。

それでも、この幸せがいつまでも続けばいいなと、モリケンは思った。

おかげでダムに釣りに行った仲間たちのことは、すっかり忘れていた。

あの電話がかかってくるまでは――。

12

夕方近く、玄関の上がり口にある棚に置かれた黒い電話が鳴り始めた。

風呂から出てパジャマ姿で、たまたまその前を通っていたモリケンが受話器を取る。

「はい、森木です」

――モリケン。ぼくだよ。

「おお、ミッキーか。どうじゃった？　大物は釣れたんか？」

返事がなかった。

電話の向こうで、洟をすする音が聞こえている。モリケンは途惑った。

「どうしたんか？」

やがて声がした。

――ノッポが……死んだ。

声を失った。

ミッキーがいった言葉の意味がわからなかった。

「あんのう、何の冗談ゆうとるんよ。あいつが死ぬるわけないじゃろうが」

――水に落ちたムラマサを助けようとして、飛び込んだんだ。ムラマサは何とか助かったけど、ノッポはそのまま……。

深い水底に向かってゆっくり沈んでいくノッポの姿が、モリケンの脳裡《のうり》に鮮やかなイメージとなって浮かんできた。深淵《しんえん》に吸い込まれるように、深緑色の水底に向かって消えてゆくノッポが目の前に見えるようだった。

「ほいじゃが……ノッポはガキの頃から泳ぎがぶち得意じゃったんど」

――心臓麻痺だったんだよ。水がとても冷たかったからだと思う。たまたま通りかかった地元の消防団の人たちが、すぐに陸《おか》に引っ張り上げて人工呼吸をしてくれたんだけど、ダメだった。ノッポは戻ってこなかった。

「ホンマか。ホンマなんか？」

声がうわずっていた。受話器を握る手が震えていた。

――今、ノッポの家にいるんだ。すぐ、こっちに来てくれないか。

「わ、わかった」

何とか喉の奥から声を絞り出し、そう答えると、受話器を置いた。

頭の中が真っ白になっていた。何をどうすればいいかわからない。

とりあえず廊下を走り、自分の勉強部屋に飛び込んだ。パジャマを脱いで着替えた。

ノッポが死んだ。

胸がつぶれそうだった。

一方で、そんな莫迦《ばか》なことがあるわけないとも思っていた。

でも、ミッキーは悪質《あくしつ》な冗談をいったり、下手な悪戯《いたずら》をする少年じゃない。

彼らが釣りに行ったダムのことを考えた。

きっと上流のダム湖だ。そこで三人で釣りをしていたのだろう。おっちょこちょいのムラマサが、岸から水に落ちた。それをとっさにノッポが助けに飛び込んだ。

ムラマサは助かり、ノッポだけが沈んでいった。

深く、冷たい水の中へ。

歯を食いしばって激しくかぶりを振った。

やっぱり、そんなことがあるはずない。絶対に何かの間違いだ。

部屋を出て、台所に立っている母親に声をかけた。

「ちぃと出かけてくるけえ」

包丁で野菜を切っていた光恵が振り向く。

「こんとな時間になして？」

「ノッポが――」

いおうとして口を閉じた。顔をしかめて、こう続けた。「北山が怪我《けが》したらしいんよ」

「ちょっと、健坊。待ちんさい――！」

母親の言葉の途中で踵を返し、玄関に向かった。

車庫の中に立てかけていた自転車に乗り、走り出した。

有料道路の歩道を飛ばし、立ち乗りで懸命にペダルを漕いだ。いくら漕いでもなぜか自転車はなかなか前に進まなかった。まるで悪夢を見ているようだった。

そのうちに涙が出てきた。

鼻水も垂れてきた。

それらを何度も拭いながら、必死に自転車を走らせた。

気がつくと、垂れ込めた鉛色の雲から雨が落ち始めていた。

冷たい雫《しずく》がしきりに顔に当たった。でも、モリケンは夢中でペダルを漕ぎ続けた。


市民球場に隣接する団地に、ノッポこと北山登の家があった。

坂道の途中にある、二階建てのこぢんまりした家屋だ。その前に何台かの車が停まっていた。

家のブロック塀に自転車をもたせかけると、モリケンは庭に飛び込んだ。玄関の扉は開けっ放しになっていて、三和土《たたき》には靴が散乱していた。

「ごめんください」

返事を待たず、モリケンは靴を脱いで上がり込んだ。

突き当たりの和室に、大勢が集まっていた。仏壇《ぶつだん》があるから仏間とわかった。その奥側に布団が敷かれて、そこに誰かが仰向けになっている。薄手の掛《か》け布団がかけられ、白い打ち覆いの面布《めんぬの》が顔に載せられていた。

線香の匂《にお》いが鼻を突いた。

モリケンは立ち尽くした。

まさしくノッポだった。面布で顔を覆われていても、すぐにわかった。遺体となって、そこに横たわっていた。

傍らにノッポの両親が正座して、背を丸めている。

急なことだったせいか、スーツとドレスは黒っぽいものを着ているが、いずれも喪服《もふく》ではなかった。

近くにいるのは五歳年上のノッポの姉、浩子《ひろこ》だ。やはり黒のドレスを着ている。広島大学の一年生だという話だった。

ノッポに似て背丈があり、高校時代にバスケットボールをやっていて、すらりとした体型だったが、俯いて正座する姿は、すっかり萎《しお》れて見えた。

他に数人の男女の姿。おそらく親戚や近所の人たちなのだろう。

すすり泣きの声があちこちで洩れている。

ふいにノッポの母親が慟哭《どうこく》した。

「登――ッ！」

息子の名を呼んで、遺体に取りすがった。それを傍らの父親が止めた。

他の親戚らしい男性も、黒い靴下で畳の上に立ち上がり、泣き崩れるノッポの母を慰《なぐさ》めている。

弔問客の中にミッキーの姿を見つけて、モリケンはよろよろと歩き、傍に行った。

隣に座り込むと、ミッキーは涙に濡れた顔を向けてきた。

「急に呼び出したりしてごめん」

「ええっちゃ」

周囲を見て、いった。「ムラマサは？」

「救急車で国病に運ばれたままなんだ」

「あいつのほうはどうなんか」

「意識はあったから大丈夫だと思う」

「そうか」

そのとき、ノッポの姉、浩子と目が合った。

モリケンは黙って頭を下げた。

真っ赤に泣きはらした目をしていたが、取り乱した両親よりも、少し落ち着いているように見えた。

「森木くん。来てくれてありがとう。登の顔を見てやって」

小さな声で、そういった。

「はい」

返事をして、立ち上がった。

ノッポが寝かされた布団の横に正座をした。

浩子と、ノッポの両親に頭を下げる。母親はまだ顔を歪《ゆが》めて泣いていた。

「あなたがいちばんの友達だったってね。弟に挨拶してくれる?」

浩子にいわれるまま、遺体にかがみ込み、そっとノッポの面布をとった。

モリケンは驚いた。

上関で日焼けしたまんまの顔。安らかな表情で目を閉じていた。

まるで眠っているようだった。

ふいに目を開いて、何かをいいそうだった。

——モリケンのう。お前、なんちゅう冴えん顔しちょるんか。

そんな声が聞こえるような気がする。

枕元には白いハンカチが敷かれ、その上にノッポがかけていた眼鏡が折りたたまれて置かれていた。上関での騒動のとき、ヒビが入った右側のレンズは新しいものに替えられて、まるで鏡のようにきれいに磨かれていた。

線香に火を点《つ》けてから両手を合わせ、じっと見つめていると、ふいに涙がこみ上げてきた。

モリケンは身を震わせて、嗚咽した。

ノッポが眠る敷き布団の端に両手を突き、歯を食いしばった。けれども、涙があとからあとから出てきた。自分の手の甲に熱く、ポタポタと落ちた。

「ノッポ……お前、なしてこんな……」

声がうわずっていた。

ノッポの遺体にしがみつきたかった。しかし金縛りに遭ったみたいに、体が動かなかった。

だから、ただ泣くしかなかった。

いつまでも遺体の傍にいるわけにもいかず、モリケンは彼の姉と両親に頭を下げ、ミッキーの隣に戻ってきた。

やがて葬儀社の担当者が到着して、ノッポの父と姉が通夜《つや》と葬儀の打ち合わせを始めると、弔問客たちが少しずつ帰り始めた。モリケンもミッキーに目配《めくば》せをして立ち上がり、ノッポの遺体の傍に座る母親に向かって頭を下げた。

去る前に、モリケンは振り返り、ノッポの遺体を見た。

仰向けの顔にふたたび面布がかけられていた。

モリケンは眉根を寄せ、唇を噛みしめると、親友の遺体に背を向けた。

13

新学期の開始は土曜日からだった。

西岩国中学二年二組の教室は、暗く沈み込んでいた。

活気もなく、どんよりとした空気の中で、生徒たちの静寂が重苦しいほどに続いていた。

ノッポが座っていた机には、細長い花瓶が置かれて白い百合《ゆり》の花が差してあった。

モリケンは教室に入るや、入口に立って、しばらくそれを見つめていた。

二組の生徒たちの視線が、自然とモリケンに集まっていた。彼は何もいわずに歩き、自分の机に向かった。

隣の席にオサゲの姿があった。今朝はひとりで先に登校したらしい。教室に入って、初めてノッポが亡くなったことを知ったのだろう。俯いて座る頬に、涙の痕が見えた。

モリケンは黙っていた。

ミッキーは俯きがちに座っていた。一度だけ顔を上げ、モリケンと目が合った。

けれども、すぐにお互いが目を離した。

ムラマサの机は空席だった。母親と同じ国病に搬送されたはずだが、あれからどうなったのだろうかと思った。

窓際の席には小林葵の姿があった。

ほっそりとした姿で窓外に降る雨を見つめているようだった。そんな孤独な彼女の姿を見ても、モリケンの中には何の感情も湧かなかった。

オサゲを苛めていた榊原たちも、昏《くら》い表情で視線を逸らしていた。

席に座ると、また後ろを振り返り、ノッポの机に置かれたきれいな百合の花を見た。

誰があれを置いたのだろうかと、ふと思った。

学活の始まる時間より前に、担任教師の菅川が教室に入ってきた。いつもの灰色のジャージ姿で昏い表情だった。

学級委員の立花が「起立、礼、着席」の号令をかけた。

菅川は教卓に手を突き、沈鬱《ちんうつ》な顔をしていた。しばらく何も話せずにいた。

教室のあちこちですすり泣きの声がした。ほとんどが女子だった。

モリケンの隣でオサゲが泣いていた。両手で顔を覆っていた。その肩が激しく震えるのを、モリケンはじっと見ていた。

「つらいのう」

菅川がいった。「こんとにつらい二学期の初日を迎えたのは、教師になって初めてじゃ」

声が少し震えていた。

教室の女子たちのすすり泣きが少し高まった。

「北山は芯《しん》が通って責任感のある生徒じゃった。じゃけえ、村尾を救おうとして死んだんじゃろうのう。あいつらしいと、先生は思うた」

モリケンはまっすぐ顔を向けて、菅川の言葉を聞いていた。

「ほんじゃがのう……」

菅川は険しい顔で、二組の生徒たちを見回した。

歯を食いしばっていた。

「もう、誰も死ぬな」

真っ赤になった目をしばたたき、菅川はいった。「親より先に死ぬるんは、いちばんの親不孝じゃ。ええか。どんなことがあっても、お前らは絶対に死ぬな」

生徒たちのすすり泣きが、さらに大きくなった。

抱き合って泣いている女子たちもいた。

菅川は拳を握った腕で涙を拭き、それからいった。「短いが、これで学活を終わる。すぐに始業式じゃけえ、講堂に集まってくれ」

小林葵が窓の外の雨を見ている。

そのほっそりとした姿と白い横顔がたまらなく寂しげに、モリケンには思えた。

彼女から目を離し、右隣を見た。

オサゲは肩をすぼめ、両手でじっと顔を覆っていた。

モリケンは菅川に目を戻した。

「立花――」

担任教師がそういった。

学級委員の立花智恵子が、眼鏡をとって涙を拭き、うわずった声で号令をかけた。

「起立、礼」

生徒たちが従った。


二組の教室を出てから、廊下を歩いて他の生徒たちと講堂に向かう途中、モリケンはふと、足を止めた。

廊下の途中、窓際にハラバカが立っていた。

ぼてっと大きな体が通行の邪魔になっていた。

なぜか窓の外に目をやっていた。

雨を見ているのだった。

生徒たちはみんな怖々《きょうきょう》とした様子でハラバカを遠巻きに迂回《うかい》しながら、先に向かって歩いて行った。だが、モリケンはひとり、彼の前で足を止めた。

ハラバカは冷ややかな顔でモリケンに振り向いた。

目が合った。

しばし何もいわずにいると、ふいにハラバカが視線を逸らした。

「お前のう……」

何かをいいかけたが、口をつぐんだ。

仏頂面のように表情を硬くし、それきり口を開くこともなく、ただ立ち続けていた。そんな彼の横顔を凝視していたモリケンは、ゆっくりと足元に目を落とした。唇を噛みしめた。

黙って歩き出した。

大きな障害物みたいに立ち尽くすハラバカを迂回して、講堂に向かって急ぎ足になった。

14

翌日の日曜も雨だった。

近くの寺で行われたノッポの葬儀。喪服姿の弔問客はみんな傘を差していた。モリケンは母親とふたりで参列した。

二年二組の生徒たちは、多くが泣きながら焼香《しょうこう》をして、ノッポの遺影《いえい》に手を合わせた。抱き合って泣き叫んでいる女子たちもいた。

モリケンもオサゲとミッキーとともに焼香の列に並び、手を合わせて黙禱《もくとう》した。

遺影の中のノッポは、あの眼鏡をかけて、屈託のない笑顔でこっちを見ていた。

どんなに大切な友だったたか。

それをわかっていたはずなのに、モリケンは今になっていやというほど痛感した。

そして過ぎ去った時間を辿って元通りになれないという現実に打ちひしがれた。

葬儀が終了し、納棺《のうかん》のあとですすり泣きの声に囲まれながら、ノッポの父や親戚の男たちに支えられた白木《しらき》の棺《ひつぎ》が、しずしずと霊柩車《れいきゅうしゃ》に運ばれた。最後に遺影を大事に持ったノッポの母が、そして姉が後続の黒い車に乗り込んだ。

長いクラクションのあとで、霊柩車を先頭に、車が次々と発進した。

モリケンはオサゲとミッキーとともに、手を合わせながらそれを見送った。

いずれの日にも、ムラマサの姿はなかった。まだ、母親のいる国病に入院しているのかもしれないと、彼は思った。

15

午後になって、ようやく雨が止んだ。

雨雲がちぎれて消え去り、嘘のように晴れ渡った空の下、晩夏《ばんか》の湿っぽい空気が岩国の上空を覆っていた。

網戸にして開け放った勉強部屋の窓の外から、ツクツクボウシの声がうるさく聞こえている。

米軍基地のジェットの音が、ときおりヒステリックにゴウッと響いている。

ふいに子供たちの歓声が聞こえた。

ベッドに横たわり、ずっと天井を睨んでいたモリケンは、吐息を洩らし、床にそっと裸足《はだし》を下ろした。甲高い声が、まだ聞こえている。窓外を見ると、虫取り網を持った小さな子供が三人、自転車に乗って走っていった。

あのハラバカの弟たちが乗って遊び、壊してしまった水車も、今日は元気に回っていた。上水の水をくみ上げては、順調に樋《とい》に落として、青々と稲穂《いなほ》を伸ばす田んぼに水を送っている。

窓から離れ、部屋に目を戻した。

机の上、上関でノッポが撮影してくれた一枚が、写真立てに飾られている。

それを手にしてじっと見つめた。

赤いワンピースの水着姿のオサゲ。彼女と体を寄せ合うように、真っ黒に日焼けしたモリケンが笑っていた。それをじっと見ているうちに、たまらなく寂しく、悲しくなってきた。

哀しみを忘れるために、むりに別のことを考えようと努力した。

けれども、どんなことを考えたり、想像していても、なぜか気がつけば、ノッポのことを想《おも》っている。

そのことに気づいて、モリケンは愕然《がくぜん》となった。

自分の人生に、ノッポの存在は不可欠だったのだろう。そんな大切な仲間がいなくなってしまった。それも、突然に――。

苛立《いらだ》ちを抑えきれそうになかった。部屋にこもっていずに、どこかに出かけるべきだと思った。

壁に掛けていた野球帽を手に取った。それを目深《まぶか》にかぶり、部屋を出た。

家の中に母の姿がなかったので、そのまま玄関を抜けた。

自転車に跨がってペダルを漕ぎ始めた。

市民球場のグラウンドで、いつかと同じ社会人野球のチームが練習をしていた。バットが硬球を打つ音。歓声。

グラウンド正面の右側に入る細道を辿り、緑色に塗られたコンクリの外壁に沿って走った。やがて球場を離れて木立の中へと入っていく。

ツクツクボウシの声があちこちで重なり合っている。

雨でぬかるんだ細道に、いくつかの細長い轍《わだち》がある。それはすべてモリケンたちの自転車が行き交った痕だ。おそらくノッポの自転車のタイヤ痕もそこに残っているはずだ。そんなことを思いながら木立の間を進んだ。

湿気がかなりあった。雨上がりのせいだろう。

遠くからギターの音が聞こえて、モリケンは驚いた。ブレーキを握って自転車を停めた。

ボブ・ディランの〈風に吹かれて〉のメロディが、木立の向こうから聞こえてくる。

モリケンはかすかに笑みを浮かべた。

その音に導かれるように急いで自転車を走らせた。

目の前に古いバスが見えてきた。錆び付いた車体の前に折りたたみの椅子が置かれてミッキーが座り、ヤマハのフォークギターを奏でていた。近くに彼の自転車があった。

モリケンはそこに自転車を停めて、スタンドを立てた。

「来ちょったんか」

ミッキーがうなずいた。「家にいると落ち着かなくて」

「俺も同じじっちゃ」

ミッキーも上関に行ったおかげで、モリケンに負けないぐらい日焼けしている。

ずいぶん皮膚が剝《む》けたようだが、まだまだ真っ黒だ。

頰に涙が流れた痕を見つけたが、モリケンは見なかったふりをした。

「そういや、お前。ぼちぼち坊主頭にゃあせんのか」

ミッキーがギターを鳴らす手を止めて、モリケンを見た。悲しげな笑みを浮かべていた。

「髪を切ったら、ノッポとの思い出がいっしょに消えてしまうみたいな気がするんだ」

「わかる気がするのう」

モリケンはうなずく。

コオロギの鳴く声が、どこか近くから聞こえている。

じっとその音色に耳を傾けながら、彼らの秘密基地である廃車のバスを見つめた。

なぜか、やけに色褪《いろあ》せて見えた。セピアカラーになった古い写真のようだった。

モリケンは日差しを受けて熱くなったバスの車体に手を触れながら、本当に、自分たちの夏はこのまま寂しく過ぎ去ってしまうのだなと思った。

ひとり、バスの折りたたみのドアを開き、車内に入った。窓はほとんど開けられていて、中はさほど暑くない。中央の通路を歩き、最後尾まで行く。

リアウインドウにかけられたコルクボードがある。その前に立ち止まった。

モリケン、ノッポ、ムラマサ、ミッキー、そしてオサゲ。

この秘密基地を共有するみんなの写真が、無秩序にピンで留めてある。それを一枚一枚、彼は見つめた。ひとつひとつに思い出があった。すべてが色濃く、記憶に残っていた。

バスの外から、ミッキーが奏でる〈風に吹かれて〉が聞こえている。

それを聞きながら写真を見ているうちに、ふとまた自分が涙ぐんでいるのに気づいた。いろいろな思い出が寄せては返す波のように、心によみがえっては消えてゆく。

視線を移すと、破れかけた座席のシートの上に、大学ノートが置いてあった。

ノッポが描いていた自作マンガ〈ジェットマン〉だった。

モリケンはそれをとって、ページを開いた。

ノートに描かれた彼の作品は、全部で五冊ある。最新作は帳面の半分までしか描かれていなかった。鉛筆の下書きと、ペン入れをした部分が混在している。吹き出しだけが描いてあって、中のセリフが書かれていないところもあった。

このシリーズもとうとう未完成で終わってしまった。

モリケンは座席のひとつに座り、ノッポが描いたヒーローの姿に見入った。

巨大ロボットと合体して侵略者と戦う主人公は長身痩軀《そうく》で、これを描いたノッポ自身にどこか似ていた。彼に想いを寄せるヒロインは〝ひかる〟という名だ。丸顔で目が大きく、石森章太郎が描くような美少女。しかし、なぜか髪型は一貫してお下げ髪だった。

彼女が、どこかオサゲ——松浦陽子に似ていることに、ふと気づいた。

〝ひかる〟と〝陽子〟。

モリケンは硬直した。

バスの最後尾にあるコルクボードを振り返った。

ノッポが撮影したオサゲの写真が、そこにいくつもピンで留められていた。そのひとつひとつを改めて見た。自転車に乗ったオサゲ。水着ではしゃいでいるオサゲ。ジュースを飲んでいるオサゲ。おどけた表情。はちきれんばかりの笑顔。恥ずかしそうに俯く顔。

モリケンはわき上がってくる激しい感情に包まれていた。

そうだったのか。

ノッポもまた、オサゲのことが好きだったんだ。

人知れず彼の中で愛していたのだ。

だから、こんなかたちで自分の中でヒロインにして描いていた。

彼女のことを〝オサゲ〟と最初に呼んだのはノッポだった。

その真意に初めて気づいたとき、突如、また胸の奥から何かがこみ上げてきた。

気がつけばボロボロと涙を流していた。嗚咽しそうになったので、あわててノートを閉じて、掌で口元を覆った。

涙はあとからあとからあふれてきた。

近くにあるボロボロの座席のひとつに腰を下ろし、モリケンはうなだれ、膝に顔を押しつけた。

歯を食いしばりながら、身を震わせていた。

ミッキーのギターの音がいつしか聞こえなくなっていた。

モリケンがゆっくりと顔を上げた。外からミッキーの声がしていた。窓越しに見ると、ランニングシャツにバギーパンツ姿のムラマサがいた。足元に彼の自転車が倒れている。

「あいつ、いつ退院したんか……」

独りごちると車内を走り、ドアを開いた。

「ムラマサ！」

思わず叫んでいた。

しかし、ムラマサはちらっとモリケンを見たきり、ふいに背を向けた。

草叢に立ててあったオンボロのバイク、ホンダＣＢ１２５のところに彼は向かっていた。

ハンドルを握り、スタンドを上げるのが見えた。

無造作に跨がって、キックスターターを蹴り込んだ。

爆音がして、たちまち紫色の排ガスがバイクの周囲に立ちこめた。

「お前、何やっちょるんか！」

モリケンが叫んだが、孔《あな》だらけのエキゾーストパイプから洩れる爆音の中で聞こえなかったようだ。いや、聞こえたとしても無視したかもしれない。その証拠に、ムラマサはそれきり一度もモリケンたちを振り返らず、バイクをスタートさせた。

バリバリと音を立てて、木立の間を抜ける道に突っ込んでいく。

はでな騒音が森の向こうに遠ざかっていった。

「ミッキー――！」

彼がうなずいた。「ムラマサは何かやらかすつもりだ。追いかけよう！」

ふたりで自転車に跨がり、ペダルを踏み込んだ。

市民球場を回り込んで欽明路有料道路に戻り、愛宕橋まで一気に下った。

しかし、ムラマサが乗ったバイクの姿は影も形もない。

自転車を停めて、モリケンは唖然としていた。

「いったい、どこに行ったんだ?」

汗だくの顔でミッキーがそういった。

モリケンも額の汗を拭いながら、また周囲に目を配った。

愛宕橋の下をゴウゴウと音を立てて流れる錦川。大雨のあとなので、かなり水嵩《みずかさ》が増していた。しかもまるでコーヒー牛乳のような色になって、刺々《とげとげ》しく波立ちながら荒れ狂っている。

その川面《かわも》を凝視していた。

まさか、と思った。

ミッキーも気づいたのか、ふいに目が合った。

「行こう!」

モリケンがいって、自転車を走らせた。ミッキーとともに川岸に沿った土手道をゆく。

ふたりで立ち漕ぎをしながら、急ぎに急いだ。

間に合うようにと神様に祈り、歯を食いしばっていた。

やがて前方に井堰が見えてきた。

ふたりはそこに下りる坂道の上で自転車を停めた。

声を失った。

手前の岸から、クスノキの並木が見える向こう岸まで、増水した濁流が川幅いっぱいになってゴウゴウと恐ろしい音を立てて流れていた。コンクリの緩斜面《かんしゃめん》である井堰そのものは完全に水没し、濁った水の下になってまったく見えなかった。すさまじい水煙が巻き起こっていた。

ムラマサは、やはりいた。

手前の岸辺にバイクが見下ろせた。

彼はそのシートに跨がり、ハンドルを握っていた。しきりにアクセルグリップを回してエンジンを吹かしている。排ガスがもうもうと立ち昇る中、ランニングシャツの後ろ姿がちっぽけに見える。

「ムラマサ――！」

モリケンは坂の上から叫んだ。「お前、何をやっちょるんか！」

すると声が聞こえたのか、ムラマサが肩越しに振り向いた。

真顔だった。目が据《す》わっているように見えた。

「やめろぉ！」

ミッキーが隣から叫んだ。

しかしムラマサはアクセルグリップを執拗《しつよう》にひねっている。

自分を鼓舞《こぶ》しているのだとモリケンは思った。

バリバリとエンジンの音がし、排ガスがさらにもうもうと吹き出して川風に流された。

——見ちょれ。おまえらが証人じゃ。やり遂げちゃる！

だしぬけにムラマサが前を向いた。

クラッチを繋《つな》いだらしく、バイクが一気に走り出した。そのまま濁流が流れる井堰へと突っ込んでゆく。

はでな飛沫が散った。

コンクリの斜面を越して激しく流れる濁流。水深は三十センチぐらいありそうだ。

それを突っ切ってバイクが走る。

しかし数メートルと行かないうちに、突如、ムラマサのバイクが蛇行《だこう》した。あっという間に下流側に押し流され、ムラマサを乗せたまま横倒しになった。

バイクはたちまち濁流に見えなくなり、ムラマサの姿も消えた。

モリケンとミッキーは未舗装の急坂を自転車で一気に下った。

さっきムラマサがバイクのアクセルを回していた場所まで来ると、自転車を倒して飛び降りた。

「ムラマサ！」

モリケンが絶叫した。

姿は見えなかった。目の前を、増水した濁流がすさまじい水音を立てていた。

「ムラマサぁ！」

ミッキーが叫んだ。泣き声になっていた。

次の瞬間、井堰のすぐ下の濁流のまっただ中、水面からバイクのハンドルらしきものが突き出すのが見えた。その近くに突然、ムラマサの頭が浮き上がった。大きく口を開け、息をしたようだが、すぐにまたクルリと回転して波間に没した。白いランニングシャツの背中が水面下に見え隠れしながら、下流に向かって流されている。

モリケンは夢中で走った。ミッキーも併走した。

岸に沿って下流に向かい、濁流に浮き沈みするムラマサに何度も声をかける。

ムラマサはさいわいこちら側の岸に近づいていた。コンクリで作られた消波ブロックが、岸辺に並んでいる。彼はそのひとつにしがみついた。

ムラマサは弱々しかった。水圧に抗することができず、すぐにまた流されてしまうだろう。

だからモリケンは死にものぐるいで川岸の斜面を駆け下りた。

濁流に膝まで入り、ムラマサの腕を背後から捉えた。もう一方の手でズボンのベルトを摑む。そのまま岸に引っ張り上げようとする。しかし思ったよりも重い。のみならず轟々《ごうごう》とすさまじい勢いで流れる茶色の水流に、ともすればモリケンも足を取られそうになる。ひとたびひっくり返れば、いっしょに水に呑《の》まれるだけだ。

――手を出して！

ミッキーの声に顔を上げた。

左手で消波ブロックの角を摑み、彼は右手をこちらに伸ばしている。

モリケンは夢中でそれを摑んだ。お互いの手首を握り合った。とたんにグイッと引っ張られて、モリケンの体が岸辺に引きずり上げられた。左手でムラマサのベルトをしっかり摑んでいた。おかげでムラマサとともに岸に引っ張り上げられた。

あれだけ非力だったミッキーが、どうしてこんな力を出せたのだろうか。

火事場の馬鹿力という言葉を思い出したのは、ずいぶんあとになってからのことだ。

ふたりで仰向けのムラマサの両手を摑み、コンクリの斜面の上まで引きずった。

草叢の中にムラマサを仰向けにした。

突如、ムラマサが身をよじった。胎児《たいじ》のように横向きになって背を丸め、激しく嘔吐《えず》いた。

濁った水を吐き出した。

苦しげに何度も咳《せ》き込み、ゲエゲエと水を吐いていたムラマサが、ようやくおとなしくなった。

肩を揺らして呼吸をしながら、虚ろな表情になっている。

モリケンもしばしハアハアと喘《あえ》いでいた。

ムラマサの傍らに両手を突いたまま、じっと彼を見ていた。

ミッキーはすぐ傍に座り込み、うなだれていた。濡れた前髪が額にベッタリと張り付いていた。顎《あご》の先から、ポタポタと雫が落ちている。

「わしが……」

老人のようにしゃがれた声が聞こえた。

モリケンは見た。ずぶ濡れの顔でムラマサがいった。「わしが死にゃあ、えかったんじや」

それからまた咳《しわぶ》いた。身を震わせて空嘔《からえずき》をくり返えしてから、惚けたような顔でいった。

「ノッポじゃのうて、わしのほうが……」

モリケンの中で、怒りがわき上がった。

濡れたランニングシャツを摑んで、ムラマサをむりに引き起こした。

その顔を右手で殴りつけた。

ろくに握り込まない拳だったから、硬い頰骨に当たって自分の手のほうがグキッと音を立てた。それでも痛みは感じなかった。

「甘ったれんな、くそバカたれが！」

モリケンは怒鳴った。「お前が死んだけえちゅうて、ノッポが生き返るはずがなかろうが」

ムラマサは真っ赤に充血した目を大きく開き、モリケンを見た。

その鼻腔《びこう》から少し鼻血が洩れていた。

「わしゃ、生きちょる価値のない人間なんじゃ。ノッポはわしなんか助けんでもえかったんじゃ」

ムラマサが悲痛に叫んだ。

「ノッポが死んで、お前まで死んでしもうたら、俺らはどうすりゃあええんじゃ」

「クズがひとり消えるだけっちゃ」

「そんとなことはない。お前はのう、勝手に自分を見下しちょるだけじゃ」

目を逸らすムラマサの顎を摑み、モリケンは無理やり自分に向かせた。

「あんとき、上関でノッポがゆうちょったろうが。お前は大事な仲間じゃっちゅうて。何があってもお前を守っちゃるっちゅうて。あいつのあの言葉をもう忘れたんか？」

「忘れちょらん。じゃけえ、苦しいんじゃ。こんとにつらいんじゃ」

「ほんじゃけど、痛《いと》うてもつろうても、我慢せえ。あいつのことをいつでも思うて、あいつのぶんまで生きていけ。それがノッポの願いじゃ。それに俺らの気持ちじゃ！」

もう一度、今度は頰を叩こうとした。

ムラマサがふいに大きく顔を歪めた。

鼻血の混じった青っ洟を流して、いきなり泣き始めた。

モリケンは彼の頭を思い切り摑んで、自分の胸に押しつけた。両手をムラマサの背中に回して力を込めながら、ギュッと目を閉じた。

「あほんだら。そんとな汚い顔で泣くな」

ムラマサは泣き止まなかった。

体をふるわせながらモリケンの胸にしがみつき、甲高い声で泣き叫んだ。

そんなムラマサを強く抱きしめたまま、モリケンは振り向いた。

ミッキーと目が合った。真っ赤に泣きはらした双眸《そうぼう》で、ミッキーは見返してきた。

16

秋が深まるにつれ、雨が多くなった。

モリケンはオサゲとふたりで自転車を連ねて登校し、中学二年の二学期の日々を過ごした。

ムラマサの母、村尾良子は国病を退院し、錦帯橋の近くにあるホテルでパートタイマーの仕事をするようになった。火傷《やけど》の後遺症はほとんどなかったらしいが、手や首筋にひどい痕が残っていたので、長袖にタートルネックの姿でずっと通さねばならなくなったようだ。

父親の孝一郎も同じ国病からようやく退院し、元気な姿で家に戻ってきた。

しかし、やはり半身不随が残って、杖が手放せない生活となってしまった。白髪も増えて、めっきり老け込んでみえた。車の運転ができず、免許を返上《へんじょう》し、失職もしてしまったが、家の近くの工場で守衛《しゅえい》の仕事にありついて、何とか月給《げっきゅう》をもらえるようになったのはさいわいだった。

やがて冬が来て、年を越し、短い冬休みが終わった。

三学期に入ってすぐに、ミッキーが転校していった。

親の仕事の都合でまた岩国を離れ、東京に戻ることになったのだった。

その頃になると、モリケンたちはバスの秘密基地には、ほとんど足を向けなくなっていた。

何度か行ってはみたが、そのたびに自分たちのアジトがどんどん色褪せていく気がして、気が重かった。子供っぽさがしだいになくなっていき、興味が別のことへと移っていったせいもあるだろう。

バスの車内に置いていた大切なコレクションなどは、少しずつ家に持ち帰られ、空き缶や空き瓶、紙箱などのゴミばかりが床に散乱するようになった。けれども、最後尾の窓に取り付けられたコルクボードの写真たちは、そこにずっとピンで留められたままだった。

中学三年になり、また夏休みがやってきた。

翌年の高校受験のことをいやでも意識するようになったためか、外遊びをしようとしても、なぜか気持ちが弾《はず》まなかった。川で泳いでも、釣りをしても、きっと昔みたいに楽しくないだろうという気がした。ノッポという大切な存在が消えてしまったせいもあったが、一方で自分が少しずつ大人になっていくという、心の変化もあったかもしれない。

八月三十一日のノッポの命日になると、モリケンはひとりで墓参にいった。

墓は彼らの秘密基地に近い、市民球場の傍の小高い山の中腹にあった。こぢんまりとして木立に囲まれた墓地の片隅に、〈北山家〉と刻まれた灰色の墓標《ぼひょう》が目立っていた。

墓前で近況を報告し、亡き親友との往時《おうじ》を偲《しの》んで、手を合わせながら無言の対話をした。

ふとノッポに会いたくなって、ひとり涙ぐんだ。

オサゲとはよくデートをした。

いっしょに映画を観たり、食事をしたりと、定期的にふたりの時間を作った。

だが夏休みを過ぎて秋から冬になる頃には、受験勉強のためになかなか会えなくなっていった。土曜の午後や日曜日など、自主勉強のために図書館に行くこともあったが、モリケンはたいていひとりきりだった。

けっきょくオサゲとの仲はあまり進展しなかったが、たった一度だけ、城山の下、横山地区の吉香公園のベンチに並んで座っているとき、黙って顔を寄せ合い、キスをした。モリケンは幸せだったが、オサゲはなぜか哀しげな顔で目を逸らした。

次の春、オサゲは市内の商業高校に、モリケンは隣の広島にある私立高校に通うことになった。ムラマサは西岩国中学校の傍にあった工業高校に入学した。

ミッキーからは、ときたま手紙が来た。

名門として知られる都内の私立高校に入学したこともあって、彼の両親はそのままエリートコースに息子を乗せたいようだが、本人はプロのミュージシャンになりたいらしい。高校では軽音楽部に入って、相変わらずギターを弾いているということだった。

モリケンが高校三年の春、オサゲこと松浦陽子も、父親がいる大阪に引っ越すことになった。坂道の下にあった〈松浦商店〉は、シャッターを下ろして店じまいをした。

新岩国駅のプラットホームで、ふたりは手を振り合って別れた。

新幹線の車両に乗り込んで向き直り、自動ドアが閉まるまでデッキに立って、ホームのモリケンを見つめていた彼女は、いつの間にか大人びていた。オサゲという渾名がとても似合わない、美しいひとりの娘になっていた。

その後、遠ざかった彼女とはしばらく文通を続けていたが、モリケンが東京の大学に入学し、都内のアパートで生活を始める頃には、自然と互いの手紙のやりとりもなくなっていった。

ムラマサ——村尾将人は高校を卒業し、南岩国にある自動車整備工場に就職した。毎日のように油で黒ずんだツナギを着て、車の下にもぐり込んでいるそうだ。同じ職場で経理《けいり》の仕事をしている娘とつき合っていて、もうすぐ結婚するつもりだと、年賀状に書いてあった。

大学生になって最初の一年はサークル活動やバイトに明け暮れる毎日で、故郷に戻る余裕がなかった。二年目の年の暮れに、モリケンは久しぶりに郷里の岩国に帰った。

およそ一年半のブランクだったが、父と母はまた少し老け込んで見えた。

正月三が日を過ごし、モリケンはトンボ返りに東京に戻った。

新岩国駅の構内で買った新聞の地方版に、たまたまこんな記事を見つけた。

——十二月三日午前四時頃、広島市内にあるアパートが全焼し、居住者一名が死亡。亡くなったのは市内牛田《うした》本町《ほんまち》在住の原島達哉さん（19）。なお、調べによれば、火元は死亡した本人の寝煙草《ねたばこ》による出火《しゅつか》と判明した。

東京に向かう新幹線の座席に座ったまま、それを何度も読み返した。

ハラバカは商業高校を出て、広島で板前の修業をしていた。

風のたよりにそのことを知っていたが、まさかこんな末路《まつろ》になるとは思わなかった。下膨れの無表情な顔。大柄な体が忘れられない。あの頃、モリケンたちは二度も彼を置き去りにして逃げたが、あとになってとっちめられることはなかった。

決して幸せな人生ではなかったかもしれない。しかし、彼なりに自分の流儀《りゅうぎ》を貫く奴だった。

——あいつも俺らの仲間に入りたかったのかもしれん。

ノッポの声が脳裡に響いた。


ミッキーこと幹本靖弘とは、都内でたびたび会った。

新宿や渋谷の飲み屋のカウンターに並び、よく昔話をし合った。

彼は一浪して京都《きょうと》大学に入学したが、けっきょく半年と経たないうちに中退し、希望通りに音楽の道に進んだ。今はあるアイドル歌手のバックバンドの一員として、ギターを演奏していた。いずれ独立して、プロデビューを果たしたいのだそうだ。

成長したミッキーは身長が一八五センチあり、ほっそりと痩せていた。どこか中性的な雰囲気なのは中学時代のイメージそのままだった。金色に染めた髪の毛をずいぶん伸ばしていて、いかにもミュージシャンといった雰囲気だった。

そんなミッキーから聞かされたことがあった。

あの小林葵が、小森《こもり》リサという芸名で女優になっていた。それもかなり人気が出ていて、ゴールデンタイムに放送されるテレビドラマにレギュラー出演しているのだという。

中学を卒業して以来、彼女に関する噂はぱったりと耳に入らなくなっていた。

「あんときの騒動は、俺らだけの秘密っちゅうわけじゃのう」

指に挟んだ煙草の煙をくゆらせながら、彼はわざと懐かしい方言《ほうげん》でいって、寂しげに笑った。

「ところでオサゲとはどうなった？」

問われてモリケンは視線を離し、かぶりを振った。

「あれからまた、神戸のほうに引っ越して、結婚したって話だ」

「そうか」

彼は吐息を投げ、少し笑った。

「みんな、それぞれの道を辿るんだな」

「ホンマじゃのう」

モリケンはそういって、ふっと肩をすぼめてみた。

二〇一八年、夏

　都内から山口県岩国市までは、高速道路を使ってもおよそ十時間かかると、カーナビが教えてくれた。そこまで長時間のドライブをするのは初めてだったが、不安はなかった。いろいろと考えることがあった。ありすぎるほどだった。

　だから、十時間という時間も、たいした長さではないような気がした。

　少年時代の話を書こう。あのひと夏の経験と冒険を、作品の中でよみがえらせてみよう。そう思い立ったのは、プロの小説家としてデビューして、まだ間もない頃《ころ》だった。今から三十年近くも前になる。

　当時、暮らしていた都下《とか》、小金井《こがねい》市のアパートの書斎《しょさい》で、旧式のデスクトップパソコンに向かい、最初の一行をキイボードで打ち込んで執筆《しっぴつ》を開始した。

　なぜか遅々《ちち》として進まなかった。

　物語を書き進めていくにつれ、あの頃のことが思い出されて、私の胸を締め付けた。さまざまな思い出が強烈なイメージとしてよみがえり、パソコンの前でしばし惚《ほう》けてしまうことがたびたびあった。

　古いアルバムから昔の写真を引っ張り出して、ぼうっと見入ったりしていた。

どう工夫《くふう》を凝《こ》らして書いても、その文章が面白く思えなかった。

それだけ実体験が強烈だったし、すべてがあまりにも鮮明だった。何よりもあの夏の出来事が、自分の中だけでそっとしておかねばならない、とても大切な宝物のように思えた。

せっかく書き進めた原稿を破棄《はき》し、何度もリテイクしては、けっきょく断念した。

長い間、没《ぼつ》にしていた原稿をまた書いてみようと思い立ったのは、去年の夏だ。

いつしか私は五十八歳。

あれから四十五年もの歳月が経過していた。

二十年前に結婚をしていた。子供がふたり生まれ、親として我が子らの成長を見届けているうちに、なぜだか過去のあの夏の出来事が、くり返し思い浮かぶようになっていた。

突き動かされるように執筆を再開した。

その間、生まれ故郷である岩国には一度も戻らなかった。

父が死に、その後、ひとり息子をたよって上京し、都会で暮らしていた母も、やがて年老いて、特別養護《とくべつようご》老人ホームのベッドで朽《く》ちるように亡くなっていた。

岩国に残っていた土地もとっくに手放していた。

故郷に未練《みれん》はないと思っていた。

たとえあそこに戻っても、きっと空《むな》しいだけだろう。時代の変遷《へんせん》とともに街は姿を変え、古いものは消え去っていく。記憶だけが執筆の資料であり、作品を生み出す原動力のはずだった。

それなのに最後まで書き終えて、なぜか思いが変わった。

昔の記憶を、もう一度、辿《たど》ってみたくなった。

あの街は当時の面影もなく、すっかり新しく塗り替えられているだろう。

それでも自分の目で、その変貌《へんぼう》ぶりを見なければ気がすまなかった。


家族が寝静まっている真夜中、杉並《すぎなみ》区にある自宅をそっと抜け出した。

東名高速道路を終点まで走りきり、関西を横断して山陽自動車道へ。

何度も休憩を取っては、マイペースで車を走らせた。数年前に中古で手に入れた軽自動車だったから、あまり無理が利かず、ひとりきりの運転ゆえにかなり疲れていた。

広島を過ぎ、岩国インターチェンジで高速を下りて、錦川沿いに下った。

岩国城がある城山と十何年か前に架け替えられたばかりの錦帯橋。川岸近くに突き出した鳴子岩を見ながら、西岩国の古い街並みの中に入っていった。

子供の頃に自転車で走り回った街を、ゆっくり車でめぐり、ときには足で歩いてみた。

すべてがこぢんまりとして見えた。

通っていた通学路は狭く感じられ、橋の欄干はやけに低く思えた。

中学校のグラウンドも、これほど狭かったのかと愕然《がくぜん》となった。

錦川にかかる愛宕橋を渡り、自分が生まれ育ってきた牛野谷に車を停《と》めた。

そこには大きな幹線《かんせん》道路が新しく作られ、無数の車があわただしく往来していた。水車があったあの上水も、今はコンクリートの護岸で固められたあげく、ほとんどが暗渠《あんきょ》になっていた。その周辺に新しい住宅が建ち並び、まったく別の街のように変わって、私の前に立ちはだかっていた。

愛宕橋から下る坂道を辿ると、ゆるやかなカーブの先には、昔ながらの赤い郵便ポストがポツンと立っていた。松浦陽子の家だった店舗《てんぽ》は、まだそこに残っていたが、道路に面した側には錆《さ》び付いて埃《ほこり》だらけのシャッターが下ろされ、人が住むような気配もなかった。私はしばしその前に立ち尽くし、すっかり色褪《いろあ》せた〈松浦商店〉の看板を見つめていた。

ノッポの墓は、変わらず山の中腹にあった。

〈北山家〉と刻まれた、くすんだ墓石の上にシオカラトンボが翅《はね》を伏せて留まっていた。左右の花立てに、茶色に萎《しお》れた花がうなだれていた。それをきれいにして新しく水を入れ、買ってきたばかりの花束を供《そな》えた。

両手を合わせて瞑目《めいもく》し、昔みたいにノッポに語りかけた。

やはり彼の声は聞こえず、重たい沈黙がそこにあるばかりだった。

市民球場は昔のままだったが、グラウンドの裏側にいたる細い道を足で辿ってみると、私たちが秘密基地と呼んでいた廃車のバスがあった森は完全に消え失《う》せていた。宅地開発ですっかり整地され、定規《じょうぎ》で描かれたような直線の道路の左右に、カラフルな屋根を連ねて、無数の家が建ち並ぶばかりとなっていた。

あれだけ喧《かまびす》しかったセミの声は、いっさい聞こえなかった。

翌朝、遅くになって、宿泊していた旅館を出発した。

重たい心を抱きながら、海沿いに走る国道一八八号線を南へ向かった。

あの夏、みんなで自転車を走らせ、キャンプにいったルートをそのまま辿ってみた。車窓から見える海は朝の日差しを受けて、昔と変わらずキラキラと輝いていた。

柳井市を抜けて室津半島に入り、やがて上関大橋を渡った。

四十五年前の夏の日、みんなで休み休み自転車を走らせては、片道が六時間もかかった道のり。そこを車で、たった一時間とちょっとで到着した。それはつまり、あのときのような旅ではなく、たんなる移動に過ぎなかった。

半島の突端に向かう、狭くクネクネと曲がった道を車で進むにつれ、ものものしい看板があちこちに立てられているのが目立つようになった。

すべて地元の電力会社が計画している原子力発電所に関するものだった。

反対派のものもあれば、推進《すいしん》派のものもある。中にはかなり挑発《ちょうはつ》的な文言《もんごん》で書かれた看板も目立った。

陰険な顔をした警備員に何度か車を停められ、目的地や来訪《らいほう》の理由を問われたが、私は観光だと答えてやり過ごした。

不安な気持ちを押し殺すように、車を進めていった。

ようやく眼下に、あの白い三日月型の砂浜が見下ろせる場所に辿り着いた。

けれどもそこに至る道路はゲートが硬く閉ざされ、〈関係者以外立入禁止〉という大きな立て看板が目立っていた。

林の中に車を停めて、そこからは歩いた。

急斜面を下り、海辺に下《お》り着くまでに一時間もかかった。

静かな浜に、私は立ち尽くしていた。

そこはたしかに、あの夏、みんなでキャンプをした田ノ浦の海だった。

白浜のずっと先にはタマゴを半分にして立てたような、ポツンと独立した小島があり、真正面の水平線上にはまんじゅうのような祝島があって、海岸沿いの集落がかすかに遠望できた。

海はコバルトブルーに輝き、美しかった。

風もなく、日差しも穏やかで、そして静寂に充《み》ちていた。

足元に打ち寄せる波の音だけが、いつまでもくり返していた。

けれども、その他のすべてが違って見えた。

浜のあちこちにものものしく土嚢《どのう》が積まれ、無数のブルーシートが敷かれ、カラーコーンが置かれていた。錆び付いた鉄のフェンスが立てられ、単管《たんかん》パイプを組んで作った櫓《やぐら》があり、いくつもの旗や幟《のぼり》が風に翻《ひるがえ》っている。傾きかけたプレハブの小さな事務所もあった。

かつてみんなで焚火《たきび》をし、テントを張って眠った高台には、いま、コンクリートが広く敷かれ、それが長年の風雪にさらされて、あちこちがひび割れ、雑草が隙間《すきま》から伸びていた。

ふいに海風が正面から吹いてきた。

それを顔に受けながら、そっと目を閉じた。

風はなぜか、過去から吹いてきたような気がした。

広がる海原を見た。彼方の水平線と、その先の青空を見続けた。

白い大きな雲が湧《わ》いていた。

母が若い頃に見たという広島の原爆のキノコ雲。

門前川の対岸、芥子粒《けしつぶ》のように小さくなって走る米軍基地の兵たち。

そして、この哀《かな》しみに充ちた海――。

すべては連鎖したものであり、一本の糸のように結ばれていた。

そのことにようやく気づいた。

私は何かに導かれるように小説を書いた。いや、書かされたような気がした。

それを書き終えることによって、あの永遠の夏は、今度こそ本当に遠い過去の幻想となり、ふたたび記憶の彼方に遠ざかっていこうとしている。

ノッポ、ミッキー、ムラマサ。そして、オサゲ。

ひとりひとりの笑顔が薄らいでゆく。


友よ、答えは風の中。

そうだ。すべてはその風の中にある。

〈参考文献〉

『冒険手帳』谷口尚規・著　石川球太・画　主婦と生活社／光文社

『昭和40年男　2月号増刊　夢、あふれていた俺たちの時代　vol.1』クレタパブリッシング

『目の前にシカの鼻息』より〝イセキ〟を渡れ！　樋口明雄　フライの雑誌社

『フライの雑誌　１０５号』より〝父母の肖像〟　樋口明雄　フライの雑誌社

『ふるさとの想い出　写真集　明治大正昭和　岩国』大岡昇・編著　国書刊行会

『思い出　１９７５』岩国市立岩国中学校卒業アルバム

本作品には現代の人権意識から不当・不適切と思われる語句や表現がありますが、作品の文学性を考慮して、そのままとしました。

本書は、ハルキ文庫の書き下ろしです。

Haruki Bunko
ハルキ文庫

ひ 5-8

風《かぜ》に吹《ふ》かれて

著者 樋《ひ》口《ぐち》明《あき》雄《お》

2018年 8月18日第一刷発行

発行者 角川春樹

発行所 株式会社角川春樹事務所
〒102-0074 東京都千代田区九段南2-1-30 イタリア文化会館

電話 03(3263)5247(編集)
03(3263)5881(営業)

印刷・製本 中央精版印刷株式会社

フォーマット・デザイン 芦澤泰偉
表紙イラストレーション 門坂 流

ISBN978-4-7584-4193-3 C0193 ©2018 Akio Higuchi Printed in Japan
http://www.kadokawaharuki.co.jp/ [営業]
fanmail@kadokawaharuki.co.jp [編集] ご意見・ご感想をお寄せください。